JN311599

a Library

葉のゆくえ

平凡社ライブラリー

Heibonsha Library

言葉のゆくえ

明治二〇年代の文学

谷川恵一

平凡社

本著作は、一九九三年一月、平凡社選書の一冊として刊行されたものです。

目次

引用に際しては、変体仮名および合字をすべて現行の仮名に改め、漢字は原則として常用字にした。ルビは適宜省略し、逆にルビのついていない読みにくい語句に振りがなを補う場合には［　］に入れた。また、明らかに誤字・誤植と思われるものは訂正し、適宜濁点を補った。なお、引用文中、［　］内はすべて著者（谷川）の注記である。

アナザー・ナイト——一葉「十三夜」

1

「夫婦喧嘩は犬もくはぬ」(正岡子規「日本の諺」)。数ある喧嘩の中でも、とりわけ夫婦間のそれがことわざに選ばれたのにはそれなりの理由がある。「大人の泣くのにも本来は色々の用途があつた。今日廃れてしまつたものゝ一つに、デモンストレエションとも名づくべき泣き方があつて、日本でも近頃までは実例があり、隣の大陸に行けば今でも見られる。普通は夫婦喧嘩であるが、それで無くとも、やゝ力の差等ある者が争闘する場合に、大きな声を立てゝ第三者の注意を喚起し、その公平なる批判を後楯にしようといふ目的で、何かといふと直ぐに街頭に進出して泣きわめくのである。夫婦喧嘩は犬も食はぬなどゝ謂つたのもこのためで、成るほど是は路傍に落ちて居るものゝ中では、一ばんまづいものだからである。しかし最初は是が有効の方法であつたが故に流行し、後には只恥さらしの笑はれ草となつたので、次第に流行しなくなつた迄である」（柳田国男「涕泣史談」『定本 柳田国男集』第七巻）。後盾にされてデモンストレーションの公平な批判を求められる第三者はたまったものではない。「第一見共ないは焼餅焼夫婦喧嘩の絶間なく仲人の足は擂木同様果は互に内証事まで他人の前に担ぎ出し聞くに聞かれぬ話を並べ蹴るやら打つやら見られぬ噪ぎ近所隔壁見るに見兼て漸く中を取鎮むれば犬も食はぬの喩にて其場切で翌朝からはどうして角が折れるやら猫も羨む夫婦中又も始まる大立廻り日毎夜毎のチン〳〵も度かさなれば人も慣れ始終の事と相手にせず焼ては立消え消ては焼け胸の炎の浅間山烟の絶えしひまもなし」（天囚居士『増補三版 屑屋の籠』後編第八回「前掛の非難 付髷の昔語」、明二六・四）。近所の夫婦喧嘩は、遠巻きにして水をかけているに限る。親身になってうかつに口出しでもすれば、あとになって馬鹿をみることになるのは、小説の読者も同じである。

――もう時計の針は十時を回ったのに、今夜も夫は帰ってこない。娘を寝かしつけようとしてつい自分も眠ってしまった女房は玄関の格子戸を叩く音に跳ね起きる。

夫は怒りの声荒く、此馬鹿め、何処の国に亭主に締出を喰はせ平気で内に寝て居る女房がある、（略）二言目には馬鹿め〳〵と悪口せらるゝを、お蝶は身に七分の落度ありと思へば只管（ひたすら）に詫びけるが、弱点（よわみ）につけ上がるが酒呑の癖、果ては傍に有合ふ土瓶もてした丶かにお蝶を打擲すれば、お蝶最早堪忍の緒（を）切れて、泣声出しての口論（あらそひ）に、結局夫が出て行け〳〵の紋形言葉（もんきりことば）を機会（しほ）にして、お蝶前後の考もなく、寝捲（ねまき）姿のま丶一散に吾家を駈出す

出て来たはいいが、実家は田舎へ引込んでしまっていて、女には行く場所がない。

お蝶は口惜涙（くやしなんだ）に咽（むせ）びつ丶思はず止まりし橋の上、下を流る丶水を見つめて、あ丶いつそ死んでやろうかしら、（略）吾身が死んだらあれでも夫は泣くであろうか、（略）新聞にどんな事を書くだろう、あ丶死なうか、たゞ何んにも知らないお玉が可愛相（かわいさう）でならない、これさへ無ければいつそ夫の面当（つらあて）に死んでやるけれど、心に懸るはこれ計り今頃はどうして居るかしら、屹度（きつと）目を醒して乳を探して泣いて居るに違がいない、何しろ死ぬのは何時でも死ねること、兎も角もう一度家の様子を見て来よう、あ丶夫れ[そ]がよい〳〵思ひ直してお蝶急に踵（きびす）を旋らし、程なく吾家間近くなりし時、幽（かす）かに聞ゆる子供の泣声

もしや我子ではあるまいかという女の推測は的中していた。

オ、好い子じや、泣くな〳〵、母ちゃんはもう直ぐに帰つて来る。（略）頑是（がんぜ）なき子供の聞分けなく、火の付く如く泣き狂ふに、亭主は酔も興も醒め果て丶、己れも共に泣き出し

たき風情、余儀なくお玉を抱き上げ、格子戸開きながら、チョッお蝶も好加減(よいかげん)に帰ればよいに、独語(ひとりごち)つつ何心なく表へ立上る途端、バタ〳〵と足音して駈出す人影、お玉は目敏くも之れを認めて、一声高く、母ちあーん！

（完）

（金舟居士「この子」『学之友』第二二号、明二四・一〇）

寸前のところで破局はあっけなく回避され、夫婦の退屈な日常が息を吹き返す。親身になって読み進めてきた読者がうまうまと嵌められたことに気づくやいなや人をくった物語は終わってしまい、おいてきぼりをくらった読者は、うっかり忘れていた例のことわざを思いだし、書かれてあることをあまりにまともに読んでしまい、首を長くして悲しい結末を待ち構えていた我が身に毒づくしかない。しかし、どうやら読者は何度でも煮え湯を飲まされる運命にあるらしい。

妾(わたし)程世に因果なものはありやアしない……旦那様ツてば此方(こちら)へいらツしツた当座こそ少しは優さしくして下すツた事もあツたが夫れも長くは続かず一月か二月経つか経たぬ中(うち)アノ放蕩(ふしだら)、夫れからと云ふものは一週間真面目に続けてお家にお泊りなすツた事がありやアしない……夫れにお帰りになるツても……十二時過ぎグデン〳〵にお酔ひになツてヒヨロ〳〵して帰ツていらツしやツて深更深夜(よふけさよふけ)もお構ひなさらずに、如何に御酒(ごしゅ)の上とは云

> へ‖奉公人の手前もあツたもの、夫(それ)に第一年寄られたお母様の手前……ほんとに妾(わたし)は面目がなくツて（略）ア、此(こ)れを思ふと……考へれば考る程、モウ〱憂世はいやになツて仕舞ツたよいツそ死んだ方がいゝ……

つれない夫は、お定まりのごとく柳橋に女をこしらえていた。いっこうに行状のおさまらない夫に横腹を足蹴にされても、それでも女の家庭に破局は訪れなかった。

> 妻吟子のする仕打今迄と変ツた事は無いが、雄三郎には非常に変ツて見える、朝起きて顔洗ふ時から夜食仕舞ツて眠(ねむり)に就く時まで、世の中にこれ程親切な可愛げな、己(お)のが手足も同じ様な女子(おなご)があらうか？　こんな親切な、可愛げな女子を今迄どうしてア、も憎くかツたらう？　厭(い)やであツたらう？　これと云ふのも元をたゞせば、あゝした悪魔が所業(しわざ)かと思へば思ふ程、夢は醒め家内和合して柳橋の方は振り向くのも厭やになツたとはテモキツイ思ひ切りのよさ……外にヒケる処が無いから自然職務を勉励するから、同僚中の評判(うけ)もよく、此春一等昇進した其頃から、吟子が身重、残(のこ)んの色の姥桜、美しい花葩(はなびら)名残りなく散ツて、今は桜ン坊チラホラ梢に見えるとはめでたし〱。（石橋思案「姥桜」『短篇小説明治文庫』第二編、明二六・一〇）

かくして、夫婦のいさかいをあつかった物語を過度に感情移入して読むことは禁物であるということをいやというほど思い知らされることになった読者は、やがて作中人物との間の距離を微妙に操作する術を会得する。

上野新坂下なる斎藤主計といふ貧き人の娘関といへるが、駿河台に住める奏任官原田勇の妻となりて、太郎といふ子を儲けたれど、勇が虐待に堪へずして、ある年の十三夜に夫にわかるゝ決心にて、父母のもとにゆくを上の段とす。春のやの細君の一節おもひ出さるゝ境界なり。父母の諫におもひかへして帰る途にて、ふと傭[やと]ひし車夫は、関が娘なりし時、これに思をかけ居たる高坂といふ小川町の煙草屋の一人むすこ、関が原田にとつぎしより、望を失ひて身をもち崩し、今は村田といふ浅草町の安宿の二階に住める車ひきなり。広小路にて別れて、それは東へ、これは南へ、村田の二階も、原田の奥も、憂きはお互の世におもふ事おほし。これ下の段なり。わかれ道に劣らぬ作なり。(「鷸翮掻」『めさまし草』まきの一、明二九・一)

お関の口を通して語られた彼女と夫・原田勇との間の交渉が「虐待」という一語に還元されており、また、「私が思ふほどは此人も思ふて、夫れ故の身の破滅かも知れぬ」という録之助の身の上についてのお関の推測が採用されていることからすれば、読者である鷗外はやはりお関に寄り添うようにして「十三夜」（『文芸倶楽部』第一二編、明二八・一二）というテクストを辿っていることは間違いない。だが、だからといってお関が見るように世界を見、お関と同じように感じているわけではない。お関の繰り返す「彼の鬼の、鬼の良人」・「彼の御方は鬼で御座りまする」という評価に全身で同調し、それをもういちど自分の口から語ってみせる勇気は鷗外のみならずもはやどの読者ももちあわせてはいないだろう。物語は無傷のままでは流通しない。公平な第三者であることも、どちらか一方に全面的に肩入れすることも、ともに不可能である読者にできることは、それを読み変えることだけである。

2

「十年の語らひも、一言によりて去り去らるゝを夫婦といふ」（斎藤緑雨「眼前口頭」）。あるいは男はそれでよかったかもしれないが、女はさすがに「一言」だけではすまなかった。「民法人事篇第八十一条によれば」「妻は逃亡して其の行衛知れざる旨を言い渡されたるときにも夫より其妻を離縁することを得る」から（坪谷水哉『閨秀錦嚢 日本女礼式』第四編第一章「夫に事ふる心得」、明二四・七）、何もいわずに夫の家から逐電してもいいが、そのばあい最低でも二年は姿をくらましていなければならず（穂積重遠「民法施行前の離婚原因」『離婚制度の研究』）、しかもたとえ二年たっても首尾よく夫が失踪した妻を離縁してくれるという保証はない。妻の方からうちつけに夫に離縁を請うという手っ取り早いやり方もないではなかったが、「良人に向ッて離縁を乞ふとは不埒の申分ダ」（採菊散人「とりかへばや」第十一回、『新小説』第一二巻、明二二・六）ときめつけられるか、「人の屑」（尾崎紅葉「二人女房」中編七、『都の花』第八〇号、明二五・四）と呼び捨てにされたりと、ずいぶん辛い目をみることを覚悟しておかなくてはならない。そこで「是やア旦那に愛想を尽させるが一番の手だと存じまして是まで慎で居たお酒を飲で時たまは承知で管を巻て見たり故と伝法な真似をして見たり、結び髪細帯といふ形で昼寝をして見たりお膳をつき出して直に爪引をして見たり愛想尽しの喧嘩を吹掛て見たりしますが堂も旦那が愛想を尽して呉ませんで困り切ます」（福地桜痴「智恵伝授」第二回「否気にならせる伝授」、『桜痴放言』明二五・一二）。はては「人の咄しにきくに板橋宿の縁切榎を信心して其木の皮を煎じ出し男に飲さば効験がある」というのでさっそく試してみた女もいたが、案の定ご利益はなかった（芳川俊雄「夜嵐於衣花酒仇夢」『新編明治毒婦伝』明二〇・一一再版）。はやく夫があの世へ行ってくれればよいとこころひそかに願っても、こういうばあいにかぎってえてして夫はますます無病息災である（紅葉「新色懺悔」『聚芳十種』第二巻、明二四・一）ということになれば、のこされた方法は、実家の親か仲人に頼んで夫に話をつけてもらうしかない。女がかれらをうまく説き伏せ、なおかつ、女の意を体したかれらと夫とのあいだで話がまとまれば、女は晴れて夫から解放される。もし、それでも夫が首をタテにふらないときには、実家から「無理離縁（ひま）を乞（と）」ってもらうこと（広津柳浪「黒蜴蜓」二、『文芸倶楽部』第五編、明二八・五）もできた。さらにそれも不調に終わるようなら最後の手段として裁判に訴えることもでき、じじつなかなか離縁状を書いてくれない夫の前で「這般（こん）な家に誰がゐるもんか。荷物は一と先（ま）づお預けにして下宿屋へでも立退きませう。何（いづ）れ離縁は裁判へ出て取つてやるから」と娘を励ます威勢のいい母もいた（内田魯庵「落紅」五、『文芸小品』明三二・九）。当事者間の協議によってすんなりと別れ話がまとまったばあいでも、民法施行後も夫が提出する離婚の届け出には「右ハ明治〇〇年〇月〇日婚姻致候処今般協議ノ上離婚致候ニ付前記（妻）父母ノ同意ヲ得此段御届候也」（大渕渉『民法小説第一集 離婚の訴訟』明三二・一）という文言と妻の両親の署名捺印が必要であったから、いずれにせよ夫と公然と離婚する道を選んだ女たちにとっては親の同意をとりつけることがぜひとも必要であり、そのためにはまず親たちが自分の話にちゃんと耳を傾けてくれるかどうかが最初の関門となる。両親を亡くした女たちは、無情な夫から三行半をつきつけられてこんなとき親がいてくれたらと思ったりするが、存命であったらあったで、また違った苦労の種にならないという保証はなかった。

懐しき父と、恋しき母とは、少しの優しき節（ふし）もなく、右より左より畳みかけて、所天（をつと）の留守に小姑に逐ひ出されしとて、おめ〱と実家に泣き付て来し其不心得を、痛く腹立責められぬ。お秋は悲に取乱れたる心にも、意見の節々身に徹えて、実にも我身の意気地なきを口惜しく、父母がお心遣の程は、と思ふにつけても不孝の限と勿体なく、二度と此家に還りて来まじき様、如何もして心の解くる程今一度詫て見む、と進まぬ足を我と励ましつゝ、車にも乗らずとぼ〱と、松宮に着きしは早や点灯頃なり。（北田薄氷「鬼千疋」五、『文芸倶楽部』第五編）

これは夫から離縁された例だが、すがっていった実家の親たちにむごく扱われる可能性は、女から離縁をいいだしたばあいの方がとうぜん高い。ふだんは優しかった母親ですら、こうした時には往々顔つきを一変させる。娘の言動からそれとなく夫と離縁したがっている気配を感じただけで「嫁入してからは如何ならん艱難に遭はんとも、夫の家の御先祖のお位牌の前で死ぬべきものなり。仮へ夫より出て行けと云はるゝとも、行届かぬことは何処までも詫び入り、お気に召すやうにしてお事へ申すものぞ。婿の還れといふのと、嫁の還りますといふのほど、夫婦の間に水臭う聞ゆるものはなからん。善く気を付けよ」（渡辺霞亭「狂女」六、『太陽』第二巻第一九号、明二九・九）と門前払いしようとする母親や、はっきりと娘から離縁を請われたにもかかわらず不機嫌そうな顔をして「いッかな女の言葉をきかず聴ても外の意味に聴てしま」う継母（坪内逍遥「細君」『国民小説』明二三・一〇）と向き合わねばならなかった女たちにくらべれば、まともにはなしを聞いてくれたばかりか、好きほうだいいわせずに「何の私にも家が有ますとて出て来るが宜からう」とまでいってくれる母親をもったお関は羨ましいほどに幸運だった。いくら「闇を常なる人の親ごゝろ、子故の道に迷はぬは無きもの」（一葉「暁月夜」第三回、『都の花』第一〇一号、明二六・二）とはいってもむごい親はいくらもいたのであり、まして他人である仲人ともなればそんなにも簡単に女の肩をもつことはなかった。

> 慾と色とに満足を得て霜六は此上無く面白き月日を送り居けるが、面白からぬは女房の身にて巣守は好けれど日に増し邪見にあしらはるゝに堪忍ならず、媒酌人の土川惣右衛門といへるが許に或夜駈け込み、出て行けと云はれても出やうとは存じませなんだが全然家には帰らぬばかりか勤めの方も疎略にする様子に今日も今日とてしみ〴〵異見を申しますれば汝の知つたことでは無い、銀行を仮令ば失策つても乃公は女が食はせて呉れる、其時になつたら汝も愚図〳〵云ふた女に食はせて貰ふやうなことになろうも知れぬほどに余り乃公が余所に泊つたとても文句を云はぬが好いと、斯様いふことを申しまする、余り情無い良人の心、あゝでは迚も行末の見とめが付きませねば、児も無し、妾は断念をつけました、と泣きながらの言分に無理は無し、それでは丸々男が悪い、けれども時の機にかゝつて云

過しもあるは誰しもの事、秋谷は左程無法なことをいふやうな気質の男では無い、秋谷の料簡を篤と糺して其上で何とかするが順と惣右衛門自身秋谷を訪ふて様子を見るに家は空家も同然（幸田露伴「僥倖」『太陽』第二巻第四号、明二九・二）

首尾よく仲人や母親の攻略に成功したとしても、後には父親という難敵が控えている。

一人で焦思たつて仕方が無いから、思切つて阿母さんに打あけた。すると阿母さんは、『どうもそれは困つたねェ。』と、酷く当惑の様子だつたが、その癖小言を云ひもしない。『何うしてもお前に辛抱が出来なけりやア、仕方がないから阿父さんとも相談して、何とか話を付けざアなるまい。』と、まことに頼もしい言葉だ。

処が阿父さんは、それを聞いて大立腹。『そんな我儘を云はせるから不可のだ。』と、阿母さん迄が叱られて、妾へは厳重な御説法。道理にはちがひないけれども、あんまり同情が無さすぎると思つたら、なんぼ阿父さんだつてひどいから、思ふさま泣いて〳〵、それからはわざと御飯も食べずに、二日ばかりは欝悶ぎ込んでやつた。（漣山人「男やもめ」『太陽』第二巻第一一号、明二九・五）

「ナンデ身に過ぎた良人を嫌ツて我れから暇を取らうとする次第によツては親の家とて足踏は

させぬ」という父もいれば（三昧道人「追羽子」第八回、『新小説』第一六巻、明二二・八）、家に置いた書生との不義をでっちあげられた上で姑からていよく実家へ追い返されてきた娘にたいし「もし覚えがあるのなら、おれはおのしを生かしては置かぬのだ」とやおら物騒なことをいう士族の父親すらいたこと（霞亭「竹の雪」十三、『太陽』第四巻第五号、明三一・三）をおもえば、はなしをきりだしたとたん大目玉ということにならなかっただけでも、お関は例外的に幸運であったというべきだろう。去るにせよ去られるにせよ、娘の離縁沙汰そのものに過敏に反応し、人生の最重要事が出来したかのごとくやけに深刻にふるまう親たち、娘を嫁にやる前の晩に「鼻声にて、凡(およ)そ女子(をんな)の身一たび人に嫁がば。生て其家を出でむと思ふなかれといへり」と念を押したり（紅葉「二人女房」中編一、『都の花』第七一号、明二四・一二）、または「これでも我は士族なり。其方(そなた)も我娘(わがこ)ならば決して家名を汚す様なる事は為(し)て呉(く)るゝな。女は三界に家なしといへり。されば嫁に行きたる家を我家と思ひて、所天(をっと)は大切(だいじ)に姑を生みの親とも敬ひ、優しく冊(かしづ)きて世間の褒め者となり、外に楽(たのしみ)はあらぬ我等を喜ばして呉れ、と言ひつゝ女大学今川など持ち出し来て、母と共々今更の様に読み聞かせ」た親たち（「鬼千疋」一）とは違って、お関の両親は離婚そのものがとりかえしのつかない失態であり、過失であるとはみなしていない。そのてんにかんする限り、かれらは娘の言い分にたいしてひどくものわかりがよいのであり、反対に娘の言い分の方があらかじめ女大学的な徳目に沿うように自身の要求を正当化していたと考えられる。

茶話にも夜業の間にも、常々耳に凝固の出来る程蒼蠅く聴かされても、然までに思はざりし女の道は恁くまで重きものか。一、婦人は別に主君なし。夫を主人と思ひ敬ひ慎で事ふべし。軽しめ侮るべからず。惣じて婦人の道は人に従ふにあり。夫に対するに、顔色言葉つかひ慇懃に謙り和順なるべし。不忍にして不順なるべからず。奢て無礼なるべからずなど、今日は此教訓犇と胸に徹えて、お秋は畏りて物思ひながら、さても女とはあさましきものなり。（「鬼千疋」一）

夫と「言葉あらそひ」したことすらなく、女の噂を耳にしても「男の身のそれ位はありうち」と聞き流して嫉妬するそぶりも見せないのに、つまり女大学の説く七去の戒めに照らしても離縁されてしかるべき理由はみじんもこちらにないにもかかわらず夫の側から一方的に出ていけがしの扱いをされることの不当性をお関は主張していた。なるほど「死ぬとも夫の家を出るな」（「二人女房」中編七）、「一度嫁しては、生きて、復た再び、我が生家に帰らじ」（下田歌子『婦女家庭訓』「夫に対する心得」、明三二・七）など、離縁のハードルが高ければ高いほど彼女の言い分はそれだけ正当なものとみなされるという仕掛けになっていたが、それは彼女の言い分にとって両刃の刃であった。お関の言い分は一面では女大学を論拠にしながらこともあろうに我が身から女大学が厳禁する離縁を乞うことになってしまっているのであり、もし親たちにこのてんを衝かれたなら、ひとたまりもなかったに違いない。夫がどれほどひどい仕打ちをしようと「如彼邪慳になさるゝは、能く〳〵愛想を尽かされてか、鈍に生れたが身の不運、と我が身の甲斐なきを怨み、女房と思へばこそ強面と怨みもすれ、嫂さんが何時も仰しやる通り、雇人とさへ思うてゐれば、勤められないこともあるまい、ト諦め、万事に遠慮して、夫の側へも滅多には近寄らで、継子のやうに暮」し(後藤宙外「ありのすさび」五、『文芸倶楽部』第二巻第二編、明二九・二)、たとえ挙げ句のはてに目の前に離縁状をつきつけられても「おまへは気に入た女を内へ入れ妾を奉公人とも思つてどうぞ生涯置てお呉れ」とすがりついてみせるのが女大学的なモラルが称揚してやまぬ「貞女」というものであった(幸堂得知「心中女」『太陽』第一巻第一〇号、明二八・一〇)。

信濃国更科郡のとある村に長吉となん呼べる無頼の悪漢ありける常に酒を嗜み争ひをこと丶するものから人も忌み嫌ひける家には一人の老父と先妻の男子一人あれども少しも家業を力めず内を外に遊び暮すものから足らぬふしども多かりける後妻の某は其性いたく異なりて心ばへも優にひたすら舅と継子とを敬愛し力の限り之れを養ひける程に見聞きの人感ぜぬものもなかりけり或る時長吉酒狂の上無理難題をいひかけしかば二言三言口答へし

けるに痛く怒りて此女を打擲し果ては追出すとて引づり行き媒人の許に至りて離縁状を認めてぞ引渡しければ媒人も親里に連れ行かんとするに此女言ふ様矢張此儘にて差置かせ給へ自分にて賃仕事にてもなし迷惑は掛けざるべしと只管に頼み入るものから媒人も其心に任せるに此女是より日々賃仕事をなしては少し宛の銭を溜め種々の食物を購ひ求めて長吉の留守を伺ひ持ち行きて舅と継子とに与へける　（稲生輝雄『女子家庭修身談』「貞婦良人を悔悟せしめし話」、明二五・四）

非道な夫に痛め付けられる貞女をいくら強調してもそれだけでは離縁を乞う理由とはならず、逆に要求をはねつける口実ともされかねない。あるいはまた、女大学は虐げられた妻の立場を正当化する役には立っても、夫の非道さを一方的にいい立てるにはまったく不向きである。離縁を請求するお関の言説には、女大学的なモラルではないもうひとつの根拠が用意されていた。

二言目には教育のない身、教育のない身と御蔑みなさる、それは素より華族女学校の椅子にかゝつて育つた物ではないに相違なく、御同僚の奥様がたの様にお花のお茶の、歌の画のと習ひ立てた事もなければ其御話しの御相手は出来ませぬけれど、出来ずは人知れず習はせて下さつても済むべき筈、何も表向き実家の悪るいを風聴なされて、召使ひの婢女どもに顔の見られるやうな事なさらずとも宜かりさうなもの離縁を請求する女の口から「教育」が話題にされるのは異例のことに属する。「教育のない身」であることを理由にして妻を離縁しようとした夫ならばたしかにいた。

> 実に申される事ではございませんがドウカあのお民は只今より断然離縁したく思ひますからサア其ご不審はご道理(もつとも)でありますが大抵慈母君(おつかさま)のお活眼で彼が不肖(ふつゝか)な事は勿論頗る不適当な賤いイヤ今日の私に対して甚だ不似合だと申す事は十分ご承知でございませうが実は私も欧州へ参て(まゐつ)色々経験を致しますにつけて彼地(あちら)の風俗を観るにつけてア、真正(ほんとう)の夫婦といふものは是非とも斯(か)うなくては叶はない訳だ夫に八分の学識があれば妻にも尠(すく)くとも六七分位は兎に角相応した学問がなくては……互に相助け相慰め又は上等の交際をしたとて夫を毀(きづ)けない位までには妻にも教育がなくてはならぬと段々経験が重ります毎にア、不所存な事をした実に我ながら若気とはいへど未来の幸福(さいはひ)を種なしにした昔の過失(あやまち)が残念で堪らず（坪内逍遥『可憐嬢』第十八回、明二〇・一二）

「教育のない身」と蔑むくせに「人知れず習はせて」もくれないことを夫の非として妻が挙げることは、女大学のどこをひっくり返しても可能ではない。

女学生が家を成して屢(しばし)は悪評判を蒙むる所以のものは、其罪、今の女子教育にあらず、今の女学生にあらず。実に其父兄たるもの、及び其の良人たるものにあり。（略）即はち、未だ此の所望に適応したる教育を施こさずして直ちに婚嫁せしめたるは、父兄の落度なり。未だ此の教養あらざる筈なるを弁知せず、普通教育を卒りたるのみにて十分なりとし、急に之を娶ることとなしたる良人の落度なり。落度は、父兄と良人とにあり。罰は、自己の頭上に落下すべし。（「女生徒の卒業と婚嫁」『女学雑誌』第三九一号社説、明二七・八）

「教育のない身」と妻を蔑むことは、それじたいがみずからの「落度」を妻に転嫁していることであるばかりでなく、「実家の悪るい」ことを言い立てていることでもあるから、あわよくば離縁を請求するそれなりの根拠になりえた。「妻が其夫の父母祖父母などに対し、重大の侮辱を加へたる時には、夫より妻を離縁するも妻は之を拒むことを得ず」（『日用百科全書』第一編「和洋礼式」明二八・五）。これは裁判によって離縁を認めるさいの理由を示した旧民法人事編第八十一条（明治二十三年公布）の解説であり、夫が婿養子であるばあいには、「夫の父母」を「妻の父母」と読み変えてよかった（ちなみに、明治三十一年六月に公布された民法親族編第八百十三条では、「入夫」という限定は削られることになる）。また、同第二項には「同居ニ堪ヘサル暴虐、脅迫、及ヒ重大ノ侮辱」という一般的な規定が存在しているから（『日本民法』明二四・八）、実家にたいする不当な誹謗をからめながら夫のなした「重大ノ侮辱」について述べることはいちおうの説得力をもつといってよかった。ただ「実家の悪るいを風聴」することがはたして「重大の侮辱を加へ」ることになるのかはおぼつかなくて、「如何なる所為が暴虐脅迫又は侮辱を構成するやを確定するは甚だ困難でありますが是れ事実上の問題にして裁判官の認定に任すの外はありません」（柿崎欽吾・細見信太郎『相続婚姻養子縁組民法問答』明二四・一〇）とされることからすれば、裁判官ならぬ母親がまず認定してくれたからよかったようなものの、素人が民法を引合にだすことはやはりやめた方がよさそうである。夫にしたたか横腹を蹴られて「痛さと口惜しさに暫しは泣き沈」んだり（「姥桜」其五）、「手近の煙管取つて泣き伏すお松が頸首を引き寄せ（略）頭を、連打の雨霰」（中村花瘦「破鏡」第九面、『短篇小説明治文庫』第七編、明二七・二）、あるいは夫から「こら此尼め、今夜こそは殺して遣るから左様思つて居ろ」といわれる（有本樵水「三行半」『文学界』第三九号、明二九・三）などといった事例ですら、「同居ニ堪ヘサル暴虐、脅迫、及ヒ重大ノ侮辱」に該当するかこころもとないのであり、ましてお関が縷々のべたてる夫の非行はそれだけではどうみてもおおっぴらに離婚を請求する理由とはならなかった。

> 同居に堪へさる暴虐とは、腕力或は刃物を以て生命身体に危害を加ふるを云ひ、脅迫とは右の所為を以て恐嚇するを云ひ、重大の侮辱とは其者の犯罪にも関はるか如き事実を以て嘲弄するを云ふ、然るに世に所謂る犬も喰はぬ夫婦喧嘩とか、一朝の怒に拳或は刃物を振

り揚げたりとか、或は夫婦の悪口を吐きたりとか云ふか如き普通の暴虐侮辱は離婚の原因とならす。（旭川生「婦人の心得べき日本の法律　離婚」『婦人新報』第三号、明二八・四）

「普通の暴虐侮辱」が許容できないものになるには、「男女相遇ふて夫婦と為るは愛情を以てするのみ其情尽れば即ち相別る可し」とする「自由愛情論」（福沢諭吉「一夫一婦偕老同穴」『福翁百話』明三〇・七）のたすけを必要とする。

さて夫婦の中は、元来他人同志の二人を合せて、一つの身分を組み立て同心一躰の働きを為すものなれば、所謂合せ物は離れものゆゑ、この二人が間を密着ならしむる所の膠なかるべからず。夫婦の間を継合す所の膠は乃ち愛情なり、（『日用百科全書』「和洋礼式」）

「愛情とは男女の心情相適合して此人ならば生死を約し同穴を契るも満足なりと認め且つ其性質行状等に就き互に相愛し相慕ふの実意をいふ」（内藤久人『婚姻条例』第五条「男女の愛情は婚姻上最も欠くべからず」、明一六・三）。

愛がないのに結婚する道理がないッて、何度も云ひましたぢやないか。（魯庵「暮の二十八日」其五、『新著月刊』第二年第四巻、明三一・三）

「もし夫婦の間に愛情を取り去らば、忽ち元の一人の男と一人の女とに離れ去るべし」(「和洋礼式」)。

> 若し一旦此の愛情を除き去れば、双方ともに是れ悠々たる行路の人のみ、然るに此の元来の他人同士が愛情の既に除き去られたるにも関せず、強いて之を同棲せしめんとするも、恰かも蝶交ひ(てふつが)の離れたる屛風の如く、到底並び立つことを得べからず、唯だ並び立つこと能はざるのみならず、強ひて其の愛情の脱離したる男女をして、夫婦たらしむるときは、或は夫婦の争闘を醸し、或は奸通(かんつう)の如き行為(ふみもち)となり、一層甚はだしきは其の配偶者の身上に危害を加ふるに至ること無しとせず、故に全たく離婚を禁ずることは決して為すべからざることゝす(坪谷水哉「離婚」『婦女雑誌』第一七号、明二四・一〇)

「普通の暴虐侮辱」も度重なれば夫婦の間に「愛情の脱離したる」しるしとして、十分に夫婦関係を解消する根拠となりうる。そこには、出ていけがしの仕打ちそのものも当然含まれる。

> 現時婦人の最も苦痛を感ずるは、離婚の実行のみならず、復た離婚の強迫にある也。離婚の強迫とは何ぞ、曰く何時にても男子がその意に満たざる時には、十載同棲の婦人も、七人の子供を産せし夫人をも、勝手に離婚するの特権を使用する威嚇と恐怖是れ也。此の心

> 理的苦痛は、或時に於ては実際的苦痛よりも、却て其の度を加ることあり、彼の婦人が如何なる虐遇、侮辱、脅迫をも忍んで、内煩冤の鬼となるも、尚ほ面笑容を掬して夫婿に対する所以のもの、固より此の離婚の強迫あるが為めのみ。（湯浅初『離婚及其救済策』明二五・七）

どうも夫が女をこしらえたらしいが嫉妬なんかしません、という女大学そのままのお関の言い分は、ここでもう一度有効になる。法的には「夫が他に情婦を拵（こしら）へたればといふが如きは離婚の条件とはなら」ないが（あきしく編『家庭の栞』第一編「離縁の事」、明三三・七）、自然権として「夫品行をやぶりて他女（あだしをんな）に通ふ如きことあらば妻たるもの断然離縁を申出して自ら去らんことを求るの権あり」（「妻の誠よく夫を改めし事」『女学雑誌』第三〇号、明一九・七）。なぜならこうした行為は「男女終身の間相互に親愛庇保し貞操を守り悲歓を共にせんことを法律上の正式を以て盟約したる身分の関係」である「婚姻」（横山雅男『婚姻論』第二章「婚姻の定義」、明二〇・七）を台なしにし、その「最初の契約を破ぶるもの」（「再嫁、寡婦、及び老嬢」第一、『女学雑誌』第八六号社説、明二〇・一二）であるからである。

> 隠し妻など持ちたまふことはあるまじけれど、若しもの事ありたらん時は、此身の上を何んとかすべき。離婚は人生女児の最大不幸には相違なかるべきも、節（せつ）もなく操もなき軽薄

男児の妻と呼ばれて、悲嘆の中に生涯を送るよりは勝ならん。さらば我身はもしも夫にさる事ありと知らん時は、直に実家へ引き取りて立派に離婚を請求すべきなり。（霞亭「狂女」二）

女大学でみずからを防御しつつ女学生あがりの奥様のように夫の非をこれでもかと暴き立てるお関の言説は、それだけを取り出すなら、ほとんど反駁する隙をみつけることができないほどの出来栄えを示している。なかには、

女子は、一たび嫁がば、良人、道徳の欠失なきかぎりは、如何なる苦難起らんも、離婚は、なすまじきことゝ考ふ（三輪田真佐子『女子処生論』第九章「婚姻及婚姻の後」、明二九・一）

そもそも真の伉儷たるものは、決して相離るべきものにあらざる也。離縁の為す可らざること、則はち、此の道義あるに因る。（略）吾党は、何如なる場合にも、離縁ある可らずとは言はず。亦、何如なる場合にも、其室家を去る可らずとは言はず。時ありては、寧ろ、離縁を主張し、又、室家を去ることを勧告することあるべし。何にとなれば、結縁と、室家とは、人の最後の目的にあらずして、一の方便なるが故なり。左れば、彼目的を重んずるが為には、此方便を打破々壊して毫も妨たげなしと断言す可し。目的とは、何ぞ。「人

の霊性発達の為め」、これ也。（「室家伉儷の天職」『女学雑誌』第三五五号社説、明二六・一〇）

など、とてもお関の言い分を支持してくれそうにもない人もいたが、その気になればたいていの人はお関の言説のなかに自己が妥当と認める結婚解消の正当な理由を捜しあてることができたに違いない。

だがこのことは、あくまで完璧な言説を操ろうとするお関に皮肉な結果をもたらすことになる。協議離婚とは当事者が認めさえすればどんなことがらでも立派な根拠となりうる制度、つまり入り口は無数にあるが出口はひとつであるような制度であり、それゆえそうした制度の存在が離婚を野放図に放置しているとしばしば批判されたように、離婚に値する理由をあまりくどく述べることは、逆に、離婚あるいは結婚そのものを軽視しているのではないかという手痛い反撃を食らう危険が生ずる。

東京の住民中には結婚を以て人生の大事と思はざるものもあり、俗謡に曰く「骨が無ければ一所になろう、銭が無ければ分れませう」と彼等は実に之を実行しつゝあるなり、離婚の数の多きも素より其処なり、（湘南漁史「結婚と離婚」『朝野新聞』明二六・六・二五）

婚姻は一世の禍福の因つて分るゝ所なりとは、古来多くの人の口にする所にして、其の撰択の謹まざるべからざるは勿論の事なるが、此六七年来、婚姻に関する思想の甚しく卑陋浅薄となり来りしは、歎息すべく、また憐笑すべき極也。（江湖逸人「婚姻に関する今日の傾向」（上）男子『婦人新報』第三号）

しばしばこうした議論の標的とされたのは「手に、洋書を提げ、頭を束髪にし、目に、眼鏡を掛け、頸に、ハンカチーフを纏ひ、揚々として、婦姑別居論を口にし、自由結婚論を筆にする女子」（三輪田真佐子『女子の本分』第一章、明二七・一二）である。

一時婚姻は女子の自由に為すべきものにして、傍らより無理に強ゆべきものにあらずとの論唱へられしより、婦人の婚姻に関する思想は、飛び離れて間違ふたる方向に走りぬ。（「婚姻に関する今日の傾向」（下）女子の方につきて『婦人新報』第四号、明治二八・五）

夫婦の間の愛情もけっして無条件に尊重されるわけではない。愛はつねに道徳の監視下におかれ、情欲のみならず、およそ一切の利己心からも厳しく隔離され、それらに汚染されぬようにせねばならない。しかもそれは新婚当初を絶頂としてふつう次第にうすれていくものなので励起してやる必要がある。

夫婦の中の愛情は其婚姻の当座は鴛鴦の屏風の蝶つがひのしばしも離るゝことなく末の松

山浪もこさじと契るものなれども梅も馴(なる)れば香が薄(う)すきの諺の如く久しきを経るに従ひて此の念(こゝろ)の薄らぎゆくものなり（略）月日の立つまゝに家事向の事をあつかひ目の先きの仕事忙しければ夫に対しても兎角(とかく)おろそかに流れ易すく又夫も婚姻の当座は物事を慎しめども追々に持ち前の我儘を出すときは互ひに始めのほどの如く交情の温かならぬに至るものなりしかし此の婚姻後二三ヶ月たちての交情こそ真に夫婦の中の交情にて婚姻後僅かに数(す)日(じつ)の後の互ひに珍らしきがまゝに恋ひ慕ふが如きあひだは真の交情にはあらず人の妻として其夫に対し百年の苦楽をともにし（略）其愛情に冷熱あり柔順に浅深あるがごときことあるべからざるなり（国分操子『日用宝鑑貴女の栞』「夫に事ふる心得」、明二八・一二）

「或女申しけるは婚礼してより百日の間のやうに一生あつかはれたしと」（露伴「辻浄瑠璃」第二、『新葉末集』明二四・一〇）、あるいはまた「げに人間一生涯楽(たのしみ)の極粋とは、初契月(はつちぎりづき)より三月四月の後、男は口籠つてお前と呼び、女は恥しそうに所天(あなた)といふ、この一期より外にはあらじ」（丸岡九華『山吹塚』第十二回、明二四・二）などとあることに照らせば、「嫁入つて丁度半年ばかりの間は関や関やと下へも置かぬやうにして下さつた」というお関夫婦の場合はまあ人並みではあったわけで、「嫁入してから早や七年にもなるが、楽いと思つて暮らした日は、恐く一日も無いのである。旦那といふは名ばかりで、成るたけ余所(よそ)々々しくばかりして居て、容易に優い言葉もかけては貰へぬ」妻（「竹の雪」二、『太陽』第四巻第四号、明三一・二）にくらべればどれほどましかも知れず、しかもその絶頂期を標準にして愛情が冷めたといいながら、もう一度昔のような夫に戻って欲しいともいわないのは少々虫が好すぎた。夫に対して嫉妬したことはないというのが本当ならば、相手に対する感情が冷えきってしまっているのは妻もまた同様であった。

> 愛あれば嫉妬は連立ちて離れぬもの、（略）嫉妬なき愛情(あい)は誠の愛情(あい)にてはなし（花痩「合歓花」其二、『短篇小説明治文庫』第七編、明二七・二）
>
> 嫉妬といふこと、何より起るかと思へば、情人(ひと)の我を捨てゝ彼に移るゆゑなり。我を捨つるとは、我に情愛褪(さ)めてつれなきより、ありし時の濃かなる契りに思ひくらべ、其人を恨み吾身をはかなむ余りに悋気(りんき)は出るなり。つまりは一種の自愛心(えごいずむ)なれば、我身に受る愛情に不足ありと感ぜずしては悋気は成り難し。（紅葉「夏痩」十五、『紅鹿子』明二三・一〇）

「彼の嫉妬のことも、畢竟(つまり)夫を愛するの至情より発するもの」であって（坪谷水哉「離婚」第二、『婦女雑誌』第一五号、明二四・九）、まるで「悋気」しない妻は夫に愛されることを少しも望んではいないのである。夫をもつ以前に聞かされた女大学も、いったん夫をもってしまえばたちまちどこかへ消し飛ぶ。

今さら言ふではなけれども、嫁入して参る時までは外妾の一人二人は我国にはある習ひなり。男児たらんもの甲斐性だにあらば、一つ家に艶色を競ふこそ嫌なれ、外に養ひ置き給ふこと、妬みもすまじ、嫉みもすまじ、と、殊勝に思ひ決めたる事はあれど、良夫と喚び、妻と喚ばるゝ此の楽しみを身に占めてよりは、さら〳〵爾うしたものでなし。（霞亭「片割月」上の巻、『都の花』第五十号、明二三・一二）

だから、嫉かなければそれでよいというものではない。「悋気せぬ女は張合なくして、はづまざる毬を弄ぶがごとしといへり」（「夏痩」十二）。

其亭主が芸妓を招て女房の目前でふざけ回れど素知らぬ顔又は下婢の寝所へカンカンノフを極込でも不知顔又ある時は貸坐敷へ泊り込み娼妓の詐術にかゝり三日も四日も家を明ても知らぬ振して居たらば嗚呼近傍何といはん情夫があるとか御心善とか馬鹿とか野呂間とかの名を必ず蒙るに至るべし（略）嫉ば去られ嫉ざれば馬鹿といはれ白痴と罵られ又或は御心善といはる故に此嫉妬に千変万化のかけ引あり嫉ねば夫が為に却て本夫の疑惑を蒙り嫉過れば三行半の下附を蒙るに至る実に仕方がねへのだよと言て仕舞ば一又二なし（橋

爪貫一『女房のわけ』明二三・三）

嫉かない妻は夫のみならず「近傍」の疑惑の目にさらされる。嫉妬をめぐる言説は妻をダブル・バインドする。こうしたばあいの妻の振るまい方はとてもむつかしい。女礼式の類は、

> 仮令（たとへ）夫に不行跡の行ひありとも腹立ち嫉むが如き色を顕はさず常よりも一ときはやさしき顔を以て夫をあしらひ夫の機嫌の最（もつ）とも宜（よ）ろしき時を見計ふてしづかに諫めごとを云ふべきなり（坪谷水哉『日本女礼式』「夫に事ふる心得」）

などといった、女大学そのままのとても役にたちそうもないアドバイスを繰り返すだけであり、大抵のばあい、夫を諫めるチャンスにめぐり合うことはなかった。度重なる夫の不行跡を知った妻は「異見の精を尽し馬鹿々々しい是ほど家の事を思ひ手の先を黒くして働らくものを余（あん）まりな踏み付やう」、と一時は「上野の二本杉へ丑の時参り」さえしかねまじきほどであったが、けっきょく「元より利発の夫なれば一時は色に迷ふとも又夢の覚めるは必定嫉みの心を顔へ出してはしたない女ぞといよ／＼嫌はれぬやう是（こゝ）が女の守る道と今までよりは尚さら機嫌よくして慎しみ事へる」ことができただけだし（饗庭篁村「義理の柵」『むら竹』第五巻、明二二・九）、また別の妻も「我（わ）が是れ迄に何事も耐（こら）へ忍び、嫉妬がましき言（ことば）は針の先ほども言はで、人に痩せ

しと云はれ吾が身も痩せしと思ふ迄に苦労するは誰の為め、皆な〳〵夫可愛しと思へばこそ。元より愚かならぬ夫なれば、何時かは迷ひの夢醒めて、松今迄のことは我が罪、腹も立たうけれど煙にしてとの一と言を頼みに、針の山も登り血の池にも入りて、末を楽しみ」に、やはり「何事も胸一つの堪忍袋へ無理にも仕舞込む」しかなかった（花痩「破鏡」第九・三面）。

「女の守る道」をふみはずさぬやうに夫の改心する日をひたすら待ち侘びていた妻たちとは違い、お関はみずからの手で夫への未練を断ちきることができた。もし彼女の願いが叶い、奏任官の夫から首尾よく離縁を取ってもらうことができたとすると、その顚末はさまざまな尾鰭がついてたぶん次のような記事となって新聞の雑報を賑わすことになったに違いない。

> 四谷区大番町に住む春川熊三（二十八）と云ふ鰌殿はお松（二十四）とて見苦しうはなき持参金の細君あるにもかゝはらず去年の三月小金井の花見の帰るさ新宿にうかれ込んで不二岡楼に登り娼妓粧（二十二）と云ふを揚たところ不思議にも呼吸に来て是が持てたと云ふものであらうかと嬉しさ身に浸みて忘れがたく其からと云ふものは内を外の乱行日に月に募りければ細君の額に生たるものも日に月に延行きて最う勘忍なりがたしと胸倉引捕へて是でもか是でもかと鰌殿を膝に引布き散々な目に逢せしは同じ年の夏なりし

いったんはこれで収まったが、「鰌殿」の浮気の虫はまたぞろうごめきだしてこっそりと女のところへ出かけるようになる。そのことを「細君」が知ったから堪らない。

偖は一ぱい食されたかと久しく見ざりし角の如鬼々と生出で如斯男到底見込なし持て来たもの自分の金で拵へたもの悉く持て里に帰るが上分別と衣類道具は云ふに及ばず襖までも自分の金にて造りしものは悉く車に積せて女房からの離縁状一封残したまゝ親里へ帰つて仕舞たので鮹殿は空室同様の我家の中にたつた一人坐つて昨今只茫然たるばかりなりと
(「細君立去きの事」『都新聞』明二九・一・二四)

こうした通りいっぺんの言説に襲いかかられた際にみずからを防御する手立てをお関のそれはいっさい持っていない。「奥様」の自由婚姻論は第三者の言説に回収されたときにとても脆い。九尺二間の住人にはお関の言い分もたんなる寝言としか聞こえない。

昔しは気取つたる分にて『家内浪風立たず』ぐらゐなりしが開け行く世の有り難さ、それすら『温き家庭』とやら小六かしく改名して、手品の伝授でかなンぞのやうに、また植木室でも造り立る如く、『温かなる家庭をつくる法』といふやうなもの、そこゝにて拝見致すことあり、家庭といふ庭は木配りや石配りどのやうなものか聞かまほしけれど、朝寒の襟元具合わろく、寝所で床離れを斟酌するところへ下男が来てストーブ焚き付けたる如くに、おいそれと暖くなるものならば、それこそ世間に風波の種尽きて、離縁の勘当のと薬にしたくもなくなるべけれど、まさかにさうもならぬを見れば、此伝授も縁日で買つて来た種本で、ものは試しをやるやうな結果と見えたり。熟々惟るに、美くしき錦魚といふ魚は好んで死水に住むが如く、家庭の守護神はおいない無精のものと見えて、兎角『遊ばせ』づくめの第宅を嫌ひ、そこにてすなる晩餐かた〴〵手を引き合ひての散歩、湯治ついでに一家挙ツての名所廻りなどゝいふ結構なる御馳走を振り棄てゝ、詰らぬ賎が伏屋の鼠矢だらけな神棚に鎮座まし〳〵、失礼だらけ不行義づくめな男女の気風を何よりと満悦まし〳〵給ふやうなり、申さば絹ぐるみの令夫人が三ツ指ついての『あなた』よりは、髪はおどろに、飾りといふは油じみたる黄楊の櫛、襤褸の錦の膝は小児の溺りに伽羅立のぼる女房が、折り〳〵の『野郎』よばはり、差引てまだ残りあるべく、主じが常住の醜聞、聴て聴かず、慎み畏みて、飽まで貞女とすまさんよりは、たまさかの遅帰りを呶鳴り付けて、亭主が天窓砕れよとくらわする方、まだ〳〵幾何の立まさりぞや。夫か妻か、妻か夫か、親子兄弟無差別な言語行為に、自然と籠る慈愛恩情、きのふの喧嘩はけふの睦み、朝の角突は夕の寛ぎ、気まづきことはツィと忘れて、忘れぬ恩愛は凸凹なしの一すぢ、彼の一夜の孤枕終年の隔てとなり、一場の怨言三世の別れとなるやうな下手な真似は可笑しさ過ぎて気の毒なり。元来家内の和合といつは、隔てなきに基くとこそ聞け、それに何ぞや、我から好んで、虚礼の隔て、外見の中垣、よからぬものせッせとつくり、口先ばかりの虚仁義で、それで銭金づくや道理づくで円くうまく治るものならば、如何に酒色に荒んでも、滋強丸さへ呑まば寿命長久の道理ならずや、誰が為の見てくれ、要らぬ礼式とツと、棄てゝ、無垢円満、それよ水入らずの家庭なんとつくる気はなきや。（秋暁「寝くたれがみ」一、『文庫』第五巻第五号、明三〇・五）

お関の言い分だけではない。父親が登場するまでの「十三夜」のプロットそのものもまた、「細君」のみならず、とある娘と母親の次のようなやりとりとも同時に相同関係にある。

『阿母さん、（略）妾も熟〲考へたが、那様な無益らない事で疑ぐられちやア余り夫婦の情愛が無さ過ぎて末始終案じられるから、真実に離縁して貰ひたくなつたよ。』
『真実も虚もあるもんか。屁のやうな無益らん事でヤア何だの彼だのと番毎に嫉妬を起されちやア命も何も堪つたもんぢやアない。真実に離縁して貰うんだとも、当然サ……さア車を呼んで来るからネ。』（魯庵「落紅」五）

けっきょく「十三夜」は、つづめていけば次のような物語にまで還元されることを免れない。

一体最初は女房珍しさに恐悦がるもの丶次には慣れて別段嬉しがらぬやうになり、又其次には互ひに面白くないところを見つくるやうになるのが通例なれば、女房と畳は新しいのに限るといふ古い諺も自然と道理で、女房の方でも亭主と畳は新しいのに限ると口でこそ云はないが腹には思て居るに違ひない、其処で互ひに面白くないから云ひ合も出かす喧嘩も出かす、到底此女を女房には持つて居られない、到底此人を良人にしては居られないと両方の胸に恐ろしい想を浮めることも暫時はあるやうになる、其想が増長すれば手も無く離縁となつて仕舞ふが左様無いまでも畢竟女房といふ奴は嬉しくもあり難くも無い膳の上の「ひね沢庵」同様なものと相場が極つて仕舞ふ（露伴「きくの浜松」其十九、『国会』明二六・一〇・八）

お関の言説の振幅がかたや、あわや自由婚姻論に手の届くところにまで達していたとすると、それはもういっぽうでは、結婚および離婚をそれほどの重大事ととらえない「卑陋浅薄」な考え方にどこまでも接近していく。かれら夫婦は結婚にひたすら快楽のみを追い求める。

結婚は何の為めになす乎。唯だ面白く、可笑しく、遊び興じて日を送らんが為め乎。否〱決して然らざるべし。

古の人も男女室に居るは、人の大倫なりと云へり。蓋し結婚は、人生の完全なる発達を遂げ、人間の円満なる目的を達せん為めの道にして、荘厳神聖なる人事の一なれば、寧ろ快楽と云はんよりも、職分と云ふ可きものぞかし。然るに心得難きは、結婚それ自身を以て、最大快楽となし、最後の目的となし、結婚迄は、勉励もなし、辛抱もなし、克己もなし、進歩もなしたるものなるが、一たび結婚すれば、何事も手に付かず、総てのものを放擲し去るは何ぞ。（徳富蘇峰『家庭小訓』「新婚者への戒」、明二九・二）

結婚が人間の果たすべき義務であるとすると、そこにはとうぜん苦痛が伴う。

要するに男子にせよ、女子にせよ、其過失の本は、婚姻を以て、一種の快楽とするにあるは、疑ふべからざるの事実也。去れども婚姻は決して快楽一方のためにするものにあらず、蜜月の旅行とか、ホームの快楽とか歌の様なる浮は〳〵しき事を当にしたる婚姻は、其後必らず、不幸あるを免れず。何となれば結婚は決して長く続く快楽にあらず、種々痛苦の基たるべければ也。唯だ痛苦にせよ、快楽にせよ、此は人生の父母に酬ひ子孫に対し、社会に対して、為さゞるべからざる義務、経過せざるべからざる関門と覚悟して結婚すべきのみ。（「婚姻に関する今日の傾向」（下））

それでも「蜜月の旅行とか、ホームの快楽とか」いった無形の快楽を求めているのならまだ許せるが、なかには物質的な快楽のみをおい求めて破綻したあげくに相手の非を鳴らす手あいもあるが、それは自業自得というべきである。

か丶る過失の本は、婦人たるものは、兎角男子に依頼して生活せざるべからざるより、男子が已に生活上の快楽と満足とを与ふれば、それにてよしとし、其人物の高下、気質の善悪を問ふの暇なきが故也。云はゞ己を飼殺しにするものあれば、身をまかせんとするもの多きが故也。去れば位貴く富多ければ、最もよく、財産あれば之に次ぎ、其才学、識見、人物、善悪の如きは問ふ所にあらず。此[か]かる標準にて婚姻を結べる女子は是れ人の妻たるものにあらずして、其色を売るもの也。男子の方にて如何に不正の女子に戯る丶ことありたりとて、彼れ是れ云ふの権利あるものにあらず。何となれば己れ已に不正なる思想を以て、其身を夫に売りたると同然の事を為しつ丶あれば也。（同）

ひとくさりお説教がすんだあとで持ちだされる結論は、案の定、たいへん殺風景なものとなる。

家の貧苦なるは、富めるよりも幸福なることあり。（略）一家、苦しみに迫りて初めて家族団結す。此故に、伉儷相合はず、ホームの楽しみ薄き時（略）不和、不合、又は、楽(たのしみ)少なし等の名に於て、相去り、もしくは、事業の上に不都合なりと称して相離るが如きは、

> 皆な不可なり。彼等は、素と軽々しく相離ることを得べからざるものとす。故に、不合、不和の晴るは、合和を希がひて、個々反省自修すべし。楽少なきの一事は、決して許すべきの中条にあらず。（「室家伉儷の天職」）

二度とそうした不埒なことを言いださないようにするために、とどめをさすようにして近代の言説における悪の代名詞である「利己主義」のレッテルが貼り付けられることもある。

> 思ふに、是れ、利己主義の過失より出づ。伉儷は、たゞ快楽を取るべきものと誤解し、（略）初めより利己主義の迷に於て伉儷の縁しを結ぶ。此に於てか、破鏡覆水の不義を行ひて、而も恬として恥ることとなし。（同）

親身になって言い分に耳を傾けてくれ、惜しみなく同情してくれた同性でも、そこに利己主義や我儘の臭いを嗅ぎ付けると途端に冷淡になる。

> 夫婦感情の一致せざるは人世最大の恨事にして凡そ不断直接の苦痛之に過ぐるものはあるまじくと存候。厭世自殺など申す者は大抵室家の不平より起り候。ことに男子が外界の困苦に出であふは寧ろ戦争の如く苦しき中にも一種の愉快はある者に候へども家内に於ける不愉快に限りては到底堪へがたきものに候。女子とても亦た其様にて女の身の宝は良人の

情けと心切との外になきものゆゑ之に冷遇せらるゝほど苦しき事は候ふまじ。既に斯の如く相合へば世界第一の幸福あり、相合はざれば人世最大の恨事となること知れたることゆゑ、双方相つとめて互ひに慎しみ両方にて利己我儘の念ひを断つときは、切度和楽することと疑がひなきことに候。左様に申さば吾は決して利己我儘を為すことなしと誰も申出らるべく候へども凡そ不和合の夫婦にして双方に我儘のきざしなきは無之、又双方に此念なくして不和合の結果あらん筈決してなしと確信致し候。先方が信切なる故に此方も信切にす、先方が情けあるに動かされて此方も好く仕へると云ふは、利己に違ひ無之候。女は愛さるゝ故に愛すと詩人が歌ひしは、未だ恋ひせず未だ嫁がざる乙女の時の事を申すものにて、一たん身を許し操を定め終生此人と定めたらん以上は善悪熱冷にかゝはらず其の誠を尽すが道と申すもの亦た慕ふは女の真心とも申すものにて候。成程、感情の不一致ほど致方なきものは無之。取わけ朝夕同居同伴する人と感情の相ひ逆らふほど苦しきことは無之候。然し乍ら如何に苦しくとも最早致方なしたゞ一日も早く此苦しみを去り我も人も互ひに幸福にくらすの外なしと観念を定めなば、日々限りなく此の苦しみの中にあらんより、奮発して感情を善くする方に勉むるこそ遥かに苦しみの少なきものにて候なれ。然るに此の奮発の出来ぬは即はち我慢にして我儘と申す外無之候。「向ふがすれば」と思ふ心、根になりて兎角、吾より心を開かざるが此時の我儘と申すものにて候。向ふ次第にて、此方の心を開くとは、市人の覚悟とや申さん、夫婦の道にてはあるまじく候、全体夫婦は、此上なき恥かしさを互ひに忍び万人に示さゞる秘密を互に打あけるものなれば、人世に於て此ほど親しみ易きものは無之筈に候、左候へばこそ亦た些細の事にて相ひ害なふことあるなれども、一たん飜然相悟らば元に復して和楽するは自然の流の如し、水の下きにゆくと異ならず候。夫故、世話にも夫婦げんくわの仲裁ほど馬鹿らしきものはなしと申候。中裁人が馬鹿を見るほどに早く和合し、和合したる暁は一層馬鹿を見るほどに頓と構はれぬ故に候。然し乍ら之は目出度事に相違無之候。右様の訳ゆゑ、先以て利己我儘を抑へ、自から進んで率先一層の誠を尽すこと第一の快復手段に候。（「菊女と云へる方への答」『女学雑誌』第四〇四号、明二七・一二）

自分が我儘であることを棚に挙げて我が身の「不運」を嘆いているような輩は言語道断である。

世人不運に際すれば則ち曰く嗚呼天なり又天の時を待つのみと、何んぞ其れ斯くの如く進取の気象に乏しくして時機を見るに迂なるや、夫れ天は自己を助くるものを助くるものなり奚んぞ安逸者を恵まんや汝、満脳の才智を振ふて幸福を求めよ何んぞ彼の大海の辺に坐して釣を垂るゝものに倣ふことをせん、抑も人の不運に際会するは偶然に出づるに非らず既に先きに其因あり故に其果あるに過ぎざるのみ、世の徒らに不運を嘆ずるものは先づ試みに虚心平気以て其不運の原因を探求すべし必ず自己の過失に出づるを発見するならん、西人言ふ不運を嘆ずるものは自己の失策を披露するものなりと真に然りと謂ふべきなり
（木村秀子『交際論』第一章「自己の交際を務むる方法を論す」、明二一・五）

離縁を請うていた女はこのときまったくその進退に窮する。ここで踏ん張るには、もう何といわれようがひたすら泣いて、イヤなものはイヤだと頑としていいつづけるしかない。

云はれて見れば、妾（わたし）の方に一（ひとつ）として理屈はない。只厭だ、虫が好かないという計りだ。けれどもそんな事を云ひだした日には、一番にはね付けられてしまうから、それはまづ二の次にして、まづ第一の口実には、姑のつらいこと、家風に合ひ兼ねること、これ計りをならべて居た。

それとても世間に無い例（ためし）ではなし、其処が辛抱の仕処と、尚も笠にかゝつて説かれると、妾も返す言葉が無い。が、云ひ出した事を後へ退（ひ）くのは、幼稚（ちいさ）い時分から大嫌いだから、何と云はれたつてもう動きはしない、面倒臭くなれば黙つてしまつて、それでもいけなければ泣いてやる。泣かれるのが一番弱ると見えて、其上はもう誰も何とも云はない。
（漣山人「男やもめ」）

理屈ではない。生理的に夫を受け付けないのだ。

妾(わたし)は辛抱が無いと云はれても、我儘と云はれても、お転婆と云はれても、強情と云はれても、寧(いつ)そ義理知らずの、親不孝と云はれても、二度と再びあの石山の竈(かまど)を守つて、あんな人の傍(そば)に居ることは、もう〳〵もう〳〵真平々々(まつぴら〳〵)！（略）

何故妾はかうだらう。——仮初(かりそめ)にも其家に嫁(かたづ)いて、其人に身を許したからは、一生苦楽を共にしなければならない。それもようく承知して居る。人の妻(さい)となつた以上は、妻たるの道を尽して、良人(をつと)の心を迎へなければならない。それもようく承知して居る。で、それほど何も彼も承知して居ながら、実に吾ながら不思議なほど、あの石山に向つては、勉める気にもならなければ、機嫌を取らうという心も出ず、何かにつけて、只厭だというのが先に立て、どうしても、実にどうしても、交情(なか)好くすることが出来なかつた。

よく人が、星が合はないとか、性(しやう)が合はないとか云う。星も性も、これでは成る程合つては居まい。が、それよりも第一に、——両人(ふたり)は心が合はないのだ。

と、かう思うと、『厭』は日増しに度を増して来て、後には顔を見るのも厭、口を利くのも厭、ほんとに、一ツ家根の下にぢつとして居るのが、厭で〳〵厭で〳〵！

そんなら何が厭だらうと云うと、どうも其の元因は解らない。強いて云へば、——只その可愛がられるのが厭なのだ。（「男やもめ」）

何処が何うで、彼処が斯うと云ふ訳ならねど、夫を見れば何となく厭で〳〵、癧瘍つッとはしりて、蟀谷痛むかと思へば、頭重くなりて眼眩するに、一目だに見らるゝものでなし。（大橋乙羽「小夜衣」其八、『都の花』第七五号、明二五・一）

お関も泣いた。だが、それは金輪際夫のところへは戻らないというかたくなな意志を表明した涙ではなかった。「ゑゝ厭や厭や」ということばは両親の前でついに口にされることはなかった。「阿関はわつと泣いて夫れでは離縁をといふたも我まゝで御座りました」……。まるで図上演習のやりすぎで戦いがはじまったとたんに戦局を悲観して戦意を喪失した参謀のように、「千度も百度も考へ直して、二年も三年も泣尽して今日といふ今日どうでも離縁を貰ふて頂かう」としたはずのお関は、父がいってもいない「我まゝ」ということばを自分から口にしながら、他の女たちにとってはそこに辿り着くのすら困難であった戦場に立つことができたのに、拍子ぬけするほどあっさりと降参してしまった。ひとり取り残された兵卒には一抹のわりきれなさが残る。

只斯程までに苦悶し、斯程までに決心したるお関が、父の前後只一回の説諭にかんじて、手の掌返へすが如く、それでは離縁といふたも我儘で御坐りましたと本にかへりて詫ぶるところ、このお関にとりては余りに軽薄なる所為にあらずや、如何に父子の間に霊妙の働きありとはいへ。（美るめの浦人「木賃旅行」『国民新聞』明二九・一・一九）

敗戦の責任は名分のない戦いを始めながら臆病風を吹かせた頭でっかちの参謀にあるのか、それとも一発の弾も撃つことなくして相手方を潰走させた敵の指揮官を褒めるべきなのだろうか。

3

「何うぞ御願ひで御座ります離縁の状を取つて下され」、おそらく幾夜もの眠れぬ夜をつみかさねたはての決断だったのだろう、誰にも相談することなくひとりこころを決めた娘から面とむかって夫との離婚の承認を求められた両親は、それを許可するのか、それとも拒否するのか、二者択一の岐路に立たされた。もし娘の言い分が気にくわないなら、かれらは、娘から要求を突き付けられるや「存外のお腹立ちにて、涙はら／＼と流され、はつたと睨みつけ給ひし」継母（「小夜衣」）のように、間髪をいれずに鮮明な拒絶の態度を表明することによって一言の相談もなくこころよからぬ要求をつきつけてくる娘をひたすらねじふせにかかることもできたはずだが、両親に促された娘が離縁を決意したいきさつを語り終えたあとでまず口を開いた母親が選んだのは、どうみてもかたくなな拒否ではなかった。それどころか母は、原田の出て行けがしの扱いの不当性を口を極めて罵ることにおいて、けっして娘にひけはとらなかった。そもそもは原田の方から「やい／＼と貰ひたがる」のに押し切られるように娘を嫁にやったのにいまさらとやかくいうのは断じて許すことはできない。好き放題いわせておかずに「何の私にも家が有ますとて出て来るが宜からう」——娘が報告した聟の仕打ちにいきりたった母親はむしろ離縁の請求を率先して許可しているようにもみえる。だが、最後になって母の下した結論は、まるで娘から夫の虐待について相談されてでもいるかのような、なんとも中途半端なしろものだった。

　なあ父様(とゝさん)一遍勇さんに逢ふて十分油を取つたら宜(よ)う御座りましよ

「十分油を取」るとは「イタメツケ」て「其人ガ一言モ返セヌホドニ責メル」こと（山田美妙『日本大辞書』明二六）。もっぱら原田にお関を離縁する資格のないことをいいたてていたことからして、母の提示した結論は、とてもそんなことのできた義理ではないのに娘を離縁しようとするとは何事かと原田をとことん詰問することなのだろうが、こうした提案は、それじたいでは娘の離縁の要求にたいする十全な返答とはなりえない。というのも、そうやってこてんぱんにやっつけてから、きっぱりと離縁を申し入れることも、反対に、今後は心を入れ替えて妻をいつくしむように夫に誓わせることもまた等しく可能だから、つまり「十分油を取」るという行為そのものは互いに両立しがたい行為のいずれをも後続させうるからである。実家に戻されてきた娘にむかって、夫の「挙止無頼と罵り、戻されしを汐きツぱりと離縁言入んと、律儀一徹退いて仕舞へと賺」す母親（緑雨「犬蓼」『油地獄』明二四・一一）にも、あるいはまた、姑にいびり出された女の嫁ぎ先に談判にいって、亡くなった舅との口約束を盾に、離縁などといわないで女を家に置いてくれるよう執拗に頼みこむ父親がわりの爺さん（緑雨「柴小舟」『見切物』明二七・八）にも、いずれにも母はなりうる。ただ、どちらにしろ、自分の娘から愛想が尽きたから離縁したいといわれた親が、ふだん「彼方が立派にやつて居るに、此方が此通りつまらぬ活計をして居」ることを気に病んでいるはずの婿のところへ乗り込んでいこうとするのはどうみても穏やかではなかった。「役所へは二頭馬車」で通う洋行帰りの勅任官に紙屑のように捨てられて「木賃宿ぐらし」となった女をみかねた近所の女房が、「再縁の事を御相談まうした」いと意気込んで邸へでかけていったものの家令に離縁状と手切金を突き付けられて追い返されたように、身分のかけ離れた夫婦の離縁沙汰の談判は、たとえ女の側にまったくその気がなくとも「先方の御富貴なのを見込んで、何うやらお金でもおねだり申しに行くやう」なものであった（乙羽「出世奴」四十、『花鳥集』明三一・五）。つまりそうした談判は、自分の娘が「金箱」にしかみえない「下等社会」の親たちが（篁村「当世写真鏡」下第三「金箱娘」、『むら竹』第十五巻、明二三・五）、「千夜の恋ふつに醒めて三行半に千金を添へて別」れようとする手合い（須藤南翠「異裡子日衣」中の巻、『新小説』第二十五巻、明二三・二）から引き出していた「離縁金は尠くツても。百や百五十は相場」（逍遥『妹と背かゞみ』第十二回、明二三・三）というコンテクストにいとも容易に接ぎ木されるのである。

娘が両親に突き付けた二者択一の要求は、それにたいする応答としてまずなされた母の提案が一見両立しがたい二つの行為に等しく接続可能であることによって、現にそれを読みつつある読者へと回付される。母は「なあ父様一遍勇さんに逢ふて十分油を取つたら宜う御座りましよ」ということによって、いったいどのような行為を提案しているのか。母の返事は、諾なのか否なのか、それともそのいずれでもないのか、あるいはいずれでもありうるのか。だが、物語が母の提案を採用することはなかった。みずからを明確なものとする唯一の機会を封じられたまま置きざりにされたあいまいな返答は、やがて語られもせず、実現もされなかったもうひとつの物語へと読者を導く。

「なあ父様」と呼びかけられた父親が母の提案をどううけとったのかははっきりとしない。母の提案を「あゝ御袋、無茶の事を言ふてはならぬ」という一言のもとに退けたあと、父はこう続ける。

阿関の事なれば並大底で此様(こん)な事を言ひ出しさうにもなく、よく／＼愁(つ)らさに出て来たと見えるが、して今夜は聟どのは不在(るす)か、何か改たまつての事件でもあつてか、いよ／＼離縁するとでも言はれて来たのかと落ついて問ふ

夫の側から離縁の宣告があったのなら、お関は「去られました」とでもきりだしていたはずで、父がほんとうに尋きたかったのは、最後の項目ではない。

今の女房が厭で／＼／＼／＼／＼／＼／＼堪らず（略）僅(わづか)二年とたゝぬ新妻を家風に合はぬと例の簡易法を以て暫らく里方へ預け跡より断然離縁の旨を言遣(いひや)りたり
（緑雨「売花翁」『ほご袋』明二六・二）

従来行はれ来れる離縁の順序とも云ふ可き何にも知らぬ嫁を欺きて所用をこしらへ実家(さと)に赴むかしめたる後媒介人(なかうど)して離縁を通知せしむるが如き無慈悲なる離縁話（『家庭の栞』第一編「離縁の事」）

荷物も何もたゝき返した。二度とは足を踏込まさぬ。先刻(さつき)媒酌(なかうど)の禿頭め、しかつべらしく

遣って来たが、一も二もなく追返した。親元預けの重ねておさらば。下らない彼様なものに、いつまで辛抱して居られるものぞ。（川上眉山「奥様」十一下、『奥様』明三〇・六）

はでな喧嘩の挙げ句ならともかく、「一言」はなかなか口にしにくい。「いま迄の縁は夢と思つて、夫婦の名を消してほしいのだ」（花瘦「破鏡」第八面）といえる夫もいないではないが、なかには気が弱いのかはっきりと「一言」がいえない男もずいぶんといたようである。いきおい男は姑息な手段に訴えることがおおかったわけで、勇が在宅か否かを確かめたのはお関がこうして実家へ帰ってきたのが勇の発意によるものであるかどうかを確認するためであった。むきだしに表明されることのない離縁の意志を一見そうとはみえない言動から探ろうとしたのである。父の問い掛けに対し、お関は的確に答えている。

良人は一昨日より家へとては帰られませぬ、五日六日と家を明けるは平常の事、左のみ珍らしいとは思ひませぬけれど出際に召物の揃へかたが悪いとて如何ほど詫びても聞入れがなく、其品をば脱いで擲きつけて、御自身洋服にめしかへて、吁、私位不仕合の人間はあるまい、御前のやうな妻を持つたのはと言ひ捨てに出て御出で遊しました、何といふ事で御座りませう一年三百六十五日物いふ事も無く、稀々言はれるは此様な情ない詞をかけられて、夫れでも原田の妻と言はれたいか、太郎の母で候と顔おし拭つて居る心か、我身

ながら我身の辛棒がわかりませぬ、もう〳〵もう私は良人も子も御座んせぬ嫁入せぬ昔しと思へば夫れまで

夫の側の事実の報告としてなら、このお関の返答は父を十二分に満足させるものであった。「離縁する」ということばは一度たりと婿の口から発せられていなかったし、こっそりと「例の簡易法」が発動されていたのでもなかった。おまけに、外の女を内に入れるとか、めったやたらと暴力をふるったりしていないことも明らかになったからである。残るは娘の側の動機の究明である。「心に叶はぬ事あれば、当分の中お預け申す」と書かれた手紙を持たされて事情も飲み込めぬままに実家に戻された娘にすら「此失体の原因は何だ。気を落付けて始終を話せ」と詰め寄る父親がおり（眉山「奥様」十一中）、まして、妻の側から離縁を乞うた場合は痛くもない腹を探られずにはいなかった。

或日思ひ切りて、腹にある事包まず母さまへ申上しに、存外のお腹立ちにて、涙はら〳〵と流され、はつたと睨みつけ給ひしに、恐ろしさと心苦しさに、身を縮めしが、篤と気を落ちつけて。母さま母さま、お腹立ちは御尤なれど、この事末遂げ難き中なれば、幾重にも御許し下されませ、お許しなされずば、妾尼法師ともなり申すべければ、おん暇下されたし、跡は政次郎様へ気の合ふた嫁貰はれて、身代は彼の人にお渡し下され、妾は此世に

望み好みも御坐りませねば、宜敷やうにお取計らひ下されたしと、泣き入りてかき口説くに、母さま鼻つまらして。これおたま、この親不孝、よくもこの母に恥掻かするな、政次郎は只一通りの婿ぢやないぞ、親父様よりの義理ありて、今茲で離縁せば、聟一人の採めにあらじ、親父様も幾分か気を悪くされて、この家四分五裂なるべし。其方の我儘は今初めてならねど、さりとては余りなり、離縁するもよし、聟帰しやるもよし、それは婚姻の当坐ならば宜けれ、一年と二年と過ぎて、政次郎は此家の二代と他人にも知られ、世間にも噂され、今は家内も同様なるに、それ嫌ふとは故あるべし、一年留守の間に、情夫拵らへたか、（略）これおたま、泣いて居ては事が判らぬ。よ、お前、ちッとは母の心も推してくれよ。（乙羽「小夜衣」其十一、『都の花』第七七号、明二五・二）

だが、こうしたあからさまな追及をお関は受けずにすんだ。わざわざ夜を選んでやって来たことがお関には幸いしたのである。悠長に穿鑿を続ける時間的余裕は父に与えられていない。なにくわぬ顔をして嫁ぎ先に帰ってもさほど怪しまれずにすむ時刻を逃すと、娘の口にした「離縁」ということばは有無をいわさず現実となってしまうかもしれない。「亭主に断り無く駆け出すやうな女に用は無へ、離縁までのこと」（露伴「僥倖」）。しばらくして語りはじめた父は、娘の動機を不問に付したのと引き換えるように婿の動機を度外視して娘の申し出を判定する権利を主張する。

身分が釣合はねば思ふ事も自然違ふて、此方は真から尽す気でも取りやうに寄つては面白くなく見える事もあらう、勇さんだからとて彼の通り物の道理を心得た、利発の人ではあり随分学者でもある、無茶苦茶にいぢめ立る訳ではあるまいが、得て世間に褒め物の敏腕家など〻言はれるは極めて恐ろしい我ま〻物、外では知らぬ顔に切つて廻せど勤め向きの不平などまで家内へ帰つて当りちらされる、的に成つては随分つらい事もあらう、なれども彼れほどの良人を持つ身のつとめ、区役所がよひの腰弁当が釜の下を焚きつけて呉るのとは格が違ふ、随がつてやかましくもあらう六づかしくもあらう夫を機嫌の好い様にと〻のへて行くが妻の役、表面には見えねど世間の奥様といふ人達の何れも面白くをかしき中ばかりは有るまじ、身一つと思へば恨みも出る、何の是れが世の勤めなり、殊には是れほど身がらの相違もある事なれば人一倍の苦もある道理

なるほど夫はえげつないことばをお関に浴びせかけたに違いないが、それはなにも妻を追い出すつもりでしているのではなく、「世間に褒め物の敏腕家」が勤めの上での「不平」を妻にぶつけているのにすぎないのじゃないか、と父はいう。よくある腕力沙汰ではなく、「一昨日」自分に向けられた「情ない詞」をよりどころに「最う何うでも勇の傍に居る事は出来ませぬ」

といえるお関にとっては、ほんのちょっとでも口答えすればいまにも「出てゆけ」というに違いない夫から浴びせられた「吁（あゝ）、私位不仕合の人間はあるまい、御前のやうな妻を持つたのは」ということばは離縁の宣告にまぎれもないが、父はおなじことばを別のやり方で読んでみせたのである。父には、娘の言い分は「聴（キ）二於無（ニ）一レ声視（ニ）二於無（ニ）一レ形」という『小学』（明倫）の教えをいたずらに適用しているものと映った。

小学に、少者（せうしゃ）の長者に事（つか）ふる道を教へて、声無きに聞き、形無きに見よと云へりき。これすなはち、俗（よ）に云ふ。咳払ひせば、灰吹を薦めよとあるに均しく、其事へんと思ふ人の為には、心を傾け、意を留めて、たゞ其欲する所のまに〱、為し参らせんことを勉めよと云ふなり。（下田歌子『婦女家庭訓』「夫に対する心得」）

しかし、「咳払ひ」という行為がいつも「灰吹」を要求しているわけではないように、「声無きに聞き、形無きに見」ることはとてもむつかしい。「此方は真から尽す気でも取りやうに寄つては面白くなく見える事もあらう」とは、夫の意向をうまく汲めなかったことを指摘する。

先づ、他の意向を、熟（うま）く知らざる可らず。縦令（たとへ）ば、茶を欲する者に酒を薦め、酒を欲する人に茶を参らせたらんには、其親切は親切として、受くるにもせよ、なほ、其心に飽き足ること能はずして、つひに、不満を感ずべく、不満の結果、また他に、満足を買ひて、其希望の欠けたる所を補はんと欲するが如き、傾きあるは、普通、人情の、また已み難き所なるべし。故に、人の妻たらん者は、少なくも、其夫が為す所、行ふ所をいかならんとだに、察知する許りの、智識を備へて、而して、後に、能く内助の功は、奏することを得べし。（同）

発せられてもいないことばを間違いなく聞き取るには、聞く側にそれにふさわしい「智識」がなければならない。父はそのことを、「利発」で「道理」をわきまえた「学者」である婿と娘との「身分」の差として述べる。お関は夫の意向を察知する資格に欠けている。しかも勇のことばはふつう夫の側から離縁が切り出されるさいに用いられることばではない。したがってその言い分も見当ちがいの思いすごしである、というわけだ。だが、「身分」についてなら父も娘をとやかくいえた義理ではないから、父がじっさいにできたのは、娘とはちがったコードで勇のことばを読んでみせることだけであった。娘が用いたコードが女房と畳は云々というものであった（「全くは私に御飽きなされたので」）のにたいし、父の持ち出すのは「得て世間に褒め物の敏腕家など〻言はれるは極めて恐ろしい我まゝ物」という「道理」であった。

なる程。夫になれば夫だけの苦労。女房になれば女房だけの苦労。銘々それ〴〵の苦労はあるものゆへ随分夫は女房の心をおもひやつて。いたわつてやり又女房は夫のこゝろをおもひやつて。なりたけ深切を尽さねばならぬもので御座りますが。そのうち前にも申やうに夫は火のやうなもの女房は水のやうなものゆへ。その水は随分夫の火の勢に遣はれてゆかねば何事も成就は仕ませぬものじや。（奥田頼杖『心学道の話』四編、明四一・五、第一四版）

官員の奥方大家の内儀、米薪に屈託無くても、分に応じたる苦労といふはあるものにて、身代よろしければ其だけに気を役ふことの劇しき理は、自身戦せざる大将の、器量人に優れざれば勤まらざるに同じ。（紅葉『三人妻』上十三、明二五・一二）

男子は、常に外に在りて、公けの務め、又、種々なる人の交際に、心を労する事多かるべければ、其家に在らん程、仮令、理り無き事、物狂はしき怒りを発する事等ありとも、能く耐忍して、宥め慰め、其機嫌麗しからん折を見て、能く、緩やかに諷諌を試むべし、（下田歌子『家庭要訓』(一)「主婦のつとめ」、明三〇・三）

将、君子人ならんか。そが妻たるもの、才徳秀づるものにあらざる限は、叱咤譴責を受くること、虚日なかるべし。（三輪田真佐子『女子処生論』第十二章「忍耐」）

> 概ね夫婦は別食なるのみならず、家事極めて頻繁にして、夫の業務を了りて家に在るも、家族団欒、親密に談話を交ふるの時とては少し、適々（たま〳〵）言語を交ふることあれば、之れなん夫が何等かの用事を命ずるものにして、其事意の如くならざれば、詳らかに其事情をも聞取らず、忽ちに荒き言葉を用ゐ、一声の下之れを叱咤して憚からざる者多きに似たり
> （加藤政之助『欧米婦人之状態』「内外婦人の現状」第五「夫婦の間柄」、明二四・一一）

> 今尚種々の負債多く其催促絶間無ければ夫に代る細君の身は間の悪き事も多かるべしされど当世の紳士に連添ふものは誰かさる筋を細君の義務と観じ浮世のならひと諦めざらんや且又夫は外出好にて（略）大抵は家に留まらず、それこれつらき事多かるべけれど昏き方計りを穿鑿せば極楽にも日あたりの厚薄は有べき道理　（逍遥「細君」第三回）

「道理」とはつねに陳腐である。陳腐であることは「道理」の必要十分条件である。父と娘の対立は、どの「道理」によって勇の言葉を解読するかという対立であり、「声無きに聞き、形無きに見よ」という命令に関しては両者とも忠実であるといっていい。

> お前が口に出さんとても親も察しる弟（おとゝ）も察しる、涙は各自（てんで）に分て泣かうぞ

十三夜というテクストは、こうして、ことばによって明言されないことがらの解釈を作中人物間で競わせることによって、発話に際して陰伏されたメッセージの解読という問題を前景化し、作中人物の発話そのものも、ひいては語り手の語る地の文のことばも、そうした流儀で読むように読者に要請している。読者は語られなかったことがらを注意深くおい求める。娘がほのめかし、父がよりはっきりと示した規則に従うのなら、語られたことはもちろん、語られなかったことも、すでにどこかほかのところ、ほかのテクストで語られたことばのなかに発見することができる。ここでは、どんなことばももう語られてしまっている陳腐なことばに汚染されており、また、どれほど厳密なことばづかいもいくばくかの剰余をともなわないことはない。十三夜というテクストは陳腐で決まり切った読み方をどこまでもおい求めたはてに、その外側にそうした仕方では読みえない未知のまったく新しい物語があるかもしれないと予見してみせる。

今日までの辛棒がなるほどならば、是れから後(ご)とて出来ぬ事はあるまじ、離縁を取つて出たが宜(よ)いか、太郎は原田のもの、其方(そち)は斎藤の娘、一度縁が切れては二度と顔見にゆく事もなるまじ、同じく不運に泣くほどならば原田の妻で大泣きに泣け、なあ関さうでは無いか、合点(がてん)がいつたら何事も胸に納めて、知らぬ顔に今夜は帰つて、今まで通りつゝしんで

世を送つて呉れ

「声無きに聞」こうとするあまり見当違いの方角にさまよっていった娘にこりたのだろうか、ここで父はことばとして示されていることだけしか読み取らせない配慮を周到に施している。父のいっていることそのものが辛棒の勧めとして極めて陳腐であるばかりでなく、なにを娘に要求しているのかもはっきりと明言されている。

その外に一大事の覚悟といふは別の事でも御ざらぬ只堪忍といふ事でござる此度かの家へよめ入せらるゝは只堪忍の行(ぎやう)を勤めに行くのじやと覚悟せらるゝがよい其訳はそなたも今年で廿七年親の家風に馴染だ娘。俄(にはか)に他人の家へ這入(はいれ)ば心に合(かな)はぬ事もおふく愁い事は有うちなれば、いづれ長い月日には湯殿の隅や雪隠(せつちん)の壁へ向て泣るゝやうな、つらい事は幾(いく)度(たび)もあるであろふ。さやうな事のある時でも平常(へいぜい)そなたの心の中に、なんぞ孝行らしい物か信実らしいものを持合して居らるゝと。おれはあれほどにもするものを婆さまが聞へぬとか、おれは是程にも、おもふて居るに小姑(こじうとめ)が、そでないとかいづれ向ふを恨におもふ心が出るにちがひはない。さふいふ心が出たら最期それが修羅道の根となつて終(つひ)には縁の切(きれ)小口(こぐち)。一生流浪せらねばならぬ程に。かならず〳〵其やうな孝行じやの信実じやのといふ利口な了簡は。まあさつぱりと除て置て愁い事の有たびに。こゝが大事の辛抱どころ此堪

忍を。つとめにこそ。おれは此家へ嫁入て来たのじやと只一すじに堪忍の行を勤めらるゝがよい。（『心学道の話』三編）

「原田の妻で大泣きに泣け」ということによって父は、こうしたきまりきったことばを実践しろと娘にはっきりと命令しているのである。

だが、「お前が口に出さんとても親も察しる弟も察しる」という言明はただちに父じしんのことばにはねかえる。父のいったことは、

若し意に堪へがたき事あらば、宜しく起て庭中の柳を見るべし、彼の裊々たる柳の絲は、常に他物に抗らはさるが為に暴風ありと雖ども折るゝことなく、四季優美なる態姿を保つにあらずや、人の婦にして彼の柳の優美なる性を守らば、離婚の如き災厄に罹ることなく、一家和楽して子孫繁栄の基礎を開くこと（略）疑なかるべきなり（坪谷水哉「離婚」）

などと同様、「二十年の未来に走りて子の三四人も持ッて見ねば、真実の親の情合は知れぬと云ふ売薬の能書ほどな、きまり文句に改めて金箔を置いてしめやかに効能の説法」（宙外「ありのすさび」一）をしているのといったいどこが違うのか。娘を嫁ぎ先においやって安閑としていられるのはけっしておろそかにしませんなどという一札（石井良助「婚姻法史雑考」二「不離縁

の担保」、『日本婚姻法史』）をあらかじめ原田から取ってでもあるというのか。

何処やらにて、当時幅利（はゞき）の旦那様に見初められ玉ひしが、釣合はぬ御縁の緒（いとぐち）。人橋かけての御申込にも、うかとは乗らぬ女親の細かい采配。萌え出る春に逢はせ升（ます）るは嬉しけれど、かれ〳〵にならせ玉はむ、秋の末が気遣はれましてと。いやではなきお断りの奥の手は、一生見捨てぬといふ誓文沙汰。万一にも浮気らしい事した節には、何時（なんどき）離縁をいひ出らるゝとも、一言も申すまじ。又其節には違約金として、幾千の金を差出すべし。勿論母御（はゝご）の一生は、当方にて引受る筈、夫には月に幾許（いくばく）の手当と。注文通りの一札を、まんまと首尾よく請取たる上、やっとの事でお輿入（こしいり）ありしといふ、金箔付きの恋女房様。（清水紫琴「今様夫婦気質」下、『女学雑誌』第四四七号、明三〇・八）

それとも、それは、妻の側が承諾しなければ、裁判による以外夫が勝手に妻を離別することがもはや不可能となる民法の時代が接近していることを見通した上でのものいいであったのか……

協議の離婚とは夫婦互に承諾の上にて離別するものにして（略）夫婦双方の父母、祖父母、又は後見人の許諾を受くることを必要となせり、故に此の協議の離婚をなさんとする者は、夫婦の間に異論なきは勿論、相方の父母、祖父母、或は後見人の異論なきことを要す、若し其中一人にても不服のものあるときは、協議の離婚は不調にして、次に説く所の裁判所の判決を俟たざるべからず、（「婦人の心得べき日本の法律　離婚」）

（問）夫は自身の都合上妻と別居することを得るや

（答）妻が承諾を為すに非ざれば別居することを得ず妻は夫と同居を為す権利を有すればなり（民第七百八十九条）

（問）新民法実施後夫婦は容易に離婚することを得ずと云ふ者あり果して然るや

（答）従来の如く家風に適はず等の口実を以て妻を去ることは出来ずと雖ども夫婦協議の上ならば何時にても離婚を為すことを得　（牧羝翁『森羅万象百事問答』第四輯、明三二・二）

読者はこうして、それがありふれたものでありえさえすれば、つまりかろうじて現実らしくありさえすれば、語られなかった物語を誰はばかることなく存分に読み込んでいくことをテクストから正式に許可されたのである。ことばはつねに過剰に読まれることによって、語られないでいるもうひとつの物語を分泌しつづける。作中人物はたえずそうした物語の引力にさらされ、そこに引きずり込まれようとする。

結婚してから一年経つか経たない内に此様な話を持出すのは実に恥入るです。だが君、愚物で道理の解らないよりも不貞を働かれるよりも良人たる身が木像同様に全く無視されるのが一番辛いです。（魯庵「今様厭世男」上、『文芸倶楽部』第四巻第九編、明三一・七）

故に殺す程の事は無いのであるが、只離縁して仕まへば好いのであるが、如何も其離縁して、手放して、人手に彼を渡す、仮令ば薄井の如き奴に渡す事が、如何うも出来ぬのである。（江見水蔭「女房殺し」十二、『文芸倶楽部』第一〇編、明二八・一〇）

世間には妄狂ひする奴も有るです。随分間男する奴も有ります。其中で僕は気に入らない妻を離縁しかねて迷つてゐるです。若し僕に道徳の則を越える勇気がありますと容易く埒が明きますが、実に残念です、道徳に中毒して精神の自由を喪つたです。……なア如何しませう、君、君の助言を得て一刀両断の勇気を起したいです。（「今様厭世男」上）

偖そこで、夫婦間は段々と不和なるばかり、妻の意見と云ふと、聞かぬ前から私の気に入らず、私の意見は同然妻の気にも入らないと云つたやうな具合で、結婚してから四年約も経ちましたが、此夫婦は到底も纏まらぬ、と私もつく〴〵考へまして、其頃から断念を付けたでございます。然しながら、今と成つて考へて見ますると、其時分強情を張つて、是非とも自分の言ふ事は徹さなければならぬやうに、大悶着を致した事などゝ云ふものは、実に些細な、目眥〔めくじら〕を立てゝ、何恁と言合ふなどの事ではなかつたので、謂はゞ御互に唯反対して見たくてならなかつたのでございます。所謂魔が魅したとでも云ふのでございませう。其時は夢中で。言ふ事が癪に障る、為る事が気に合はない、何か失行を見付けて喝破(やつつ)けてやらう、と始終眈廻〔ねめまわ〕してゐたのでございます。

其口論の種と云ふのが、実に馬鹿々々しいので、珈琲の煎法が悪いと云つては呶鳴る、食卓被の掛けやうが麁雑だと云つては叱飛ばす、いやもう言語同断。或時などは、茶を煎れる所を見てをりまして、茶瓶の持ちやうが気に合なくて、私は赫〔かつ〕と逆上〔のぼ〕せた事がございました。（小西増太郎・尾崎紅葉訳「名曲クレーツェロワ」十七、『第六国民小説』明二九・二）

しょせん男なんてこんなものか。それとも、やはりお関の語る物語の内部にとらえられている原田は、

もと此の豊吉は独身ならずお松といふ三歳(みつ)になる子のあるお元(もと)といふ女房あり古(ふるき)に飽(あき)し栄(え)曜心(ようごゝろ)世帯染みたる臭を嫌ひ遊び歩きし其うちにお金(きん)の仇めきしを心移りこれを家へ入れるには古女房の始末むづかしといろ〳〵工夫せしが別によき謀計(はかりごと)もなければ只矢鱈(やたら)と酷(むご)くあたりお元が口答へせしといふを云草(いひぐさ)に拵へて暗雲(やみくも)に親許へ送り出したればお元は泣く

〱娘を連れ面目なくも本所の親許へ帰り夫の心の柔らぐを待つは甲斐なき空憑め雨ならぬ日も曇りがち袖に晴間はなかりけり　（篁村「蓮葉娘」第十五回、『むら竹』第一七巻、明二三・九）

といった物語の住人のコピーなのか。

むろん原田は等しくこれらのいずれでもある。たとえ水と油のようにうまく溶けあうことがなくとも、一色のみで作中人物を塗りつぶしてしまうことを「十三夜」は認めない。

先づ今夜は帰つて呉れとて手を取つて引出すやうなるも事あら立じの親の慈悲

いくら娘にたいする思いやりに発しているとはいえ、「手を取つて引出す」ようにして傍目にも奥様然とした娘をひとりで嫁ぎ先へ追い返すというのはただごとではない。

必竟汝や此の親の弱身といふは固より聟の方から標致好みで貰はれたではなく此方から是非嫁に貰ふて下されと云はゞ押付売の夫婦なれば今更聟が放蕩とて取戻しては此親が世間へ顔出しもならず汝も又一旦すき好んで嫁入ッた家を戻るといふ性根は決して持つまいから随分夫の気に逆らはず自然と放蕩の愈るやうに楫を取れ左う斯う云ふうちに夜が尚深ける金を持ッては途中が物騒だ己が家まで送ッてやらうと実に有りがたき親の慈悲どう致

して勿体(もッたい)ない夜更(よふけ)と云ッてもまだ一時表へ出れば車がござりませうから決して夫(それ)には及びません、イヤ〳〵途中で間違でも有りはせぬかと家に居て案じるより送り届けてやッた方が安心だと跡の締りを悴に云付け子故の暗(やみ)を照さんと手づから付ける小提灯娘来やれと先に立つ（篁村「義理の柵」）

しかも、娘を乗せて帰そうとした夜更けの辻車のなかには、「もうらう車夫」と呼ばれるずいぶんやっかいな連中がいることをお関の両親は知らなかったのだろうか。

「まうらう」とは「おかこい」でなく「やど」でなく亦た駐車場(ちうしやば)に陣取れる「ばん」にも入らずして名詮自称朦朧として身分定らざる無所属の輩(はい)を称するなり。四万人の車夫中一万五千人をヒルテンなりとせば二万五千人はヨナシなるべしとは誰も人の言ふところ、而(しか)もヨナシの多くは是れ「まうらう」なるが（略）古びたるとも車を所有し衣具を備ふるもの尚上々なりと雖ども「まうらう」の多くは車を所有し居るものなきは固より胖天股引(はんてんもゝひき)の用意すら寥々たり。其の車や布団や筒袖(ずんど)や股引や皆な宿より借りて出づるなり。（横山源之助「都会の半面　まうらう車夫」『毎日新聞』明二八・一二・二七）

●悪党ども　吉原界隈には例の朦朧車夫といふ悪漢出没して良民を苦しめ又他の破落戸(ならずもの)徘

徊して婦女子を辱しむる事屢々あり何とか厳重なる取締方はなきものにや（『都新聞』明二九・三・一九）

父の仕打ちにたいして「決して決して不了簡など出すやうな事はしませぬ」とお関がこたえていることからすれば、あえて危険な目にあわせることによって二度と不心得をおこさぬよう父が娘を罰しているのだろうか、それとも、娘の安否より一刻も早く娘を原田の家へ帰すことを優先させたのだろうか。

だが、テクストは、したり顔をした読者が父をまるごと「無慈悲」な色調で塗りつぶしたまで一息つくことも、あるいは、悪く悟ったような顔をして、

断言すれば氏は善人らしき善人の外に善人あるを知らず、悪人らしき悪人の外に悪人あるを知らざりしなり。更に曰へば小智を有する者は悪人にして小智だに有せざるものは善人なり。篁村氏が教へし処唯是のみにして此以外に善なし又悪なし。善中の悪、悪中の善に到つては氏終に教ふる処なし。（魯庵「饗庭篁村氏」其三、『文芸小品』）

などとうそぶくことを決して許さない。「十三夜」はそうした心理学の平板なおさまりのよさとは縁を切っている。二者択一のシークエンスを完結しないままで置きざりにするように、ま

た、おなじことばについてふたつの相反する解読を並べたままで放置するように、あるいは「片月見に成つても悪るし」といいつつ平然と娘に月見団子を勧めていたように、さらには「分外の欲」を自らに禁じておきながら「不相応の縁」である原田の元へ娘を嫁にやるというちぐはぐさを書き付けながらそれについてのコメントを禁欲していたように、「十三夜」の上はこれみよがしに投げ出された「家には父が咳払ひの是れもうるめる声成し」ということばで締めくくられる。「十三夜」は、無慈悲と慈悲、善と悪、新と旧、女大学と自由婚姻論、心学と民法などといった対立を不器用に投げ出しておいて、わざとそれを閉じるようなことはしない。バルトのいうように読むこととは名づけることだが、ここでは、二つの対立する名を付けるように読者は強制される。テクストは、そこから新たな、書かれなかった物語へと向かう力を引き出そうとする。読者は、否応なくうそつき弥九郎とならざるをえない。

> 弥九郎は自己が空想の事実とならぬをば毫も憂ず、猶また新に空想を起して独り自ら楽めり、されど流石の空想家も自己が空想を事実たらしめんとの望みをば全く有せざるにはあらずして、充分自己が空想の事実となれかしと祈る心を有する証には、事実として稍有り得べきやうなる事情をのみ想像し出せり、されば弥九郎は逃亡し来たる美人を想像し出せし後は次の如き想像を描き成したり、

今乃公を追ひ越して行つた職人めが、乃公の足をば強く踏付けて行つたとする、そこで乃公が一言咎めるといふと先方は二人連といふを頼みに謝罪もせず悪口を吐かすとする、乃公も耐忍がならないで罵り懲らすとする、先方から打つてかゝる、此方でも応じて格闘ふ、先方が案外弱い奴で、一人は乃公に田の中に投げ込まれる、一人は指の二本も折られて逃げる、弱い奴めと冷笑って乃公が声ほがらかに其時義経少も騒がずと謡ひながら悠然と此の田圃路を行く、泥田の中から這上つた奴が迚も敵はぬと独語して去る、
此様なる想像を意のまに〳〵描き始めたる後描き終りし時は莞爾と打笑つて、恰も実に其事の今現に在りて済みたるかのやうに、自ら愉快を覚えつる如き面色をあらはし、児童らしくも悦び楽めり　（露伴「自縄自縛」三十二、『国会』明二八・一〇・四）

弥九郎のついたうそは、徹頭徹尾陳腐なうそでありながら、どたんばで目を覆う事実となった。

4

お関を乗せた車がすでに戸を閉ざして寝静まろうとする街をあとにして、下から見えた「真

黒な上野の景色」（篁村「藪椿」第廿一回）の中に溶け込むようにして新坂を登りきろうとするところにさしかかったとき、車夫はいきなり車を輓くのを止めて、「誠に申しかねましたが私はこれで御免を願ひます、代は入りませぬからお下りなすつて」と客にいう。

鶯渓（うぐひすだに）より新阪を上りますころには、太陽は上野の森を隔てゝ西の山に没（はい）りかゝつて居ますから、薄暗くなつて来まして、猶更心細くなつて、種々（いろいろ）な考へがいよ〳〵胸を苦めます。

（柳浪「二おもて」第二回、『大和錦』第二号、明二二・一）

人通りのすくないこの辺りは夕暮れどきでさえ「物凄さ」がたちこめて、「颯（さつ）と音して木立を掠（かす）めた寒風（さむかぜ）は身柱元（ちりけ）から慄（ぞう）ッと浸徹（しみわた）」るほどであるのに（魯庵「暮の二十八日」其五）、まして時刻はとうに十時をすぎようとしていた。風向きによっては動物園から飛んでくる猛獣の叫びに驚かされることもある。もし公園に人がいたとすると、新坂からやってくる二人をつぎのように迎えることになる。

夜は更けぬ。空暗し。二更の鐘凄く樹立の間を廻り寝鳥の羽返す音も聞て瓦斯燈の光見（みゆ）れども此処までは遠し此処は上野公園。人通りも絶えて夜は静まりし折新坂の方より提燈も持たず足早に来る男あり。（丸岡九華「猿虎蛇」第三、『文庫』第二四号、明二二・七）

空の月と、車の轅棒に結わえつけられた提灯とがなんとか人の顔を見分けられるほどに闇を薄くしていたとはいえ、二人の後方右手には徳川代々の将軍の墓へとつづく道が黒ぐろと口を開けていた。

曳れて行ば新阪の下口。将軍手植の五葉の松、空を凌いで闇ながら朦朧と見ゆる凄さ！一天まるで墨流し、星も見へず、雲の断目もなく、今にも雨が落さう。左方を見れば霊廟道――道と云ふよりも寧ろ闇の住居、しいんと感ゆる凄さ！覚へず身も顫へる。（柳浪「仏魔一紙」『短篇小説明治文庫』第二編）

「朦朧車夫」が客に悪事を働くのにこれほど恰好な舞台は、東京にそうなかったといっていい。車夫からいきなり降りてくれといわれたとき、じぶんがどういう状況におかれているのかお関はとっさに了解した。

悪きものは　急坂又は驟雨に遇ひ此処にて御免を蒙りたしと暗に増賃を促すこと（「東京の車夫」『国民新聞』明二六・六・一七）

「増しは上げやうほどに骨を折つてお呉れ」とお関がもちかけたにもかかわらず、車夫は首を縦にふらず「最う引くのが厭やに成つたので」どうしても下りてくれという。金が目的でないというのがほんとうであるとすると、ことはやっかいになる。自分を激励するようにお関は声を励まして車夫を叱ってみるが、車夫はまたおなじことばをくりかえすだけである。

> ヤイ馬鹿野郎何をするのだ曰くのある駆落者と承知で乗せて曳き出したのは路用の金の其外に女に見込みが有るからだ（篁村「擬博多」第二十回、『むら竹』第一二巻、明二三・一）

進退に窮したお関は、こんどは声色を変え、「優しい声にすかす様に」して「代はやるほどに何処か其処らまで、切めて広小路までは行つてお呉れ」といってみた。すると車夫はいまはじめて気がついたとでもいうように「成るほど若いお方ではあり此淋しい処へおろされては定めしお困りなさりませう」といってのけたあと、「私が悪う御座りました、ではお乗せ申ませう」とやっと折れて来た。どうやら「悪者」ではないようなので、お関はひとまず胸をなでおろす。お関が影になっている車夫の顔を目をこらしてみると、あろうことかこの車夫は自分とは旧知の間柄の人物であった。

ふたりは立ち止ったまま互いの顔もはっきりとは見えない暗がりで音信不通だった七年を語りあう。家業の煙草屋も人手に渡してしまい、「今は何処に何をして」おいでかとまずお関が問いかける。浅草の木賃宿で車夫をしながら「烟のやうに暮して居まする」と答えたあとで、録之助はつぎのように続ける。

貴嬢(あなた)は相変らずの美くしさ、奥様にお成りなされたと聞いた時から夫でも一度は拝む事が出来るか、一生の内に又お言葉を交はす事が出来るかと夢のやうに願ふて居ました、今日までは入用(いりよう)のない命と捨て物に取あつかふて居ましたけれど命があればこその御対面、あゝ宜(よ)く私(わたくし)を高坂の録之助と覚えて居て下さりました、辱なう御座りますと下を向くに、阿関はさめ〴〵として誰れも憂き世に一人と思ふて下さるな。

知り合いの中にも、会いたい人と、そうでない人とがいる。人通りの絶えた夜道で、一度でいいから美しいあなたに会いたいとずっと思いつづけていましたなどといきなりいう人物は、ひとまず後者の部類に入れておいたほうが無難である。まして相手が「私(わたし)は此人に思はれて、十二の年より十七まで明暮れ顔を合せる毎(たび)に行々(ゆく〳〵)は彼(あ)の店の彼処(あすこ)へ座つて、新聞見ながら商ひするのと思ふても居た」男で、「私が思ふほどは此人も思ふて、夫れ故の身の破滅かも知れぬ」とまで推測するのならなおのこと警戒するにこしたことはない。相思相愛、てっきり一緒になれるとばかり思い込んでいた女に袖にされ、おまけにその女のことで奉公先をお払い箱になった番頭が、後日ほかの男のご新造におさまっている女とぐうぜん顔をあわせて逆上し、女に追いすがったためしもある（露伴「きくの浜松」其二十二）。幸いにもこのときは、男がひょろひょろとしていたうえに、夫がそばにいて男を取り押さえてくれたから大事に至らずにすんだようなものの、夜の路上では助けはおいそれと現われない。

コウお里坊いけません堪忍してとは余り初心らしいではないかそもや我等が恋初はと今まで行立を並べずとも覚えは其方の胸にあらう若旦那をボイまくツたも邪魔を払ツて此方へお前を吸寄せる磁石謀計ところが人を咀はゞ穴二つで此方も穴を見出されて彼の幸五郎めと詰開きの中へ芝居気違の小僧めがナント動きは取れますまいとお前へやツた私の文を出たで物事皆スカタン二十四年を冗奉公ほうこうなツたら破れかぶれと帳場の金を六十円チヨロリとやツて出は出たがよくツて古着屋通例は紙屑買と相場の極ツた質屋者人の流れは知ツて居たが水の行方が定まらず其所でお前を呼び出して私しの故郷は丹波の笹山笹山とこせエようんやさ好い運さへ向いて来れば二人錦の褥の中今の涙を悔がる栄耀栄花をさせて見せる何事も運コレお里お前もウンと云ひなさいとまつはれ寄るを一生懸命突き放して声ふるはせ若旦那に難儀をかけた云はゞ敵のお前さんに何で心に随ひませう淋しい所でも家続き声を立て呼びますぞ、強情張れば男の一心どんな事をするか知れないぞつれないぞとはお前の事だお前ゆゑに番頭といふ箔を剝がし溜めた仕着衣も置去りに斯して迷ツて居るものを酷くつれなくするならば化けて出るから左様思へ化物幽霊嫌ひなら色よい返事をコレサお里とまた引寄せるを振り払ひ逃げんとすれば前へ廻り右へ避ければ右へ寄り詮方(せんかた)もなき折からに（「擬博多」第十一回）

またしても女は間一髪のところで救われる。だがいつもそんなにうまく人が通りかかってくれるとは限らない。

三次は懐中(ふところ)を探る手も顫動(わなゝ)き、手拭を出すかと思へば、《あゝッ。》一声叫んで、逃出すお雪の髱(たぶさ)を握(つか)む三次の片手には明晃々たる小刀。お雪は仰向に倒れて起んともがき《人殺しい、〳〵。》悲鳴山に応へて響く果敢(はか)なさ……三次はお雪の首を抱へて口に手を当て動かさず、《お雪、堪忍しろッ。》疑念の刃また閃めいて、また一突き。折から雲の断間(たへま)の月影、写出す光景(ありさま)、無残！無残！無残！（柳浪「仏魔一紙」）

盗賊の正体を見抜かれたと思った三次は割ない仲の芸者のお雪の口を封ずる場所に「四方老杉矗立(さうりつ)して天を刺し。積翠地に蔭し。最も幽邃を極む。道路の便少きを以て。白日と雖も人の来ること稀」な（「新撰東京名所図会」第二編「上野公園之部」下、『風俗画報』第一三一号、明二九・一二）「霊廟（おたまや）の門下」を選んだ。惚れぬいた女を手にかけた男が女の後を追うと心中となる。

《何処だつて聞くだけ野暮さ、君はまだ知るまい、此の上野の山に一珍事が持上つたのを。》

《一珍事。なんだ情死か？》（巌谷漣「黒衣魔」『短篇小説明治文庫』第一編、明二六・九）

お関と録之助の上野の山での邂逅は、なにか「珍事」がこれから起こるにちがいないと読者に期待させる条件をすべて満たしている。あとはほんのすこし男が近づいて月明かりに浮かんでいる女のからだに触れるだけでよかった。そうすることだけが、男の味気なく、みすぼらしい時間を至福の時へと変える唯一の残された手段だった。だが「十三夜」は、情死はおろかおよそ出来事らしい出来事はなにも起こさせないことを選んだ。「月に背けたあの顔」に目をこらしたお関がかろうじて録之助の面影を認めたように、もうひとつの物語が透けて見えるところにまでさしかかりながら「十三夜」はそこから一歩も先へ進もうとはしない。録之助は、たぶん視線を下に向けて立ちつくしたまま、「してお内儀（かみ）さんは」というお関の問いかけに応えて、お関の知らぬ女房とのいきさつを、ときにあたかも自分のこころをじかにことばにしているかのような語り口に接近しつつも、しかしすぐさま相手との距離を意識した待遇表現へと退くことをくりかえす独特の調子で語り始めるだけだった。

御存じで御座りましよ筋向ふの杉田やが娘、色が白いとか恰好が何うだとか言ふて世間の人は暗雲に褒めたてた女で御座ります、私が如何にも放蕩をつくして家へとては寄りつかぬやうに成つたを、貰ふべき頃に貰ふ物を貰はぬからだと親類の中の解らずやが勘違ひして、彼れならばと母親が眼鏡にかけ、是非もらへ、やれ貰へと無茶苦茶に進めたてる五月蠅さ、何うなりと成れ、成れ、勝手に成れとて彼れを家へ迎へたは丁度貴嬢が御懐妊だと聞ました時分の事、一年目には私が処にもお目出たうを他人からは言はれて、犬張子や風車を並べたてる様に成りましたれど、何のそんな事で私が放蕩のやむ事か、人は顔の好い女房を持たせたら足が止まるか、子が生れたら気が改まるかとも思ふて居たのであらうなれど、たとへ小町と西施と手を引いて来て、衣通姫が舞ひを舞つて見せて呉れても私の放蕩は直らぬ事に極めて置いたを、何で乳くさい子供の顔見て発心が出来ませう

落ちぶれた車夫のワタクシが客である奥様のアナタにゴザリマスと語りかけるのならべつに異とするにたりない。

薄暗き町の片角に車夫は茫然と車をひかへて、仰の通りに参りましたら又以前の道に出ましたが万一やお間違ひでは御座いますまいか此角を曲ると先程の糸屋の前直線に行けば大通りへ出て仕舞ひますたしか裏通りと仰せで御座いましたが町名は何と申しますか夫次第

大底は分りませうと問ひ掛けたり　（一葉「別れ霜」第八回、『一葉全集』明三〇・一）

乗せた客が幼友達の許婚者であると知っても、この車夫は「甲斐性なしの我れ嫌になりて縁の断ちどが無さに計略三昧」（第四回）の仕打ちをする家に対する怨みから頑としてことばづかいを改めない。

お人違ひならん其の様な仰せ承まはる私しにはあらず　（第十回）

こうしたことばづかいで用いられる対称はアナタである。

何処の娘だ此の近所の者かと膝を進めて問ひ掛けられます〳〵面目ながりて声も震へ私が妻にしたいと存じますは貴君の姪御お徳さまでござりますと云ふに主人は興を醒し　（篁村「当世写真鏡」第十）

録之助のお関にたいすることばは、ワタクシではなくワタシを用いることによってバランスを失しており、アナタという呼称には、聞き手である奥様にたいする車夫の敬意と同時に、お関にたいするワタシ録之助の気持ちが塗りたくられている。

此久四郎が不幸は定めし怜悧な人から見たら可笑うて〳〵なるまいに、沢山笑ふがよい、

笑ふがよい、たゞ笑ふて仕舞ふたら、慈悲ぢやほどに心で叱つても制めても心に任せぬ今の心の悩ましさを何にも知らずに居た往時に復して呉れ戻して呉れ、（略）たゞ慰んで笑ふて仕舞ふた上は返して呉れても好い此の心をば往時通りにして呉れぬのが恨めしい、ア、財を偸めば罪せらるゝ、心を偸めば御怜悧の人様、物の分りのよい御人、栄ゆる御人、楽しげに日を送る御人、智慧の罠に他をかけて幼稚い時から御恩になつた御主人様にも離れさせて而して後で馬鹿な奴のと御笑ひくださる御人、美しい精いものを頭に戴き身に纏ふて欣々と済まして居らるゝ御人、アーアッ、畜生ッ、鼬め、笑へ、笑へ、笑ふ蛇め、へ、、へ、、如何いたしまして馬鹿が御怜悧な御人を畜生の蛇のと申せた事ではござりませぬ、沢山御笑ひ下されまし、ウフ、ウへ、へ、へ、、、成程をかしい愚痴な奴ではござりまする、ウフ、ウフ、彼の熱病者が乾き裂れさうな咽やら口やらに火のやうな気息、左様して死にかゝつた心が苅れた草の三日めに未練らしく持つて居る緑のやうに残つて居た其時、よろ〳〵と地を這はせた念慮の可笑さを笑つて下されまし執念の深い馬鹿ではござりまする、ウフ、ウフ、フ、、、、左様、左様、細い薄い、御器用な煙のやうな舌を閃々と御出しなされて御笑ひなされまし、畜生ッ、笑ふ蛇め、いゑ怪しからぬ、如何いたしまして馬鹿の癖に大それた事を申しまする。　（「きくの浜松」其四十一、『国会』明二六・一一・二三）

誰もいない部屋で、男は、自分を欺いた女に声に出してこう語りかけていた。身を刻む自嘲と相手を引き裂かんとする憤怒とを「御人」にたたきつける語りは、薄暗がりのなかで「貴嬢（あなた）」になされた録之助の語りと地つづきのところにある。「十三夜」は、男が人妻を呼ぶのに用いたアナタの表記としてふつう用いられる「貴女」（「姥桜」）あるいは「貴方」（紅葉『多情多恨』明三〇・七）ではなく、未婚の女性にたいする呼称である「貴嬢」をあえて採用することによって、録之助の語りのなかのアナタとその現実の聞き手であるアナタとを強引に分離し、録之助もまた自らのこころから去ろうとしないアナタに語りかけているのだということを告げていた。

> 遊んで遊んで遊び抜いて、呑んで呑んで呑み尽して、家も稼業もそつち除けに箸一本もたぬやうに成つたは一昨々年（さきおとゝし）、お袋は田舎へ嫁入つた姉の処に引取つて貰ひまするし、女房（にようぼ）は子をつけて実家（さと）へ戻したまゝ音信（いんしん）不通、女の子ではあり惜しいとも何とも思ひはしませぬけれど、其子も昨年の暮チプスに懸つて死んださうに聞ましたし、女はませな物ではあり、死ぬ際（ぎは）には定めし父様（とゝさん）とか何とか言ふたので御座りましよう、今年居れば五つになるので御座りました、何のつまらぬ身の上、お話しにも成りませぬ。

だが、お関は録之助の語りをつらぬいて走っている亀裂をのぞきこもうとはしない。録之助の顔もぼんやりとしか見えない月明かりのなかで、彼女もまた、たぶん、また別の物語を生きはじめてしまっていた。

《いッそ死（しに）たら御座ります》
《死にたい……》
《はイ楽（たのしみ）ない命を長らへて。コンな苦労を致すより……》
《惜からぬ身をいつまでも……口惜（くや）しい日を送るより……》
不思（おもはず）互ひに見合す顔。見合す間もなく背ける顔。芳野は涙を拭ひ。守真（もりざね）は眼を閉づる。恋に死ぬるも命――名に捨つるも命。因縁（いんえん）いかなればかく惜からぬ命の人。二人まで相逢ふ事か。憂世は独りの憂世ならず。（紅葉『二人比丘尼色懺悔』怨言の巻、明二二・四）

お関は録之助のことばを、

見たところまだ生若い身空でありながら、この商売に不得手なは、遊興（あそび）過ぎた身の果か、色恋の終りか。と人力車の泥土障（どろよけ）へ両手を掛けて、然様（さう）であらう、黙つて居るは其れに違ひ無からうが。

遊興で遣ひ果たすは、粋が身を食うとかいうて、その昔時が床しきもの。色恋の駆落に持つて出た金を悉皆にして、詮方なしからこの商売、それも意気にて至極宜し。（花痩「赤毛布」十四、『小説百家選』第一巻、明二七・三）

という物語をコードとして読み、「私が思ふほどは此人も思ふて、夫れ故の身の破滅かも知れぬ物を、我が此様な丸髷などに、取済したる様な姿をいかばかり面にくゝ思はれるであらう」と推測し、「紙幣いくらか取出して」それを録之助に与え、そしてふたりはそれぞれの道へと別れる。

お関の推測は真実をいいあてているかもしれない。だが、それはひとつの物語の中の真実である。

此人腕力おぼつかなき細作りに車夫めかぬ人柄花奢といふて賞めもせられぬ力役社会に生ひ立た身とは請取れず（略）大家の若旦那夫れ至当の役なるべし、さりとては是れ程の人品備へながら（略）憐れのことやと目の前の感じなり心情さらさら知れた物ならず美くしき花に刺もあり柔和の面に案外の所為なきにもあらじ恐ろしと思へばそんなもの、贔屓目には雪中の梅春待つまの身過ぎ世過ぎ小節に関はらぬが大勇也辻待ちの暇に原書繙いて居さうな物と色眼鏡かけて見る世上の物映るは自己が眼鏡がらなり（「別れ霜」第六回）

「眼鏡」をはずすと、録之助はどのようにみえるのか。

●子供を井戸へ投込だ親（其理由）昨年十二月八日の夜神田区通り新石町十四番地先の井戸へ六才ばかりの男の子を投込で逃去りし者ありし事は当時の紙上に記したるが右は同区台所町六番地の長沢長五郎（三十六）の所為と判然して去る十日取押へられたり今其次第を掲げんに長五郎は女房おちか（二十九）との仲に長男鉄五郎（七ツ）次男新太郎（六ツ）と云ふ二人の子供ありて其身は通り新石町の寄席立花亭の下足番をなし居たるが性来の大酒にて飲出す時は用も忘れて先から先へと飲歩くにぞ女房子供の困難は一方ならねど少しも其等には頓着なければ立花亭にても持余して遂に断りしかば今は為す事もなけれど相変らず飲歩くより同亭にても妻子が不憫さに困ツた者と心配せるを柳派三遊派の落語家が聞て各自多少の金を醵金して恵みしも其すら忽ちにして飲で仕舞しかば今は愛想を尽されて構ふ者もなきを神田市場の者が気の毒に思ひて多町へ一寸せし家を借て諸商人の休所即ち掛茶屋を出させしが是も亦飲潰して仕舞しより弥よ以て構ひ人もなくなりしにぞ拠ころなく一昨年中軍夫となツて清国へ渡りしが相も変らず飲むばかりゆゑ身が持ず遂に同年の暮一文なしにて帰朝したるより女房も呆れ返ツて茲に夫婦別れの相談が纏り女房おちかは長男鉄五郎を、長五郎は次男新太郎を引取て別れしは昨年一月中の事なりし、サテ長五郎は世帯を仕舞て同区和泉町一番地の斉藤おふじ方の二階を借て人力車夫となりしが五銭稼げば三銭は飲むと云ふ始末なれば同家にも借金が嵩みし上に夏ごろより身体が悪くなりしかば茲に始めて其身の不始末を悔悟したるも今さら何と仕方なきまゝ寧そ子供を捨て足手纏を除かんものとの不料簡を起して遂に十二月八日の夜新太郎を連て斉藤方を立出で神田辺を彷徨しが流石に親子の情として捨難けれど此儘にては身の振方が付ずと通り新石町廿七番地の鮨屋森おはるの妹おしまが同町の角に店を出して居たるを幸ひに新太郎に一銭持して買ひに遣り其間に姿を隠したるが是が一生の別れかと思へば足も進まず小戻りして傍らの材木の蔭に隠れて様子を見てあれば新太郎は父を尋ねてワア／＼と泣出したる不憫さに思はず声を掛て泣を止め我背に負ふて其場を去りしものゝ斯ては果しなき事なりと心を鬼にして涙ながらに同町十四番地の井戸へ投込み後に心を引れながら逃去りて其後は四谷荒木町廿七番地の高橋亀吉方の厄介になり居たる処を取押へられたるなりと云へり、サテ投込れたる憫れむべき新太郎は幸ひに同番地の長家の者に救ひ上られて医師よ薬よとて介抱されし為め露の命を繋ぎ止たりとぞ　（『都新聞』明二九・三・一三）

だがこれもまた事実という物語にすぎない。

新聞紙といふものは世のさま／＼を映し出だす鏡なりとて我他ともに尊みおもふものなれ

ど、鏡にも精き精からぬのあるが如く新聞紙にもしな〴〵ありたゞに紙面の記事の興味ありて世の人々に愛で悦ばれんことをのみ務むる新聞紙は、実に世の賞讃を得んとするには賢き方針を取れりとも云ふべけれど、折節はさる新聞紙の弊として、あらぬことゞもを事実として世に伝ふることを自己が社の恥辱とはかへりみで、只管に我が社の記事の世の談柄或は笑ひ種となるを自己が社の名誉とするやうなる傾きあるは数〻我他ともに認むるところなり　（「自縄自縛」其九、『国会』明二八・九・三）

テクストは物語のようにしか終われない。または、ぎりぎりの本音ですらここではすでに物語でしかない。

誠にも嘘あり嘘にも誠ありされば都にも霜置きて、夜は淋しき鐘の声を聴くことなきにあらず　（緑雨「覿面」『第六国民小説』）

うつろな物語――一葉「大つごもり」

1

　ひとつの定型にまで成熟したモチーフをあえて採用しながら、そのありふれた趣向を逆手にとって物語の死滅する局面をこじあけること――作家一葉が「大つごもり」(『文学界』第二四号、明二七・一二）において直面した課題をまずこのように要約してみることができる。金銭がらみのトラブルのはてに井戸に身投げした下女を配して作品を締めくくった坪内逍遥の「細君」(『国民之友』第三七号、明二二・一）あたりを萌芽として、明治二〇年代の文学は下女を主人公とする物語を倦まず生産しつづけた。「大つごもり」がみずからをこうした系譜に帰属させ、その表明としておおくの設定を先行する物語と共有していることは、たとえば身うちからの金の無心という筋立てがそのままのかたちで柳香散史（彩霞園柳香）の「香の雪」(『短篇小説明治文庫』第一五編、明二七・八）にみいだされることによっても知れる。[*1] この「香の雪」もふくめ、尾崎紅葉「むき玉子」（『二人女』明二五・二）・広津柳浪『五枚姿絵』（明二五・四）・笠園主人「沖の石」（『都の花』第九一〜一〇〇号、明二五・九〜二六・二）・川上眉山「雪折竹」（『短篇小説明治文庫』第二編、明二六・一〇）・巌谷漣「片時雨」（同第一五編）・馬場孤蝶「みをつくし」（『文学界』第二一〜二四号、明二七・九〜一二）・中村花痩「ぬくめ鳥」（『小説百家選』第一三・一四巻、明二七・一〇〜二八・二）などに登場する女奉公人たちのたどる運命は、男性との関係（主人から言い寄られたり、逆に理想の男性とむすばれたり）および金品の盗難（たいていは冤罪、ごくまれに敢行）[*2] というふたつの主要な話柄によって織りあげられていて、「大つごもり」のプロットもそれらを踏襲していた。[*3] なるほど、物語の終局に一葉が巧んだ、懸硯の抽出に発見された一通の受取による主人公の救済という趣向に類例はないかもしれない。だがこれとて、何十枚もの公債証書が収められているはずの手文庫を開けてみると中には一通の書置しかなかったという「文ながし」（紅葉『聚芳十種』第二巻、明二四・一）の趣向を土台に、被害者の手紙による女中の嫌疑の解消（前田香雪「花の種」、同第一巻、明二三・一二）を合成すれば獲得できるのであって、プロット全体のフィクショナルな通俗性は否定できないと考えられる。「小説の下火となツた間接の一縁」として逍遥のいう、「下婢（めしつかひ）」などの性情を穿（うが）つことに腐心する「今の写実小説」の弊という指摘（「某に答へて小説不振の因縁を論ずる書」『早稲田文学』第四七号、明二六・九）は、一年後の文学状況にたいしてもあてはまるので、そのかぎりで「大つごもり」もまたありふれた物語のひとつでしかない。

「大つごもり」の面目は、だから、陳腐な題材とさして奇抜でもない趣向のとりあわせなどに存するのでは断じてない。あからさまな枠組みとして先験的に作品を統括するやにみえた、下女の受難という手垢にまみれた物語が、もはや完全な疎外態としてその機能のおおかたを喪失するに至っているてんにこそ「大つごもり」の独創が読みとられねばならない。『女学雑誌』に載った「善悪娘の比較（一）」なる記事（第一号、明一八・七）は「正じきりちぎな娘」の対照に「手くせのわるい娘」をあげているが、「正直は我身の守り」を信条としながら盗みをはたらく「大つごもり」の主人公お峰は、この両者を独特のやり方で一身に体現していて、こうした混沌にたいし、せいぜいのところ「平生(ふだん)から正直なお千賀さん、左様(さやう)な不所存のあるやうはないが……人には出来心といふ事があるから、一時チョイと間に合せ後で何(ど)うとか」（「香の雪」其三）・「人間といふものは、平常(ふだん)極くよい人でも、一寸(ちよつと)とした拍子によつて出来心といふものがある」（「ぬくめ鳥」第十一）といったお手軽な人間理解から一歩も出ることのない既成の物語は、なすすべもなく手玉にとられるしかあるまい。

2

およそ物語なるものは確固とした発端と結末によって区切られているのだとすれば、「大つごもり」ほどそうした約束を愚弄した物語はない。「後の事しりたや」という曖昧さだけの狙われた結末のみではない。ここではお峰が山村家の下女となるという発端すらがそもそも曖昧であった。

山村の家にはじめて奉公に上ったお峰が一人前の下女となるまでの過程を一葉は省略せずに描いている。

　此家の品は無貲（ただ）では出来ぬ、主の物とて粗末に思ふたら罰が当るぞへと明くれの談義、来る人毎（ごと）につげられて若き心には恥かしく、其後は物ごとに念をいれて、遂ひに麁想を為（せ）ぬやうに成りぬ

お峰はある意識的な努力を経て下女に「成」った。このことはたんに下女としての働きやふるまいにおいて「感心なもの、美事の心がけ」と評されるほどに完璧であったということだけを意味するのではない。「何も我が心一つ」と決心した彼女は、気ままな御新造の頤使に耐えぬ

く内面を形成することによってよく下女たりえた。だが、こうしてみずからを下女という鋳型に流しこんでいったことは描かれていても、下女になる前のお峰については、その人となりもふくめ、父親の死んだあと伯父の安兵衛にひきとられて成長したというしごく簡単ないきさつがのちにそっけなく挿入されているにすぎない。物語の始まる以前のお峰の像はその輪郭すらはっきりとはしないのであって、こうした空白をかかえこんだままお峰は下女に「成」る。

このことは一見とるにたりないことに思われよう。しかし、主人公お峰が何者かに「成」るということをくりかえすことによって「大つごもり」のプロットが進行している以上、作品の根幹にかかわっている。彼女がつぎに孝行娘の役廻りをひきうけなければそもそも物語は成立しないのである。

> 晦日までに金二両、言ひにくゝ共この才覚たのみ度〔た〕きよしを言ひ出しけるに、お峰しばらく思案して、よろしう御座んす慥〔たし〕かに受合ました

お峰の「思案」とははたして金を工面する方途にかぎられていたのだろうか。もとより、安兵衛の手紙を読んで心配のあまりやっとの思いでその住いにかけつけたお峰を根っからの孝女ととることは自由である。だがたとえそうだとしても、育ての親の無心に接した彼女はあらためてみずからを孝女とするのであり、ここには孝女として自身を更新してゆく主体であるお峰が、

その下女以前の経歴の空白をかかえこんで存在しなければならない。すなわち、お峰がすこしも間然するところのない孝女としてたちふるまうようには、彼女の「私」は判然とはしていないのである。

拝みまする神さま仏さま、私は悪人に成りまする、[*4]なりたうは無けれど成らねば成りませぬ、罰をお当てなさらば私一人、遣うても伯父や伯母は知らぬ事なればお免しなさりませ、勿体なけれど此金ぬすませて下され

いうまでもなく「私」はもともと「悪人」ではないから「悪人に成」ることができる。とすれば、ひるがえって、「悪人に成」りうると同時に「悪人」ではないお峰の「私」とはいったいどのような「私」なのか。おなじく「我れは悪人なるべし」と述懐する「暗夜」（『文学界』第一九〜二三号、明二七・七〜一二）の主人公お蘭が「女夜叉の本性」を秘めていたように、このお峰の「私」にもある得体のしれない衝迫が潜んでいたのではなかったか。すくなくとも、神仏にたいして「勿体なけれど此金ぬすませて下され」とひとりごちるのもお峰であれば、御新造を前にして「ヱ、大金でもあることか、金なら二円」と怒りにかられるのも同じお峰なのである。

「此やうの恐ろしき女子に我れが何時より成りけるやら」とのべるお蘭といい、「私は悪人に

成りまする」と独白するお峰といい、この時期の一葉の作品は「我れにもあらぬ我れに成」（「暗夜」）る主人公で占められている。この「なる」という語の表現の特徴について、池上嘉彦はつぎのようにのべている。

「ナル」という語は、結果として生じる事態にもっぱらその焦点を合わせて表現する。「太郎ハ億万長者ニナッタ」と言う場合、太郎がその過程で涙ぐましい程の努力を払った（つまり、〈動作主〉として行為した）のか、予期しない遺産が転り込んでそうなった（つまり、〈非動作主〉の場合）のかについては何も語られていない。したがって、これは現実には〈動作主〉であるものを〈非動作主〉化して提示するには打って付けの動詞である。事態の中で〈個体〉としての人間が〈動作主〉として如何に自立的に働こうとも、「ナル」はその〈個体〉を事態全体の流れの中に没せしめ、〈個体〉を越えた事態全体の変化として捉える。
（『詩学と文化記号論』第七章「〈スル〉的な言語と〈ナル〉的な言語」）

池上の用語を借りていえば、たしかにお蘭やお峰はそれぞれの物語の枠組のなかで「〈非動作主〉化して提示」されていた。お峰の場合、「なりたうは無けれど成らねば成りませぬ」とあるのがそのなによりの徴証であるし、また、御新造の監視のもとで有能な下女となり、さらに、「親として」つかえる伯父の頼みをききいれて孝女となるという過程も、〈動作主〉としてのお峰よりはむしろ彼女をめぐる事態にこそアクセントを打っていただろう。だが、そうして浮びあがってくる事態の極端な鮮明さにもかかわらず、お峰はけっしてなりゆきまかせの〈非動作主〉ではありえない。二円という金を抜きとっておいた懸硯を持って来るように命じられたお峰は絶体絶命の事態にたいしつぎのように身構える。

　最早此時わが命は、無き物、大旦那が御目通りにて始めよりの事を申、御新造が無情そのまゝに言ふてのけ、術もなし方もなし正直は我身の守り、逃げもせず隠られもせず、欲かしらねど盗みましたと白状はしましよ

「甘い方」の「大旦那」の前で「始めよりの事」と「御新造が無情そのまゝに言ふてのけ」るとは、盗みという自己の行為の原因が、育ての親にたいする孝と「御新造が無情」とに存することを強く相手に印象づけようとすることに他ならない。「術もなし方もなし」ということばとはうらはらに、このときお峰は、はっきりとひとつの「術」をえらびとっていたと考えられる。

　人の娘と生れては、両親(ふたおや)を大事に懸け、所天(をつと)を持たば所天に貞実に、子を持たば其子をよく躾けむぞ役目なる。その両親貧なれば其貧を救ひ、大事に懸けむとての此奉公といはゞ、

盗奪（ぬすみ）しても両親の為ならば、其にて世間は許すべきや。（「むき玉子」十六）

あるいは、

彼の貧に迫らるゝ盗児の罪はいたく悪まるれど、彼を此に導きし社会は何の罰をも受けたる事なし。彼の青楼に純潔を泥土に投ずる娼婦はいたく正人君子の徒に忌まるれど、此の如き悲しき命運の犠牲となりし、女子の薄命に同情を表する人は少なし（馬場孤蝶「流水日記」（五）、『文学界』第二〇号、明二七・八）

など、お峰の行為を免罪すべき論理はすでに社会に用意されようとしていて、お峰の「白状」が効を奏して、「大旦那」の、ひいては社会の「同情」をかちとる可能性はじゅうぶんあった。前田愛はこうしたお峰の捨て身の姿勢について、「お峰が家長としての「大旦那」の権威と明察に一縷の望みをつないでいた」のは彼女が「主家である山村家そのものへの幻想」に左右されていたからだととらえているが（「「大つごもり」の構造」『樋口一葉の世界』、以下同じ）、たとえ「幻想」にすぎなかろうと、お峰のなかに貧・孝ゆえの盗みという免罪の論理が先取りされていることが重要なので、このてんにこそ同じく受難する下女を扱った他の作品の主人公たちとの貌だちの違いがあった。

親に斯様して楽がさせたい、彼様したら喜ぶだらうと思つても、それをする金がないときには、ついその金が欲しくなつて、悪いと知りつゝ盗る、ではない一寸借りて置ふと思ふことがある。成る程四角張つて云つたらば、人のものを無言て借りて置くのは、盗賊には違ゐないが、親の為めにそんなことをするのは、また可愛い処もあつて、私は決して悪くも思はなければ、又憎いとも思はない。ねえお春、そんなものじやあないか（「ぬくめ鳥」第十二）

身に覚えのない盗みの嫌疑をかけられた「ぬくめ鳥」の主人公お春が、お春を憎んでいる女主人からさもものわかりのよさそうに言いふくめられるくだりである。この言葉を真にうけてうからうかと「はい仰有る通りでございます」と答えたばかりにお春はしだいにぬきさしならぬところに追いつめられてしまうので、このことは、下女への寛容を説く女大学類が例外なく使用者の側に立っていたように、犯行の動機を認定する権利はあくまで主人に属することを示している。じじつ、偽の自白でもないかぎり、下女の口からみずからの犯行の動機がのべられることはまずなかった。

すまぬ事とは存じながら、姫様がお指からおぬき遊ばして、卓子の端にお置きなされ、其ま丶忘れてお帰り遊ばしたを幸ひ、父の無心の金調へんと、密とかくして屑屋に売り、父の喜びし消息を聞き、嬉しさに悪し丶と思うた事も忘れ、竟この場になり申し訳がありませんと、夫人の前で申しあげた時の辛さ（「香の雪」其四）

「いかに賤しき身なればとて、いかにふつ丶かなる生れなればとて、けがらはしき盗人の罪に落されて、其の濡衣も干しあへで、いかなる鉄面皮しさにても、なんとして世間へ顔むけの出来やうぞ」とおもい身投げしてしまう「みをつくし」（十二）のお文は極端すぎるとしても、「香の雪」の千賀にしろ、「ぬくめ鳥」のお春にしろ、それぞれの経緯こそ違っていてもいちようにいったんは死をえらぶのであり、そこにはみずからの力で窮地を打開しようという姿勢はみじんも見られない。「殿様奥様、私は只今死にまする、今際のお願ひには、何卒盗賊のお疑ひをお晴らし下さいまし」（「ぬくめ鳥」第十五）と願うのが彼女たちにとってはせいいっぱいであり、だから、「あらぬ怨みを人様の上にかけますこと、さても我ながら空恐ろしきわが心根なる」（「みをつくし」十一）とすすんで諦めたりもするのである。

　物語の最後になってようやくその貌をのぞかせているお峰の「私」は、「受身の私徳」（福沢諭吉『文明論之概略』巻之三第六章「智徳の弁」）を奉ずることに終始してきたそれまでの下女たちとは全く異質であった。「財産に対する罪を犯し被害者に首服したるものは官に自首すると同く前二条の例に照して処断す［罪を一から三等減ずる］」という刑法第八十七条の「自首減刑」の規定（草野省三編『刑法俗解・治罪法俗解』第三版、明二一・五による）と「正直は我身の守り」というお峰のことばとを交叉させるのはいささか突飛だとしても、すくなくともお峰の「私」には〈動作主〉として事態に積極的に関与しようとする姿勢ははっきりと認められるわけで、この、空白を抱え込んだ〈動作主〉としてのお峰という位置から眺めたとき、孝行娘である下女の受難という表層の物語は決定的な変容を強いられるはずである。

白状せば伯父が上にもかゝる
物がたき伯父様にまで濡れ衣を着せて
伯父様に疵のつかぬやう
伯父様同心で無き丈をどこまでも陳べて

もしお峰がほんとうに「悪人」になったのだとすれば、安兵衛ひとり安閑として「物がたき伯父様」にとどまっておられるはずもなかった。安兵衛にたいするお峰の義理立てのくどさは、逆に、安兵衛が「同心」かもしれぬことを暗示するにじゅうぶんなのである。

3

「大つごもり」を「金銭の劇」ととらえ、「田町の高利貸」と山村の「御新造」との間を環流せんとする金銭のうごきに作品の骨格をみいだそうという画期的な視点を提出したのは前田愛であった。前田はそのなかで「八百屋の安兵衛が田町の高利貸から借り出した三月しばり十円の金」を「人間関係の葛藤を始動させる最初の引金」とみなしている。「「量」と「物」の輪郭を鮮明に具えた世界」として「大つごもり」を分析しようとする前田の試みは、テクストの中に点綴された数字にまで及んでいて説得力に富むのだが、はたして「量」の明示という条件をはずしたときにも「三月しばり十円の金」が「最初の引金」としての位置を要求できるかということになると疑問が残る。いいかえれば、困窮のなかでお峰に金の工面を依頼する安兵衛は、一見きわめてありふれた端役をそつなくつとめあげているにもかかわらず、じつは見透すことのきわめてむつかしい存在である。そうした不透明感を抱かせる最大の原因は、おそらく「量」として明示されない彼とお峰との金銭のやりとりの不明瞭さにかかっている。たとえば「給金を先きに貰へば此身は売りたるも同じこと」というお峰の述懐は「御主人へは給金の前借りもあり」という安兵衛の発言に対応していて、お峰が前借りした給金は安兵衛の手に渡ったはずなのだが、いったいその金が何に遣われたのかには一言も触れられていない。お峰の給金を月に一円と見積っても、[*5]安兵衛の懐にはすくなくとも十円余りの金がころがり込んでいたはずであった。「薄もとでを折かへす」商売につぎ込んだにしてはすこし変であるし、「直の安」い野菜を売って「曲りなりにも親子三人の口をぬらして」いたはずであった。もともと生活に窮していたのであれば、お峰を十七で「初奉公」に出すのは遅すぎるのである。

こうして見てくると、わざわざ手紙で窮状を訴えておいて、やっとの思いで見舞いにかけつけたお峰の家に戻りたいという申し出を「夫れは以ての外」「帰りてからが女の働き」とにべもなくはねつけていることといい、「一度お峰への用事ありて門まで行」き山村家の様子を実見していることといい、安兵衛の身辺はにわかに胡散臭くなってくる。もちろん、こうした疑いは結局「大つごもり」という作品の中に明白な根拠をみいだすことはできないのだが、若くして両親と死別した女性たちにとって、頼るべき身寄りがしばしば最も危険な存在となることも事実だった。

> 妾(おいら)だツて、可愛(かわい)い姪を日干しに仕度(した)かアねエ。と云つて他に仕様も無エから、先刻(さつき)も源さんの云つた通り、お炭さん許(とこ)へ掛つて、妾奉公に出るか、それとも苦界(くがい)に身を沈めるか、何方(どつち)一ツに仕ねエと云ふのも、みんなお前(めへ)の為めを思ふからだよ。(略)……何だと?

如何(どう)かそればかりは堪忍して呉れ？　其代り余(ほか)の事は何でもする？　勝手にしやがれ！他の事でお前に何が出来る？　奉公に出れアまた姦通(いたづら)をしやがるだらう。……まア考へても御覧よ。お前の阿母(おっか)さんが、初めてお前を東京へ連れて来た時、妾に何と云つたと思ふ？　此娘(このこ)の身の上は何分頼むと、お前の事を呉々も頼んで行つたぢやねエか。して見れヤ妾が阿母さんに代つて、何処までもお前の事を引受けて遣らなきアならず。またお前の躰だつて、云はゞ妾の勝手次第だ。（略）……え……何を？　其御恩は忘れねエ？　知れた事サ。此御恩を忘れられてたまるもんか馬鹿々々しい。（「片時雨」其十五）

奉公先の書生とのことを取沙汰されて解雇され、ただひとりの身寄りであるお鉄婆さんのところを頼っていったお鈴に浴びせられたこのあからさまなことばには、「大つごもり」でのお峰にたいする安兵衛のくどきが匿し通そうとした文脈が露出している。高田知波も指摘しているように、法的には、伯父にたいする扶養義務は姪には課せられていないから（「「大つごもり」への一視点」『白梅学園短期大学紀要』第二〇号）、安兵衛がその要求を合理化する文脈は、お峰にたいする十年にわたる養育という事実のうえにたった、擬制としての親子関係における孝以外にはありえない。つまり、たとえ安兵衛があくまで善意に貫かれているにせよ、いったんお峰にたいしてある依頼を口にするやいなや、みずからを擬制的な父親として実現するしかないわけで、そのかぎりで、安兵衛とお鉄婆さんの距離はその見かけほど隔っているのではなかった。しかも、安兵衛のお峰にたいする要求には、その動機について不審を抱かせるにじゅうぶんな、ふくみの多いいいまわしが含まれていた。

　我れ一度お峰への用事ありて門まで行きしが、千両にては出来まじき土蔵の普請、うら山しき富貴と見たりし、其主人に一年の馴染、気に入りの奉公人が少々の無心を聞かぬとは申されまじ

この安兵衛の発言について前田愛は、「お峰の忠勤の代償として山村家の温情が当然のことであるかのように安兵衛によって期待されている」てんを指摘しているが、安兵衛が言及しているのは漠然と「山村家」についてではなく、「その主人」すなわち「大旦那」であって、その「大旦那」に「気に入」られることを安兵衛は要求していた。

　御身代は町内第一(いち)にて、其代り吝(しは)き事も二とは下がらねど、よき事には大旦那が甘い方ゆゑ、少しのほまちは無きことも有るまじ

「何(いづ)れ奉公の秘伝は裏表」と説く「受宿の老媼(おば)さまが言葉」と安兵衛のそれとがぴたりと符合することに注意したい。「他処(ほか)の口をさがせとならば足はをしまじ」というほどの面倒見のよ

さがお峰の「申分なし」の「容貌（きりやう）」に目をつけた結果だとすれば[*6]、ここで「大旦那」についていわれる「甘い」ということばは、たんに漠然とその人柄がオメデタイという意味にとどまるまい[*7]。「ぬくめ鳥」のお春が奉公先に居候する主人の甥にいいよられ、「小遣ひにせよと人居ぬ間に袂へ入れる紙包み」を押しつけられるように、「甘い」「大旦那」から「ほまち」を引きだすという行為には言外に色仕掛を臭わせているのであって、だからこそ、表面的には奉公先で要領よくたちふるまうことを説いた「受宿の老媼さまが言葉」にたいし、「扨（さて）もおそろしき事を言ふ」という、いささか過剰な反応をお峰が示したのだと考えられる。だとすれば、同じく「気に入」られている「主人」から「無心」することを求める安兵衛のことばに「おそろしき事」の教唆を読みとったとしてもまんざら見当違いではないわけで、逆に、安兵衛が母親がわりの叔母にたいする「恩」を「妾奉公」に上ることで報じろと要求したお鉄婆さんではありえないことを本文中の記述から立証することはできない。

　したがって、安兵衛をたんなる「好人物」（前田愛）ととらえてきたこれまでの「大つごもり」の読み方は、その根拠を相対化され、お峰とともに安兵衛のイメージも流動化せざるを得ないだろう。このとき、「大つごもり」の世界ははたしてどのような相貌を呈するのであろうか。

4

虚構の世界における安兵衛の出自が、紅葉をして「涙尽きて継ぐに血を以てしなければなるまい」との評を吐かしめた（「標新領異録」村井長庵巧破傘」『めさまし草』巻之十七、明三〇・五）河竹黙阿弥の『勧善懲悪覗機関』寺門前裏借屋の場に登場する、「無実の罪に非業な御最期」を遂げた父の仇を討つべく「元手も薄き際物売り」をしながら機会の到来を待っている藤掛道之助（黙阿弥全集第四巻）あたりまで溯ることができるとすれば、その同時代における対蹠的な連想は、「貧窟の豪侠」として松原二十三階堂が紹介する、新網・名護町の「八百屋安兵衛」にむすびつく。

八百屋安兵衛が無籍無頼の旅人に衣裳什器を貸与して一日一週活計の道を得せしむるは、尚三井三菱等が金権を掌握して隠然経済社会の安危を繰つるに同じ（「最暗黒の東京」其十一「雑説」、『国民新聞』明二六・一・一一）

この「八百屋安兵衛」は損料屋の巨魁といったところであろうか。だとすると、「質屋、日済貸［ひなしがし］、無尽講、損料屋等は例に依つて下層社会へ一時の融通を藉［たす］くるもの」（『最暗黒の東京』十二「融通」、明二六・一二）であるから、気ままな読者の空想のなかで、「田町の高利貸」から金を借りた「大つごもり」の「八百安」こと「正直安兵衛」は、忠孝の類型としての道之助と「無頼」の「八百屋安兵衛」という対極的なふたつのイメージを一身に構造化された両義的な存在としてたちあらわれてくることになる。こう考えれば、安兵衛の帯びている胡散臭さもうまく説明できるわけだ。[*8]

こうした読みこみ方が「大つごもり」という作品からすれば逸脱であることはいまさらいうまでもない。ただ、逸脱を使嗾するのはほかならぬテクストじしんであって、こうした読みこみも「大つごもり」の中心的な機能を担っている金銭の多義性をあえて極端なかたちで作中人物にまで及ぼしたにすぎないとはいえる。作中の人間関係が「非情な流通手段にすぎない金銭の量に置換」されていくてんに「大つごもり」の構造の核心を読みとったのは前田愛だが、こうしたとらえ方はたぶん逆立しているので、逆に、それ自体ではどのような意味も持たないがゆえにあらゆる人間関係の意味を吸着しうる金銭こそが、人間関係や人物像の多義性を結果させるのだと考えられる。お峰が「ヱ、大金でもある事か、金なら二円」とこころのなかで叫んだとき、伯父とのいきさつは跡かたもなく彼女の意識から消え去っていて、そこにあるのはただ「大金」ではない二円という量の金をどうしても工面しなければ、というせっぱつまった気持ちであった。伯父一家の窮状を救うという意味は、このとき二円という金から剝落してしまい、あとに残るのは「唯二枚」、すなわちよそよそしい量としての二円という金そのものである。この金のよそよそしさの前では、そもそもの伯父の動機などはじつはどうでもよかった。同様に、安兵衛の側からしても、ぜひとも入用なのは二円という金、あるいは、それを工面するお峰のはたらきであって、伯父の家にもどって仕えたいというお峰の申し出があたまからしりぞけられたように、金を調達する主体としてのお峰の問題は主要な関心事ではなかった。極言すれば、二円という金を工面しさえすればたとえお峰が石之助のような「悪者(わる)」であったとしてもいっこうに差支えないわけで、じじつ、安兵衛の手に渡る二円という金には、「伊皿子あたりの貧乏人を喜ば」す石之助がお峰の犯行を黙認するというかたちで介在したのである。[*9]

　孝の余徳は我れしらず石之助の罪に成りしか、いや／＼知りて序(ついで)に冠(かぶ)りし罪かも知れず、さらば石之助はお峰が守り本尊なるべし、後の事しりたや。

松坂俊夫が論証するように、たんに親の金を失敬するだけならわざわざ受取を残す必要はないわけで、石之助が「序に冠りし罪」であることは間違いない（「「大つごもり」論」『増補改訂 樋口一葉研究』）。ところが、石之助がそうした行為に及んだ動機や目的については作品の中には一言も書かれてはいなかった。好んで「破落戸(ごろつき)」とつきあう「放蕩(どら)息子」ということを素直にとれば、「守り本尊」どころかお峰に恩を売って言うことをきかせようという魂胆であったのかもしれず、この箇所を論じたこれまでのほとんどの論者が暗黙のうちに前提としてきた石之助の善意は保証の限りではないはずである。あやしげな請宿の斡旋で「妾手懸を置」こうとする相手を、娘を妾奉公に出す母親が「今日から我等二人の守護神ともいふべき旦那様」と呼んでいる例もある（紅葉「おぼろ舟」八、『二人女』）。父親から金を引き出そうとした石之助が口にした「今宵を期限の借金」が、たんなる口実であったのかそれとも事実なのか決め手に欠けるように、石之助の内面は最後まで空白のまま放置されていて、そこにどのような紋様を描くかは読者の手にゆだねられていた。作品のなかに描かれたかれの行為が例外なく金銭にからむものであることは偶然ではないので、「大つごもり」にとって石之助とは金銭という空無の人格化であり、規範をみずからにひきうけることを拒否したところに出現する名づけえない〈動作主〉である。

> 通常ならば山村の若旦那とて、入らぬ世間に悪評もうけず、我が代りの年礼に少しの労をも助ける筈を、六十に近き親に泣きを見するは罰あたりで無きか、子供の時には本の少しものぞいた奴、何故これが分りをらぬ

「世間」がそうあるべきだとする「若旦那」、「本」に当為として記述してある孝行息子、こうした規範をはねつけるところに「放蕩息子」としての石之助の面目があるとするなら、逆に、有能な下女や孝行娘になりきろうとしたのがお峰であった。一見対照的な両者の違いは、同じ

地点に立ったうえでの進路のとり方の違いにすぎない。したがって、いっぱんに外在的な規範とはそれに向きあう諸個人にとってかならずひとつの具体的な役柄としてたちあらわれるのだとすれば、役柄の扮技こそ「大つごもり」の世界の基調であるといっていい。

> 舞台の俳優が、或る者は三枚目、或る者は女形（おやま）というように、役柄の配分を固定化されるのと同様に、実生活においても……人びとの役柄が固定化されうるし、現に固定化されてきた。……諸個人と役柄との結合のこの固定化は、それによって協働関係の分節構造が安定化するというまさにそのことによって、その反面では、役柄と人物との分離、役柄の〝自立化〟を可能ならしめ、現にそれを進行せしめる。……忠臣蔵なり勧進帳なりという劇の構成（役柄―演技の協働関係の分節構造ならびにしかるべき舞台装置）が確立されてしまえば、役者（生身の人物）は誰でもよいことになる。……それは生身の人間によって演ぜられるかぎりでのみ、しかもその都度、再生産されるのである。とはいえ、しかるべき生身の人間が演じさえすれば、それは誰であっても差支えない。（廣松渉『世界の共同主観的存在構造』第三章第二節）

発覚しない盗みとは、けっして開示されない〈動作主〉のメタファーであった。孝行や奉公の規範において、仕えるべき親や主人の「生身の人間」が問われることのないように、孝行・

奉公の主体も「誰であっても差支えない」し、その際かれらがどのような内面を役柄の下に匿しているか知れたものではなかった。[*10] というより、もはやそのようなかたちでしか人が何者かであることはできない。成熟した物語を操りながら一葉が示してみせたのはそうした世界である。孝行娘・有能な下女・正直な伯父・放蕩息子・意地悪な御新造・「甘い」旦那といった役柄と、富貴な山村家と「裏屋住居」の安兵衛一家というふたつの舞台とで構成されるあまりに鮮明な表層の劇の深部では、「生身の人間」たちの葛藤がたしかにくりひろげられていた。ただ、みてきたように、それらを一義的かつ明確なかたちでとり出してみせることができないだけである。

しかし、劇、あるいは物語という表層から「生身の人間」に降りてゆく道がすべて閉されていたわけでは、たぶん、ない。お峰・安兵衛家系のプロットと石之助・山村家系のプロットを継子譚という契機によって重ねあわせれば、匿されていた「生身の人間」たちの構図がぼんやりとではあるが浮びあがってくるはずだ。石之助はお峰のひそかな自意識を映しだす鏡であり、御新造は安兵衛のお峰にたいする継子いじめを代行していた、といったぐあいに。

＊1——「三年前より大酒の為め、半中風の症とな」って「本所松坂町二丁目に幽なる生計」を営

んでいる父親からの「明後日は先代の祭日殊には亡妻の命日、毎年心計りの神祭を行ふに、今年は千賀がをらぬから、何や彼や不自由でもあり、人頼みするにも先き立つは金、暮に給金を受取ツたとて、届けて呉れ、殊には主人夫婦より特別の贈り物（略）多分な事はいらねど、若し千賀の手に貯へにてもあらば、借て来て下され」との伝言を聞いた千賀は明日こちらから届けると返事をしたものの、主人夫婦の一人息子の留別会の当日でもあり、「夫れにしても父の無心、奥様へ願はうか、朋輩のおみつどのに頼まうか、何にしろ今日は其の様な事云ひ出しもできずと、独り心をいため居たり」。結局、こうしたいきさつを「密に聴」いていた一人息子が三円の金を千賀に恵み、千賀はそれを父の許に届けるのだが、このことから留別会に来ていた伯爵令嬢の指輪を盗んだという嫌疑が彼女にかけられることになる。

＊2——中村花瘦「玉虫」（『都の花』第一〇六号、明二六・五）

＊3——「みをつくし」との関連は、岡保生「一葉と『文学界』」（『明治文学論集』1）に指摘がある。

＊4——この箇所、未定稿では「私は悪人でございます」とある（「未定稿B」『樋口一葉全集』第一巻）。なお、「正直」なお峰が「悪人」に成るという趣向は、黙阿弥の白波物をふまえていると考えられる（野口武彦「白波物の世界」『「悪」と江戸文学』参照）。

＊5——「十二才以上の小女にて実直なるものを給金一円にて雇入度処あり」（「交詢案内」『女学雑誌』第二二〇号、明二三・七）。

*6——請宿の婆さんが妾奉公も斡旋したことは、柳浪『五枚姿絵』・紅葉「裸美人」（『短篇小説明治文庫』第一五編）などを参照。

*7——「毎度新聞の艶種を製造して大いに気焔を吐く」呉服商の主人が新宿の貸座敷で軍人と悶着を起こした件を報じた『万朝報』の記事には「甘い旦那」という見出しがつけられていた（明二七・九・一二）。

*8——「籠と天秤棒」で「毎日二十貫目からの物を肩へ乗せ」て売り歩く「裏長家」の「八百屋の安蔵一名を安八百屋といはれる正直者然し慾気は大有り」の男がふつう「八百屋安兵衛」で通っていたことからしても（饗庭篁村「涼み台」『むら竹』第三巻、明二二・八）、「八百屋」の「安兵衛」という呼称は固有名からはほど遠いものであった。

*9——こうした筋立ては柳浪の『おのが罪』（明二五・一一）のそれを襲っていると考えられる。

其一は金の工面に思ひ労れ、睡るともなく何時の間にか寐入て、目を覚せし折は夕日影軒に落て、鶯のふしど尋ぬるも聞えぬ。其一は打驚きて起上り、ふつと眼につく帳簞笥に若やと立寄り、開に手を掛れば、斯る子を持し人に油断多く、引ば引まゝに開きぬ。天の与へと中を見れば、紙幣僅か五円ばかり入りしのみなれば、此にてはと思案せしが、巻てありし公債証書の幾枚かを、金と共に懐中に押込み、人の見ぬ間と私と忍んで、門迄は羽織を手にして、それより身繕ひして出行けり。あゝ、其一の心には親なく妻なく子なく、唯在原「なじみの遊女」の仕掛姿のみぞ。

第　六　回

其一が公債証書を取出せし事、何人知るまじと思ひしに、お義「其一の継母」便所の帰宅に其一の様子見るとて、鳥渡座敷を覗きし時、其一が出行後影を認めぬ。其様子の何やらん周章しきを怪しみ、帳簞笥の開の音のせしは、良人の留守に間違ありては申訳なり難しと、念の為に帳簞笥を開けば、昨夜良人より預かりて入置し五円の金、消て影なし。

＊10――「世上、白く塗りたる墓の如く外美にして内醜なる所謂偽善、偽徳の現象なる者あり」「例へば外、恭敬を装ほひて、内心に敬虔の念慮なきを顧みざる。……外、美衣を纏ひ奢侈を極めて、中に財産欠乏し家庭の和楽なき。外、憐憫の様を表はして、中心、残忍の奸計を企つる如き。……皆な是れ外美内醜の現象ならざるはなし」「此現象は、所謂「他人」特に己れより上位に在る人に対して、最も多く現はるゝ者なり」「社会の進歩は一見して内外と心身と相表裏して、容易に判知し得ざらしむるに至れり」（潮陽「外美内醜の偽徳」『女学雑誌』第三九九・四〇〇号、明二七・九～一〇）。

わたしの病い――広津柳浪『残菊』

1

「茲（こゝ）にお話いたす昔語（むかしがたり）」ということばによっていきなり始まる主人公お香の語りにつれて、『残菊』（明二二・一〇）の読者がまず最初に知らされることになるのは、お香「十九の春」の「或朝」を驚かせた彼女じしんの喀血のようすと、急のしらせで呼ばれた医師と患者とのやりとりである。

若（もし）や肺病（はいびやう）――肺には名誉な医者――若し肺病といはれたら……医者の持余す肺病といはれたら、私（わたくし）は因果と諦めもするが、母の力落し、お蝶の便（たより）なさ……気後れがして、手を握られるのも怖（おそろ）しく思はれて、此時の脈搏（みやくはく）とやらは、恐らくは実数を測られなかつたらうと思ふ位。それから、胸を打診(だしん)される時の苦しさ、一打毎(ひとうちごと)に——釘を打れる様で——其音響(ひゞき)の善悪(よしあし)、素(もと)より知れやう筈(はづ)はないが、悪いのかと思へば、何処の音も気に掛るやうに濁つて居ます。一音毎(ひとおと)に、私の眼は母と共に医者の顔を離れません。医者が私の胸に手拭を掛て、其上に耳をつけ＝呼吸(いき)を深く……咳嗽(せき)を強く……＝といはるゝ度に、欺かれるものなら欺いても見たい程の心苦しさ。

「良人(おっと)の友人で長く洋行して居た事もあり、治療も余程の上手で、随分人の驚く程な手術を施した事もあり、殊(こと)に肺病(はいびやう)には中々名誉な人です」と読者に紹介された医師の診察は、まずは的確であったといっていい。ベルツの『内科病論』中篇（伊勢錠五郎訳補、増補改正第五版、明二三・三）は「肺労」の「理学的証候」の項に「視診」・「触診」・「打診」・「聴診」の四つを挙げるが、「触診ハ切要ナラス」とあるのにたいし、「打診ハ甚タ喫緊」であり、「聴診」は「必須闕クヘカラサルモノ」とされていた。また、「脈数増多シ脈波高ク且ツ短ク緊張力ヲ減シ疾脈或ハ飛跳脈性ヲ呈ス」るときは「肺結核」を疑われるのである（『診断学（ヂアグノフチツク）』）*1。

『診断学』によれば、打診は「直接打診」と「介達打診」の二種類に分けられる。前者は「直チニ指端ヲ以テ胸壁ヲ打ツ」やりかたで「方今ハ廃棄」されている。後者には三通りの方法があり、ひとつは「左手ノ指ヲ以テ胸壁ニ抵置シ右手ノ指端ヲ以テ左手ノ指上ヲ打」つというもので、今日でもよく行われる。もうひとつは、「胸上ニ抵置シタル打板上ヲウエンテル氏ノ発明シタル鎚ニテ打ツ」やり方で、こうすれば「狭少部ノ分界ヲ判然区別シ得ルノミナラス其検査精緻ヲ極メ鑑識明瞭トナル」という。三つめは、鎚を用いずに指で打診板を打つというものである。『残菊』の主人公に用いられたのは、「一打」・「釘を打れる様」とあることから、鎚を使用した「介達打診」であったと推測される。具体的にはつぎのように行う。

　まず、「打診板」を左手の親指と人差指で支え、すき間を残さないように前胸部に密着させる。右手のてのひらで鎚の柄を「掌中ニ自由ニ動揺スル」ように軽く握り、手首だけを使って「打診板」を二回から五回程度、いずれも同じ強さで打つ。打診の部位は、鎖骨上部から始め、鎖骨内端部、同外半部、同下部、第二肋間へと下り、それぞれ左右両胸について行う。第二肋間以下は、右胸については各肋骨および肋間を順次打ってゆき、左胸は心臓があるので、胸骨上下部、左副胸線部、乳線部、第五ないし第七肋間を打つ。

　こうして聴取される打診音は、その強弱・高低によって「清音」・「濁音」・「余響音」・「皷音」（以上強弱）・「深調」・「高調」・「無響音」・「鉱属音」（以上高低）と分けられるが、それらは打診の対象となる器官の構造の特性によって決まっている。「全ク空気ヲ含マサル器官組織ハ真純ノ濁音即チ空音ヲ生」じ、内部に空間を有する器官、たとえば肺は「深キ無皷音性ノ清音ヲ発ス」る。「肺実質全ク空気ナキトキハ清音変シテ濁音トナル」、すなわちもし結核に冒された肺で「殆ト四センチメートル面積大ノ空気ナキ部分ヲ有スルトキハ其部位ニ判然濁音ヲ呈ス」る。あるいは、結核によって肺の中に「少ナクモ一センチメートル半乃至二センチメートル」の空洞が「表面ニ近ク」できたときには、その箇所から「皷音」を聴く。ただし、「濁音」や「皷音」は肺結核によってのみもたらされるものではなく、肺水腫や肺炎によっても生ずることがある。

したがって、打診のみによって診断を下すのは困難であり、また、空洞や硬化の顕著でない比較的初期の肺結核は打診によってはとらえられないので、聴診を試みることが必要となる。

聴診にも「直達聴診法」と「介達聴診法」の二種類がある。後者は「聴胸器」を用いるもので、『残菊』の場合、「胸に手拭を掛て、其上に耳をつけ」とあるから、器具を用いず直接胸に耳をあてて行う「直達聴診法」が採用されている。このほうが「器械ヲ用ヒテ聴クヨリ明カニ聴取スルコトヲ得ル」という。

聴診によって聴くことのできる音は「呼吸音」と「副呼吸音」に大別される。「呼吸音」は「気胞性呼吸音」と「気管支性呼吸音」とに分けられ、さらにそれぞれが「性情」・「高深」・「長短」などによって細かく区別される。「副呼吸音」には、発声や咳などに伴う音が属し、そのうち「水泡音」（いわゆるラッセル音）は、さらに「性情」・「強弱」などによって細かく分けられる。

健康体の場合、胸廓部の吸気音は「「フ」或ハ「ウ」ノ音調」で聴かれるが、結核患者の吸気音は「肺尖ニ於テ鋭性呼吸気音」すなわち「フ」音となり、気管支カタルの患者の呼気音は「病的ニ延張トナル」ように、「諸般ノ疾病ニ於テ変化」するので、「各病ノ鑑識ニ要アルモノタレトモ実地ノ熟練ニ頼ラサレハ聴別シ難シ」。しかも、「屢々鈍キ金属性或ハ壺音ノ調ヲ帯びる「強性気管支呼吸音」などの場合、同じ音が「慢性肺結核ニ於テ来ル空洞」からも、「気管支拡張症ニ於ル空洞」からも聴取されたりするのでくれぐれも注意しなければならない。「副呼吸音」の場合も同様で、たとえば健康な人からは聴くことのない「水泡音」には大・中・小の三種あるが、「大水泡音」は結核性空洞によっても、初期の気管支カタルによってもひとしく生ずるといったぐあいである（以上『診断学』による）。

診察手段としての打診と聴診は、こうしてそれを行う医師の「熟練」の度合いに応じて患者の冒されている病気を絞り込んでいくことを可能にするが、患者の胸部の発する音がいつもおのずから特定の病いを告げ知らせるわけではない。『残菊』の場合、なるほど患者は「鮮紅（まっか）な一塊（ひとかたまり）の血」を吐いており、彼女が肺結核であることはすでに自明であるかにみえる。しかし、血を吐いたからといって喀血とは限らず、喀血したからといって肺結核が原因とは限らないのである。[*2]

『実用内科全書』（高橋真吉・岡本武次著、明二三・六）によれば、医師はまず喀血とその他の吐血とを区別しなければならない。もし「鼻液ヲ混」じていればそれは「衄血」（鼻血）であり、「喉頭鏡検査」で異状が発見されれば「喉頭及気管出血」であり、血が「酸性反応」を示し、「暗黒凝結ヲナ」していれば胃からの吐血である。それらにたいして喀血の特徴は、「咳嗽ニテ咯血」し、「鮮紅泡沫ヲ混」じており、その血がアルカリ性反応を示し、なおかつ「気管枝分泌物及円柱上皮」が血に混じっているのが観察され、患者がしばしば発熱していることにある。お香は「二つ三つの軽い咳嗽」とともに血を吐いており、喀血と断じてよいだろうが、喀血だとしてもその原因は、「肺結核」を筆頭に、「肺膿瘍」・「肺腫瘍」・「肺ノ寄生虫」・「肺炎」・「肺臓外傷」など十三にも及ぶのである。

したがって、肺結核を確実に特定する唯一の方法は、患者の吐いた血や痰の中に「結核「バチルレン」」を発見することである。[*3] コッホがしたように、「善良ノ油浸系統及ヒアッベー氏照輝装置ヲ具フル顕微鏡」を用いて特殊な染料によって着色された「結核「バチルレン」」を検出するのである（伊勢錠五郎『医家十二要』「結核「バチルレン」検査法」明二〇・二）。『残菊』のようにこの方法によらないとすれば、医師が診断を下すことを可能にするのは、多種多様な症候を複雑に組み合わせることによって構成される蓋然性以外にはない。

〔症候〕発病緩慢ニシテ潜伏性ニ来ル○肺労素質ノ躰格ヲ有ス（体格細長、鶴頸、細指、眼窩陥凹、顴骨突出、胸廓偏平、鎖骨上下窩陥没、肋骨間広シ、胸筋背筋消削、両肩胛骨隔離シテ羽翼ノ如シ○初期ハ貧血症状、忽チ疲労シ易ク身体倦惰、心悸亢盛（女子ニテハ月経異常、躰力減衰、営養障害、軽度ノ発熱且ツ消化機能障害食思欠乏、嘔吐、便通不規等○頑固ノ喉頭及気管枝加[カタル]答児症、咳嗽頻発○咯血痰血或ハ純血ニシテ此症ヲ発スル者最モ多シ○身躰追日羸痩[るいそう]諸筋消削ス○軽微ノ精神感動ニ由テ顴頰部紅盈、体温亢進ス○容易ニ発汗ス　盗汗　○脂肪減少○五官器知覚過敏○稽留性或ハ弛張性発熱○脈頻数○胸廓運動不全○往々皮膚癜風ヲ生ズ

理学的診断重ニ肺尖ヲ侵ス

●打診　肺尖軽濁或ハ全濁音ヲ呈ス浸潤ノ時既ニ空洞ヲ生ズレバ鼓音、鉱性打響、破壺音ウィントリヒ氏交換音等ヲ呈ス

●聴診　肺気胞音粗糙○呼気延長○湿性或ハ乾性水泡音○空洞ヲ生ズレバ気管枝呼吸音、有響性水泡音、鉱性呼吸音、瓶子呼吸音等ヲ聴ク　（『実用内科全書』「肺結核」）

こうして詳細に区分され記述された一連の症候を目の前の患者にみいだしただけでは、しかし、まだ医師は肺結核という診断をためらいなく下すことはできない。医師の決断を最後のところで支えるのは、彼個人または医学に蓄積された経験である。これらの症候が肺結核によってもたらされたことが、過去の患者たちにおいて実証されていることが必要なのである。つまり医師は、特定の個人を超えた肺結核患者一般についての概念を必要とする。

〔証候〕患者往々或ル一定ノ事故ヲ以テ此病ノ誘因若クハ原因ナリト信スルニ拘ハラス直チニ肺炎ヨリ将来スル者ヲ除クノ他真ニ其起始ヲ確知シ得ルハ稀ナリ而シテ病初ニハ屢々只全身ノ怠惰疲倦ノ感ヲ生シ食思欠乏、身体羸痩シ漸次蒼白色ヲ呈スルモ未タ咳嗽ヲ発セサルモノアリ若シ此等ノ証候彌久スルトキハ虚弱家、腺病質若シクハ肺結核ノ血系アル者ハ頗ル此病ノ疑ヲ免レサル所ナリ此ノ如キ人ニ於テハ心悸動常ニ旺盛シ且ツ甚タ刺衝性ト為ル次テ軽易ノ咳嗽ヲ発シ日晡潮熱シ大約三十八度ニ至ル之ヲ診スルトキハ多クハ胸廓甚タ長シト雖トモ狭且ツ扁平ニシテ肋間広ク鎖骨窩ハ陥没シ両肩胛相離隔シ胸廓ノ上部ハ呼吸ノ際充分ニ運動セス（麻痺胸）打診上ニ於テ未タ異状ヲ認メサルモ聴診ニハ已ニ粗烈ノ呼息、断続呼吸音、不定呼吸音或ハ僅少ノ水泡音ヲ聴取スルコトアリ是レ其初起ノ証候ナリ此証候荏苒持続シ而シテ咳嗽ハ早晩増劇シ喀痰アリ初メ粘液性ナルモ后ニハ膿状ト為ル身体ノ羸痩漸次相加リ体温益々亢進シ打診ニハ偏側或ハ両側ノ肺尖ニ濁音ヲ呈ス聴診ニハ屢々多量ノ水泡音ヲ聞ク時トシテ已ニ鉱性ヲ帯フルコトアリ又屢々気管枝音アリ此期或ハ之ニ先ツテ間々喀血ヲ来シ喀痰中ニハ弾力繊維ヲ認ム此時期ニ至レハ体温日々昇騰シ患者弥々衰弱シ為メニ死ヲ致ス者ナリ

是レ屢々見ル所ノ経過ナリ其末期ニ至レハ更ニ腸管及喉頭所患ノ証候ヲ顕スコト多シトス

（ベルツ『内科病論』「肺労」）

彼女は肺結核と呼ばれる病いに冒されている。それはけっきょく、こうして典型化された肺結核患者に彼女が該当するという資格においてであって、聴診において聴かれる「水泡音」やその他の症候がそれ自体で彼女の病名を語るわけではない。すでに死亡した名もなき肺結核患者の屍だけが、彼女の身体の示す症候を肺結核に結びつけることができる。

もちろん、実地の診断においてすべての医師がこうしたことをはっきりと意識していたわけではあるまい。いっぱんに「水泡音」や喀血はただちに肺結核を指示する症候とみなされていただろうし、『残菊』の「肺病には中々名誉な」医師もお香の聴診を終えるとさすがにあまり間をおくことなく病名を告げようとしている。また、その際の、病名を「漏さうとして猶予する其意中（こゝろ）」が具体的にかきこまれているわけでもない。だが、にもかかわらず、医師のまなざしがどのようにして病いをとらえるかということは、『残菊』という作品にとって決定的な意味をもつ。「打診される時の苦しさ」というお香のことばは、奇妙な板を胸にあてられて鎚で打たれることがいったい何を意味しているのか、彼女がすでに完全に知りぬいていることを示している。打診の際「其音響の善悪」に耳を傾けるお香には「何処の音も気に掛るやうに濁つて居」ると聴こえる。すなわち『残菊』においては患者が医師の行為をじゅうぶんに理解しているのであり、医師のみならず患者じしんもみずからを診断する。

私が予て聞て居た肺病の症候、一々胸に応へる事ばかり。若も私が医者ならば、好し医者でないにもしろ、他人の病ひに私同様の症候があつたら、私は遠慮なく肺病と診断致しませう。

こうして医師の視点が患者であるお香に内面化されていることにより、『残菊』は、まず、鷗外の指摘したように「医書中の実録」と見紛うばかりの「病歴」的な正確さを獲得する（「鷸翮搔」『めさまし草』まきの二、明二九・二）。

お香の目を通して記述された症候と医学書のそれとを対比して示すとつぎのようになる（〈 〉内はベルツ『内科病論』の記述である）。

イ、発熱

「或る日の夕刻、偶と熱が発ました（略）一週間過ても（略）熱も解る様子がありません」
「其中に満身がぞく／＼と寒くなつて（略）今度は火の玉呑だ様な寒熱の苦しみ」
〈（熱候）ハ全経過中欠如スルハ極テ稀ナリ（略）毎発作ニ屢〻悪寒シテ次ニ灼熱ノ感覚ヲ以テシ〉

ロ、咳嗽

「一週間過ても、痎嗽は漸次強くなるばかり」

〈(咳嗽)ハ概シテ闕如スルコトナシ〉

ハ、胸痛

「右の背から胸へ掛て、針で軽く刺さるゝ様に、妙な痛みを覚へます」

〈往々病初ニ方ツテ肩胛部ノ疼痛ヲ訴フル者アリ是レ其初起ニ於ケル頗ル緊要ノ症候トス〉

ニ、喀血

「二つ三つの軽い咳嗽——何だか咽喉がムヅ癢く覚へたので、ハヘッと一つ絞る途端に……あら血——鮮紅な一塊の血が」

「糸の様な血が痰に筋を引て出た」

「ムカリッとした途端に、ゴロッと吐たは三四口に……匜盥一杯の血」

〈其初メ胸内ニ温感アリ次テ液体ノ胸骨ニ沿テ昇騰スルカ如キヲ覚ヘ随テ咳嗽ヲ発シ血液ヲ喀出ス若クハ患者口内ニ一種ノ塩様味或ハ血様味ヲ覚ヘ咳嗽及謦咳ヲ起シテ喀血ス〉

〈血点若クハ血線ヲ有スル喀痰ヲ見ルトキハ肺労ノ疑アル者トス〉

〈咯血ハ純粋ニシテ鮮紅色〉
〈咯血ハ該病ノ経過中ニ屢〻反覆スル者ニシテ其量ハ甚タ不同ナリ乃チ極テ少量ヨリ五〇〇、〇以上ニ達ス〉

ホ、呼吸促迫
「何となく胸苦しくつて、折々促迫(くるしく)なる呼吸(こきう)——長く続いたら絶息(しに)さうな——気も遠くなる程です」
〈(呼吸促迫)ハ概シテ中等ナリ(略)総テ肺労患者ハ楼上ニ登リ或ハ疾行スル等少ク身体ヲ運動スルトキハ忽チ之ヲ発ス又体温ノ昇騰スルトキモ呼吸ノ数ヲ増加ス〉

へ、羸痩
「骨と皮でもつた身體(からだ)、鏡見せられたら、或は気絶したかも知れません」
〈(羸痩)ハ肺労ニ於テ最モ著シ而シテ体重漸ク減少ス(四分ノ一乃至三分ノ一)〉

ト、神経過敏
「普通(なみ)の神経質(しんけいしつ)でさへ、くだらぬ事に迄、あたら心を悩まします。それが病気になれば、目に見る物、耳に聴くもの、舞下(まひさが)る蜘蛛、戸まどひの蜻蛉(とんぼ)あれもこれも唯無性(たゞむしやう)に気に掛ります。其中（そのうち）にも肺病（はいびやう）は別して神経が鋭敏になると云ひます」
〈（神経系）大抵甚シク刺衝性ト為リ輙［タヤス］ク喜怒ノ感動ヲ起ス〉

また、『残菊』の最後に描かれる、「眼も見へなくな」って「真黒な穴の中」に落ちて行こうとするお香に、「遠く」からその名を呼ぶ声が聞こえるというくだりも、医学的な記述との対比が可能である。*4

> 肺労ハ徐死ヲ以テ常トス徐死トハ衰耗極マリ脂肪尽ク消失シ筋肉枯凋シ膚皮蒼色トナリ血行機呼吸機共ニ微弱トナリ仮死ヲ為スコト数回終ニ真死ヲ致ス而シテ瀕死ノ時精神尚鋭敏ナルモノアリ恰モ残燈ノ将ニ消滅セントスルニ当リ暫ク其光ヲ添フルカ如ク此ノ期ニ至リ知覚爽然タル者アリ嗅味ノ二管［ママ］先ツ廃絶シ触覚ハ漸々減少シ結膜ノ知覚ハ最後ニ至リ全ク消失ス且ツ下身冷却スルヲ自覚シ視力減衰シ瞑暗ヲ訴ヘ最後ニ聴官ノ感ヲ失フ　（仁田桂次郎『肺労治論』第二篇、明一六・五）

以上すなわち、盗汗などを除く肺結核の主要な症候のほとんどはお香によってきわめて正確に把握されていたといっていい。

これらの『残菊』の表現が、同じく肺結核の主人公をもつ紅葉の『南無阿弥陀仏』其四（明

二三・一。初出は『百花園』明二二・五〜六）の、

「あいた」と一声（ひとこゑ）、胸を両手に我と圧（を）す間もなく、かつと吐出す血汐、平常（つね）にすぐれて多量なるに、由之助は面色替て狼狽（うろた）え、有合ふ手巾（ハンケチ）をお梅の口にあてがひ、
《痛いかい、姉さん》
返事はなく、眼を見開き、由之助を見詰るのみ。

といった喀血のくだりや、また、デュマ・フィスの『椿姫』を翻訳した加藤紫芳の「椿の花把」（『小説萃錦』第一号〜一四号、明二一・一一〜二二・五）の、

最初の内は軽き咳も次第に強く咳入りて果は食事もなり兼て椅子の後部（うしろ）へ仰向になり咳の出る度両手にて胸を押へ苦しみ居るうち頓（やが）てまた強く咳入り胸も裂るかと思はるゝばかりにて顔色も青ざめて眼を閉ぢ膝掛（ひざかけ）の布を口に押し当て血を少し吐きしが今は食事もなり兼て急に其座を立ち化粧室（みじまひべや）へ駆け込みたり　（第九章）

という場面、あるいは同じく、

（一月四日）

昨日今日は苦痛ます〳〵甚しく夜一夜眠り得ず候最早口をきくさへ苦しく絶ず浮言と咳嗽のみを致し（略）

といったマルグリット臨終直前の日記などにくらべて、その精細さとかきこまれている症候の量においてはるかに優っているのは、ひとえに、身体にあらわれたさまざまな徴候をひとつひとつ分節してとらえる医学のまなざしが主人公に分け与えられていたからにほかならない。しかも自叙体という形式をとる『残菊』の場合、お香による症候の描写は、そのまま彼女じしんの感覚を一人称で語ることでもあった。「骨と皮でもつた身體」という表現は、彼女の身体を医学という外部からとらえたものであると同時に、いわばその身体の内部から――聴診の際に聴かれる音が響いてくるあの内奥から――その感覚によってとらえたものでもある。吐き出されたばかりの鮮血はいまだ彼女の体内をめぐっていたときの温もりをとどめており、彼女は医学の記述した肺結核の症候をくまなく自己の身体に感ずることができる。『残菊』の他の作品にたいする優位は、読者の生きなおすことのできる身体が、その奥行きと量感、さらには時間の経過をともなって、わずか彼女の胸にかけられた「手拭」いちまいの距離のところに定着されていることにある。読者は、たとえいちども喀血したことがなくとも、お香とともに「フンと鼻を通る気息の臭さ――其血腥さゝ」をさながら感ずることができる。しかも、そうした表現をそれと一体となって支えている医学のまなざしにはまったく注意を払わずに。
「病歴」はこうして文学となる。あるいは、文学はこうして身体を、科学が対象化した身体をとり込む。

2

長びいた風邪がいっこうに回復せず、あまつさえ胸の痛みを覚えるに至ってきざした「若し嫌な病ではあるまいか」というお香の疑いは、喀血をみるに及んでもはや容易にふりはらうことができないものとなり、「気管支加答児(きくわんしかたる)」という医師の診断[*5]にも彼女は心からは従えない。

それでなくても女は疑念の深いもの。私は慎めるだけは慎む様にと、予々(かね〴〵)心掛ては見ますが、神経質とやらで、兎角何かゞ気になつて、左(さ)もない事に迄無益な取越苦労をしたがります。今も其疑念を呼出(よびだ)れる様で——用もなく寐て居れば妄想(もうざう)は募りたがるもの——医者の言葉を信用し様(やう)としても、さう行(ゆか)なくなつて参ります。それは、痰に血が……母には隠して見せませんが、医者の帰去(かへつ)た後、糸の様な血が痰に筋を引て出たからです。

「女は疑念の深いもの」という説明とお香のこのときの「疑念」とは何の関係もない。彼女の「疑念」は、彼女が「医者の言葉」と拮抗しうるまなざしによって血痰をとらえたことからふたたび首をもたげてくる。もし彼女がその母のようにたんに医師を「仏様の様に信仰して居る」だけなら、こうした「疑念」はたとえ一瞬心をよぎることがあったとしてもたちどころに払拭されてしまうだろう。しかし「疑念」はしつように彼女を苛みつづける。医師のまなざしはそれだけ深く彼女の裡に浸透し、確固とした位置を占めている。けれども、「疑念」に導かれて「いよ〳〵肺病かしらん」と「自分から覚悟」してみるものの、やはり生にたいする「未練」は彼女に残る。

医者の云つた言葉――肺の咯血(かくけつ)ではない――それがまた万一(もしや)の綱になつて、僅かに依頼(たのみ)を繋(つな)いで居ます。尺ならば三寸の綱、それが七寸よりも尚ほ多くを繋いで居ます。

「尺ならば三寸」しかない「綱」にすがっているようなものだ、と彼女はいう。「医者の云つた言葉」が根拠のない「気休め」でしかありえないことを見ぬきつつも、彼女はそれをあっさりとしりぞけてしまうことができない。

お香におけるこうした「疑念」のありようは、彼女が医学のまなざしを獲得することでどのような代償を支払わねばならなかったかを明らかにしている。一方でみずから下した診断に固執しながらも、彼女はそれにおいそれと自己をあずけきってしまうことができない。なぜなら、

「肺病」といふ診断はふつうとりもなおさず自己の「一二年稀ニハ三年」（『内科病論』）以内での確実な死を意味するからである。だが他方、死の宣告を忌避して「医者の言葉」を信じようとしても、それがどうみても「気休め」でしかないこと、すなわち診断の正しさはむしろ彼女の側にあることははっきりしている。診断する自己と診断される自己とに彼女は引き裂かれようとしており、乳母の口から医師のほんとうの診断をもれ聞いたことがその分裂を決定的なものとする。

　あの結核（けっかく）……いよ〳〵不治（なほら）ぬと極（きま）つた肺結核（はいけつかく）であつたか。私の生聞（なまぎゝ）な想像が、不幸にも的中（あたつ）た身の不幸（ふしあはせ）。私は覚へず吐息をつきました。そして万像（なにか）が無情（あぢきなく）なつて、これが放心したのかと思ふ位。

お香のところに肺結核は「あの結核」としてやって来る。「あの結核」にかかって、あの人のようにこのわたしも死ぬのである。

同時代に書かれた一人称の語り手が主宰している他の作品にくらべ、「こそあど」の使用法が格段にこなれており、「私」のいまここがきわめて鮮明に定位されていることは、この作品の重要な達成だが、なかでも、かりに「今」を近称にふくめるとすると、遠称と近称との対比が読者にきわだった印象を与える。

あの火迄……あれ迄行ば、万に一つも助からうか。彼処(あすこ)迄早く……あの火迄と身をあせれば、私(わたくし)の名を呼ぶ声も遠くに聞へます。私(わたし)の名を呼のは何人(だれ)……今其処(そこ)に……今……あゝあの火……あの火迄……其処に……今……も……もちつと……も……今……オ、、嬉しい……。辛(から)く火の傍(そば)に達(とゞ)けば、今迄の苦しさ、凄さ、心細さは何処へやら、気も晴々と今夜(よ)が明たかと思ふばかり。気がつけばあら、良人の顔――お蝶も其膝に……。

「あの火」にたどり着くと夫と娘がいたというのは、いささか図式的と思われるほどのしめくくりかたであった。

「あの火」までなかなかたどり着けないで焦るという心象は、それまで彼女が「あの火」のあるあそこからどうしようもなく隔てられていたことを物語っているのだが、じっさい彼女が肺結核をはっきりと自覚してからというもの、夫や娘たちはなんとしても彼女の手のとどかぬあそこへと遠ざかってしまっていた。病床に伏せる彼女にとって、夫は「あの一言が此世の別にな」った「あんなに実意のある方」であり、娘は「あんなに愛らしい」「あのお蝶」であり、母は「あんな御気質の母様(かあさま)」、従妹のお花は「あんなに優しい児」であった。

内言や独白における「こ」・「あ」は、「コは身近な存在で自分の関わりの強い対象を強烈に指示し、アは遥かな存在で自分の関わりの強い対象を強烈に指示」する（堀口和吉「指示語

「コ・ソ・ア」考」『論集日本文学・日本語5 現代』)。ところが、お香にとっては、「あの結核」がわたしのいまとここを占拠することによって、わたしの命は「此毒虫の餌食」になろうとしている、つまり「コは身近な存在」を指示しはしても、それはわたしを根こそぎ否定し、抹殺するようなかたちでしかわたしと関わりをもたず、また一方、「最愛のお蝶、お蝶自慢して見せうと待た良人、便りなき母」たちは、かけがえのない、「自分の関わりの強い対象」であるが、死にゆくわたしにとってはやがて「此世の縁」の切れるひとびとであり、わたしのうちに先取りされた死によってここからは手のとどかない「遥かな存在」にまで遠ざけられてしまっている。ここには肺結核に冒された身体としてのわたしがいて、あそこにはわたしがほかならぬわたしであるゆえんのいっさいがある。あそこにあるべきものがここにあり、ここにあるべきものがあそこにある——お香が住む絶望の世界の遠近法をこのように描くことができるとするなら、彼女の死病からの生還は、「あの結核」が彼女のいまとここを占領することによって顛倒され、絶ち切られていたここととあそこの関係を修復することによって果される。「あの結核」にこのわたしが冒されるという絶望が、逆に、いま、このわたしが「あの火」にたどり着くことによって克服されるというのは、だからあまりに首尾の照応した文法どおりの結着であったといわねばならない。

したがって、

頼みとする夫は外交官としてヨーロッパに行っており、自分は当時不治の病とされた肺結核でずっと病床についている。つまりはじめから、夫の不在と肺結核という内外二つの抜くべからざる壁によって、主人公の現世的な展望や可能性をはっきりと断ち切っておき、その堅く閉ざされた状況の中で、死に瀕した若い女性の内面を、当時としてはすぐれた言文一致の独白体をもってほとんど無限に書きつづけていったのがこの作品である。

という猪野謙二の把握（「明治作家の原点」『明治の作家』）は、「外交官としてヨーロッパに」という勇み足は別として、お香の置かれた閉塞状況を見事にいいあててはいた。『残菊』がお香の喀血から語りはじめられるように、すべては彼女が「あの結核」にかかってしまったことからはじまり、そして、その逆のコースをたどりなおして終わる。

しかし、「夫の不在」をそれとしてきわだたせるのは彼女が肺結核によって苦しむという事態であり、そして、彼女は肺結核に冒されたから絶望したのではなく、肺結核に冒されたことを知ったから絶望したのである。お香のように自分が肺結核患者であることに絶望するには、肺結核という病いにたいする、ある特定の認識を必要とした。なるほど、

御承知の通り肺癆（はいろう）と云ふものは、昔しから先づ死ぬものと極（きま）つて居ります。（略）肺癆に

罹れば咳(たん)が出て熱が出て次第に弱り、遂に死ぬので、到底医師のお薬でも、神仏の力でも、癒る事が出来ないといふことが極つて居りました。（長与専斎「肺癆療法新発明に付き素人方の心得」『婦人衛生会雑誌』第一六号、明二四・四）

など、肺結核を不治の病いとする文献には当時もことかかない。だが、「一般的に言へば医学は時代の古いほど肺結核の末期しか知らなかつたが、近代に近づくほど早期を認識できるやうになつた」（松田道雄『結核』）のであり、まして「一九世紀の末葉までは、最も経験の豊かな臨床医たちでさえ、多くの消耗性の胸部疾患――癌、珪肺、種々の肺膿瘍など――を結核と混同していた」（ルネ・デュボス、ジーン・デュボス『白い疫病』北錬平訳）ことを考えあわせれば、お香のようにただ一度の喀血によってかけがえのない生を断念する患者があらわれるのは比較的時代が下ってからであり、それには患者が医師の診断を理解し、絶対的な信頼を寄せることが必須の条件となる。

いっぱんに「消耗性の胸部疾患」である肺結核は不治の病いではあってもただちに死を意味しない。[*6] だから「肺病(はいびよう)か胃病の情人(いゝひと)」（逍遥『書生気質』第十一回）がいてもいっこうに差支えなかったし、「肺病(はいびやう)になつて見たいッサ」（紅葉『風流京人形』第三のつゞき、明二二・九）とはしゃぐ女生徒や、「肺臓(むね)の疾痙(やまひ)」をものともせず政治の世界での活躍を夢みる書生もいた（桜田百衛

『自由廼錦袍』明一六・九）。当時根岸で肺病治療専門の看板をかかげて実際に診察にあたっていたひとりの医師は、ひとびとのこの病気にたいする無警戒をつぎのように嘆いてみせている。

近年に至り文物進歩し。医学衛生学等の大に開けたるにも係はらず。独り肺労に至りては。単に恐るべき伝染病なりと唱説するまでにて。其の之を警戒するの念慮は。却て大に薄らぎ。或は肺労を以て。名誉ある病の如く思ひ居るものあるは。誠に怪しむべきの至りと云ふべし。（立花晋『肺病者十戒』、明二三・七）

だから、須藤南翠の『雛黄鸝』（明二一・一）に登場する旧弊な漢方医のくりごともまんざらフィクションとばかりはいえなかった。

物も斯う変るといふのは不思議なもの乃父さんなんぞの血気盛んな頃は銘々肥太つて強いのを自慢した者だが今ぢやア病人染た弱々しいのを自慢しているヨ私は胃病で困りますイヤ私しは脳病で私しは肺病のソラ婁麻窒の喉頭加荅児のと誰れも彼も頭が痛いの尻尾が痒いのと言て何か一つ病がなくツては人間らしく言ないではないかイヤハヤ見る物聞く事一つとして己の気に入た事はない（第一回）

こんなありさまだから、医師にたいする患者の信頼もあやしいものであったことはじゅうぶん推測がつく。ある医師は「家に依つて医師を換へる事を何とも思はない、流行(はやり)につれて医者迄も換へる人が有」るが、そんなことではいけない。「医師を最初に択んで其後は取り換へず」、「択んだ以上は其医師を充分信ずる」ことが大切である、と口をすっぱくして説いている。

　夫れからして医師を尊ぶと云ふは、病家の最も務むべき事で有る、古来(むかし)より医師と云ふ者は尊ばなければならん者と定(き)まつて居る（芳賀栄次郎「病家の医師に対する心得」『婦人衛生会雑誌』第一六号）

医師やその学問はもちろん当時もひきつづいてしばしば嘲笑の対象となっていたのである。

　いか物喰ひの八兵衛といふ老爺(おやぢ)水を飲んでコレラになりツこなら己(おれ)なんぞは年が年中コレラで死ぬのを商売にして居なければならない（商売にしたら嘸(さぞ)繁昌するだらう）西瓜もやりなさい真桑瓜も喰ふが宜(よ)しさ唐人(たうじん)の囈語(ねごと)などを聞く奴があるものかいちじくの果物を喰ツてはならないの汚駄物(をだぶつ)を焼棄てるのと何の事た訳が分らぬ馬鹿な面(つら)だと力身(りきみ)つければ真(ほん)に左様(さう)です石炭酸の臭を嗅ぐとムカリと来ます彼(あれ)がコレラのお迎へですとサ怖いではありませんかと調子を合す婆さんあり是に付けても通俗衛生会の人々が骨折の程察しられたり（饗庭篁村「涼み台」第一回、『むら竹』第三巻、明二二・八）

当時一〇万人以上の死者を出したこともあり、最も恐れられていたコレラをこうしてやりすごすものがいたとすれば、まして死者がそれよりかなり少ない肺結核[*7]なぞかれらにとっては恐るるに足らぬのであり、

> 追々寒(さむさ)に向ひますると兎角肺病(はいびやう)といふものが起ります此病は伝染(うつり)もし遺伝(すじひき)もし其上に不治(なをらぬ)病(やまひ)でありますから、これほど恐るべき病は厶(ござ)りません。そこで此病に取付かれてからは後の祭ですから、取付かれぬ工夫が肝腎であります　（竹中成憲「肺病の話 付新発明呼吸器」『以(い)良都女(らつめ)』第四号、明二〇・一〇）

などといってうさんくさい「新発明呼吸器」の宣伝をしたりする医者のいうことなどまさしく「唐人の囈語」にすぎない。もっとも「いか物喰ひの八兵衛」とて病気にかからぬことはあるまい。だが、たとえ彼が医者のところに出むくとしても「旧弊な病人は旧弊の医者を信じ」る（篁村「藪椿」第六回、『むら竹』第四巻、明二二・八）までであって、お香のように洋行帰りの医者の診断を人づてに聞いて絶望することは期待薄である。お香は開化の医者を理解し、信ずることができる当時数少ない開化の病人であった。そして、このことが、すなわち彼女が医師のまなざしを内面化していることが、『残菊』という作品のいっさいがっさいを決定しているので

ある。

だがそれにしても、はたしてほんとうにお香は生き返ることができたのだろうか。

3

同じく肺結核にかかった若い女性を扱ってはいても、紅葉の『南無阿弥陀仏』と『残菊』とではまったく正反対の構図をとる。『南無阿弥陀仏』のお梅が継母にいじめられて、想いを寄せる人の写真を握りしめながら淋しく死んでゆくのにたいし、母やかけつけた親戚が見守るなかで生き返ったお香は、ようやく洋行から帰った夫との嬉しい再会を果す。前者が主人公の凄惨な死によって幕を閉じる悲劇であるとすると、後者は、苦境を脱してふたたび結ばれるハッピー・エンドの物語でなければならない。じじつ、お香の語る『残菊』のプロットはたしかにそのように運ばれている。ところが、読者のうける印象はプロットのハッピー・エンドとはうらはらに、『南無阿弥陀仏』とさして変らぬ陰うつなものである。

紅葉山人の「南無阿弥陀仏」は外物を仮りて其悲惨を写し、柳浪子の「残菊」は内情をもて其哀慟を描きたり、いづれ同じからねど共に普ねく江湖の読者をして人生の朝露夕電に

似たるを感ぜしめたり。（其川子〔内田魯庵〕「柳浪子の「残菊」」『女学雑誌』第一八九号、明二二・一二）

魯庵はまた「お香は死んだのか生き返ったのかさらに解らず」ともいう。「七歳(なゝつ)の紐解ももう今年」という最後のことばを忘れずに引いているから、魯庵がプロット上の事実をとりちがえたとは単純に考えられない。そうではなく、お香によって語られるプロットなぞもはや問題にならないようなところで、否応なく『南無阿弥陀仏』のお梅と『残菊』のお香とが重なってしまうという経験を魯庵はのべている。たしかに、お香が語っているということに比重を置けば、語られる出来事は相対化されざるをえない。極端にいえば、お香が語っていることはすべてデタラメであってもいっこうに差支えない。逆に語られているお香だけに焦点を合せれば、語っているお香の存在はかぎりなく稀薄になりもする。ただ、そうであるとしても、『残菊』が生き返ったお香によって語られている、すくなくともそういう小説上の体裁をとっていることは事実なのであって、問題は、にもかかわらずハッピー・エンドにならないのはなぜか、いいかえれば、かりに『南無阿弥陀仏』をお梅が生き返るように改めたとしても『残菊』とは似ても似つかぬ作品ができあがってしまうのはなぜか、というところにある。

『残菊』と『南無阿弥陀仏』との違いは、たんに結末が正反対であるということだけにとどまるものではない。両者の肺病・肺結核の扱いかたにも、きわだった相違をみいだすことができる。

たとえば『南無阿弥陀仏』では、

> あゝ！老少不定斯の如きを、我人ともに春雨の日は、一日を一年と暮らし、寝覚の秋の夜は、半時を三歳に明かし、このまゝでゆかば五十年は生倦する事と、日頃思ひし不覚、翌日が日をもしれぬ命。（其二）

と語り手が語っているように、お梅の肺病は人生の「無常」のあらわれであり、そうである以上、お梅が人の命のはかなさをかこつことはあっても、なぜほかならぬこのわたしが肺病にならねばならないのかなどとしんけんに悩む必要はなかった。「私だつて何も死にたい事はありやァしないけれど、寿命なら仕方がない」と諦めるお梅にたいし、「仮令死んでも生て居たう御在ました」といいきるお香は、肺結核である自己とついになじむことができない。

> あゝ、肺病……如何して肺病に罹つたらうか。私の家に此病の遺伝*8はない筈——誰もこれで死だものはなし。私が先祖……此病の先祖となつて子孫の不幸をつくるとは。お蝶にも遺伝する様な事はなからうか……遺伝したら何と致さう……可愛想に罪もない児に迄……。

如何（どう）も分らない。何で斯様（こんな）病に罹つたらう。いよ〳〵肺病かしらん。あゝ因果な身の上、何の応報（むくひ）で斯様（こんな）不幸に遭遇（であ）ふのか。

「因果」・「応報」というとらえかたは、しばらく後で、幼い頃母に連れられてよくお寺参りに行ったりしたので「あんな妄想（もうぞう）」が起きたのだと、あっさりしりぞけられてしまう。「遺伝」でもなく「因果」・「応報」でもないとすれば、では、お香に残された答は何なのか。

明治二十三年六月に出版された『実用内科全書』は、肺結核の原因をつぎのように記述している。

〔原因〕病毒ハ結核「バチルレン」○誘因ハ体質脆弱○結核遺伝ヲ有スル者○呼吸器疾患（肺炎、肋膜炎、慢性気管枝炎、気管枝拡張症等）○胸部ノ創傷○静坐幽居（運動不足）○肺労患者ノ咯痰（什器、衣服、交通）○煮沸セザル牛乳○栄養不給○気候不良（寒冷）○不潔空気○急性伝染病後、○精神欝憂、○淫事過度○虚弱多病ナル者○壮年者ニ多シ

コッホの結核菌発見（一八八二年）の一報がいつ日本に伝わり、日本の医学に登録され、一般の常識となったのか、詳しくはわからない。ただ、おそくとも明治二十年ごろにはかなりのひとびとが結核菌についての知識をもつことができたと考えられる。*9

『残菊』でお香が喀血するのは明治十八年春、語り手として彼女が「昔語」をしているのは明治二十二年である。医師がこっそりとお香の母に告げた病名を、お香と同い年の乳母は「ケイ……エ、、ケイ何とか」としか伝えられず、また、「肺結核と云ふ語は、私の隣近所、出入の八百屋肴屋、それからそれに伝へて、私の為めに出来た新しい病名かと思はれる位」なのに、「私」すなわちお香はたちどころにそれを理解する。もちろん「肺結核」という病名が結核病菌説にもとづくとはかならずしもいえないのだが、「肺結核」という新奇な病名を操るお香が、いったんは自分の命を「此毒虫の餌食にして除う」と覚悟していることは見逃すことができない。たんに「毒虫」というのであれば、労瘵の原因を「虫或ヒハ一種ノ毒ニ帰」す東洋医学の観点(桂田富士郎「和漢結核病説ノ一斑」『東京医学会雑誌』第三巻第一六号、明二二・八)もなくはないが、「肺結核」という病名と「毒虫」とのむすびつきは、やはり結核病菌説を強く喚起せずにはおかないだろう。竹中成憲の『肺病養生法』(明二〇・一〇)にもつぎのようにある。[10]

抑も肺結核(俗に云ふ肺病)は一種の「バクテリア」(早く云へば虫なり)に因て起るものにして肺結核患者の痰咯中に衆多居るものなり

したがって、すくなくとも語り手としてのお香は結核病菌説を知っていたと考えられる。[11]

『残菊』は、肺結核が結核菌、

結核「バチルレン」ハ其形、杆状ニシテ或ハ直ナルアリ或ハ曲ナルアリ或ハ稀レニ角ヲナシテ屈折セルモノアリ。其両端ハ鈍円ナリ。長サハ〇、〇〇一五乃至〇、〇〇五密迷ナリ。（ベルッ述・広瀬佐太郎訳「肺癆ノ説」『東京医学会雑誌』第三巻第一号〜六号、明二二・一〜三。ただし第三号からは「肺癆ノ原因」と改題されて中絶）

とその形状が説明される結核菌によってもたらされるということにもとづいて書かれたおそらく日本で最初の作品であり、ここに、『南無阿弥陀仏』と『残菊』とを決定的に隔てている点がある。肉眼では見ることのできぬちっぽけな虫に無常とか宿命などという重たい観念を担わせることはもはやできない。しかも、結核菌の発見は、肺結核が伝染病であることをうごかしがたい事実とする。

癆症は近き世となりて先づ其繊微の形を見極めて結核といふ名を命じぬ、これより後にそが原因たる細菌をさへ発明しえて結核菌と名け、はては癆症も人より人にうつらでやはと云ふこと彼処此処に聞え来ぬ（鷗外「癆症伝染統計の異議」『衛生新誌』第一六号、明二三・三）

具体的にどのようにうつるかというと、まず結核菌を吸い込むこと。

抑モ結核ハ肺臓ヲ侵スコト最多キヲ以テ之ヲ稽［カンガ］フルニ「バチルレン」ノ人体ニ到達スルハ人其「バチルレン」若クハ其芽胞ヲ呼吸気ニ由テ吸入スルコト最多シトノ説ハ一般世人ノ信ズル所ナリ。而シテ「バチルレン」ノ源ハ専ラ肺癆患者ノ咯痰ナリ。（略）一塊ノ咯痰、能ク数百万ノ「バチルレン」ヲ分散シ風ニ由テ四方ニ散乱スレバ其到ル所得テ知ルベカラザレバナリ。（ベルツ「肺癆ノ説」）

つぎに、接触伝染。

結核症ヲ口ヨリ口ニ伝フルハ蓋シ疑ナシ　（同）

したがって結核患者との同棲やその看病にはつねに危険がともなう。

多少危険ナルハ長ク結核患者ヲ看護スルコト是ナリ殊ニ室内狭隘ニシテ空気ノ流通良シカラザルトキ然リ斯ノ如キ室内ニ居ルコト已ニ衛生ニ良シカラズ此一事ニ由テモ間々肺癆ヲ発スベケレバナリ。看護ノ為メニ肺癆ヲ伝染セルニ就テハ余其例ニ乏シカラズ或ハ病児ヨリ慈母ニ伝染セルアリ或ハ病母ヨリ其児ニ伝染セルモノアリ　（同）

しかしこうして結核菌が体内に侵入したといっても、皆が皆発病するわけではない。発病するかどうかは結核素因を有するか否かによって決まり、なかでも遺伝素因が重要である。

之ヲ要スルニ肺癆ノ遺伝ハ決シテ直接ニ結核ヲ遺伝スルニ非ズ、全ク組織ノ薄弱ナルコトヲ遺伝スルニ在リ。唯ダ夫レ組織薄弱ナルガ故ニ「バチルレン」ノ伝染スルコト、及其組織ヲ食トナシテ発育蕃殖スルコト大ニ容易ナルナリ。（同）

だから肺結核にかかった母親の授乳は控えねばならない。

母が神経病とか精神病とか肺病（はいべう）とか小供に伝はるべき病気のあつた時は則ち身躰の丈夫な乳母を置くが宜しく御座り升否（ますしか）らざれば後に至て母親と同じ様な病を発することが沢山あり升（略）成程母親の血を以（もっ）て居りますから病の本はあるが其乳を飲めば益々わるく致します夫故（それゆへ）成るべく之を避くる様にしなければなりませぬ（榊俶「小供の精神及び保護法」其四、『女学雑誌』第一〇五号、明二一・四）

『実用内科全書』も肺結核の「予防法」として「隔離法、咯痰ノ消毒、肺労患者ノ授乳ヲ禁ズ等」の項目を挙げている。

お蝶の乳母は母親の結核発病以前からいるわけで、授乳の禁止という措置はお香にたいしてことさら必要ではない。しかし、ただでさえ結核にかかった「母親の血を以て居」るお蝶が、

このうえ母親と濃厚な接触を重ねれば将来の健康が危ぶまれることは必至であり、また、

抑モ伝染ヲ致スコト最容易ナルベキ所以ハ患者ト寝食ヲ倶ニスルコト最モ久シク且ツ最モ親シキニ在リテ斯ノ如キハ殆ド唯ダ夫婦ノ間ニ限ルナリ（「肺癆ノ説」）

とされる以上、[*12] お香は、その子のみならず、あれほどその帰りを待ちかねた夫からも「隔離」されねばならない。娘や夫にたいし、お香はもはや母親や妻であることをやめた、たんなる結核患者であることを強いられる。

結核菌が原因である肺結核は、コレラ菌によってひきおこされるコレラのように、それ自体ではもはやどのような人間的意味ももたない。彼女が肺結核にかかったのは、結核素因を有する彼女が結核菌に感染したからにすぎず、彼女がお香であるということ、すなわち、ある知性や性格をそなえ、あわせて一定の生いたちや境遇を有した一個の精神的存在であるということと、彼女が肺結核にとりつかれることとはなんの必然的な関係もない。そうした意味において、お香の肺結核は従妹のお花のかかった腸チフスとなんら選ぶところはない。また、だから逆に、結核患者であることは一種の匿名性を生きることを意味する。固有名で呼ばれる存在であるよりまえに、彼女はまず医学書に記述されているような、ひとりの誰でもない結核患者でなければならず、それにふさわしい処遇を周囲からうける。

かろうじて生き返ったお香を待っていたのは、洋行からやっと帰った夫との、かわいい娘を囲んでの団欒などではなく、寒々とした結核患者としての生である。「治り切ると云ふは六かしいが、患部が固まつて腐潰(くさり)が止らぬ事はないもの」という四年前の医師の「気休め」に、語り手であるお香が「後(あと)ではさうも思ひません」とわざわざ注をつけているのは、生き返ってなお彼女が結核患者でありつづけていることを示しており、ここに彼女がわざわざ「昔語」をするモチーフのすべてがある。いったんもちなおした病状が無理にお蝶をおぶったことによって決定的に悪化したことをことさら克明に語るのは、語り手としての彼女がお蝶との接触をきびしく禁じられていることの反映であり、また、かつて病床で夫の帰りをひたすら待ちつづけたときの心細さを回想することになんらかの生々しい意味があるとすれば、かつてと同じように現在も依然として夫との隔たりが存在しているからにほかなるまい。じっさい、病床の妄想で過去をふりかえったお香が連発する「あの時」・「あんなに実意のある方」などといった曖昧な「あの」には、どうしても語り手としてのお香の現在の心情が托されずにはおかないだろう。

だから『残菊』はすくなくとも二度読まれねばならない。一度めは重い肺結核を患いつつもそれをはねかえしてなんとか生き返った若妻の話として。二度めは、生き返ったことがけっしてハッピー・エンドにならぬ結核患者、精神としての存在と身体としての存在が対立するあの結核患者の語る話として。

ほゝ、私は如何かしてるよ、坊様の云ふ事なんぞ、信じられるものではないのに。あゝ、馬鹿〳〵しい、詰らない考へを起したものだ。だが、地獄極楽は妄誕にした処が、私は死で何処に行くのだろう——私の魂魄は何処に行く物だろう。身体が死ねば魂魄は消ゆるとも云ふが……真実に消やうか。私が今いろ〳〵な事を考へて居る此心は……消やうか此心が。屹度消やうか……今考へて居る此心が。如何して消るだろう——身體はこんなに衰弱て動かす事も出来ない様になつて居ても、少しも狂はない……愈々鋭敏なる此心が、どうして消やうか。

「信じられるものではない」のは「坊様の云ふ事」だけではない。悩ましい恋、過剰な勉強、周囲の干渉、深い鬱憂などによって肺病がもたらされるとする従来の陳腐でロマンティックな言説[*13]のいっさいが否定されているのだ。結核病菌説は、内面の病いとしての肺病を、いっきょに身体の病いとしての肺結核へと変える。ここでは肺結核患者であるということは、宿命や情熱などという神話をこれみよがしに身にまとうことではなく、結核菌に蝕まれたじくじくした「腐潰」を「身体」の内部に感じながら、「鋭敏なる」「心」でやがて確実に訪れるであろう死や「魂魄」の消滅などについてひとりぼっちで考えつづけることである。もちろん、語り手であるお香がそうしたことを現在も考えているとは、『残菊』には一言も書かれてはいない。お香がどんな顔つきをして、なぜこんな「昔語」をするのか、読者は直接知ることはできない。けれども、物語の最後の「とってつけたような」（飛鳥井雅道「広津柳浪の初期」『日本近代の出発』）「不自然」な（山田有策「初期柳浪の文学世界」『国語と国文学』昭四八・七）結末に鮮やかにうっちゃられた読者は、あらためて『残菊』を読みかえすことによって、そこからお香の現在の姿をつかまえねばならない。あたかも打診や聴診によって身体の内奥にひそむ目に見えぬ病いをさぐるようにして。

*1――表紙、奥付ともに欠。最初から付されていなかったと思われる。著者（訳者）、発行者、発行年等未詳。全二七二頁。一頁のはじめに「診断学（ヂアグノスチツク）」とある。墨で図表などが書き込まれており、また、結核菌検査法が説かれていないことなどから、明治一〇年代の医学教育に用いられたテキストかと思われる。

*2――伊勢錠五郎『増訂医通』第二版（明一六・一一）をはじめ『実用内科全書』、ベルツの『内科病論』増補改正第五版なども、いずれも「咯血」を「肺労」や「肺結核」とならぶ、独立した項目として挙げている。

*3――長与専斎「肺癆療法新発明に付き素人方の心得」にもつぎのようにある。「医師が見るにも一通り手を握り、舌を見、腹を擦り、少し念の入った医師が胸を叩き、聴診器を胸に押

す……。と云ふ位では往けない。ソンナ事では到底結核病の判断が出きるものではない。（略）如何なる名医でも顕微鏡に掛けて見ない中は「是は肺病で御座る」と云ふ判断は出来ぬと云ふ事は、今日でも日本の医学社会の者は心得て居ッて」云々。

*4――お香の死に瀕したさまを描いたくだりは「日本小説道初まつて以来死の瞬間を描写したるものよもや此外にあるべしとも思はず」（内田魯庵「柳浪子の「残菊」」）とされ、あるいは石橋忍月に「西洋にては此種の文字頗る多し（略）殊に世人が賞賛する巻尾の「火の光」云々の如き夢中星光を出すの趣向は多く西洋小説に於て逢遇するものにして今更其誉れを本書著者に帰するは浅慮なり」（「新著百種第六号残菊」『国民之友』第六八号、明二二・一二）との指摘もあるが、医学の記述する「徐死」にもとづいて書かれたものであろう。

*5――「医師も肺癆であると云ふ事は何分云ひ兼ね成丈病人には知らせぬ様に心を配り、肺癆とは云はずに気管支加答児とか何とか云ふ様な事に云ひ紛らして置て、家族に解つた人が有れば其人丈けには申して置くことがあります」（長与専斎、前掲文）。

*6――ベルツも「厳正ナル摂生ニ由テ更ニ久ク命脈ヲ保続スルコトアル而已ナラズ初起ニ在テハ極テ稀ニ治癒スルコトアルベシ」とのべ（前掲書）、『実用内科全書』も「多ク慢性ニシテ数月ヨリ数年ニ彌ル、治癒ハ甚ダ稀ナリ」と記す。「肺労全ク治癒スルノ徴アリ」といった報道もなされ（『医事新聞』第二七七号、明二一・九）、また養生法が出版されたりしていることから、当時肺結核が不治の病いであったとはいちがいにいいきれない。「治り切

るといふは六かしいが」云々という『残菊』の医師の「気休め」も医学的根拠がないわけではなかった。誤診も多かったであろうが、しだいに肺結核の初期を認識できるようになっていた医学は、病状の進行をくいとめ、ごく稀にではあるが肺結核を治癒しえたのではないか。そうしたことを前提にしなくては肺結核患者が生き返る『残菊』はまったくナンセンスな物語となるはずで、じっさいに「本書全篇は是れ幽霊の裟婆物語り」とする批評も存在する（龍閑亭主人「新著百種残菊（柳浪子著）」『日本人』明二三・一）。つまり、肺結核をひたすら不治の病いとみなす素朴な態度にとっては、『残菊』という作品はまったくナンセンスであるほかはない。このことは、当時の医学的な知見がいかに『残菊』という作品の成立にとって不可欠であるかを物語っていよう。ちなみに「残菊」という題名は、「霜に後れたる野菊の肺病患者の臥せるもあり」（須藤南翠『唐松操』明二二・六）とあるように、やがて死を迎えようとする肺病患者の隠喩であろうが、同時に、菊は「一名伝公延年」という別名をもち、「服之可已疾延年」とされていた（『円機活法』）こともたしかなのである。

＊7——当時は信頼できる結核の統計はないとされるが、横山雅男編『日本統計要覧』（明二三・五）の「病性別死亡者（二十一年）」を見ると、全死者約七六万人のうち「肺病」による死者は約四万人である。なお同年のコレラによる死者は四一〇人であるが、明治十二年と十九年には一〇万人を超える死者を出した（『医制八十年史』）。

＊8——コッホによる結核菌発見以後も、しばらくの間結核の遺伝は医学のテーマでありつづけた。

多田貞一郎「結核ノ遺伝ニ就テ」（『東京医事新誌』第六一八号、明二三・二）は「結核ノ遺伝ハ確実ノ事実ニシテ之レヲ疑フモノハナシ」として、結核菌の直接遺伝説と体質の間接遺伝説を比較検討し、後者に軍配をあげている。したがって、『残菊』のこのくだりはお香が結核菌説を知らなかったとする根拠にはならない。

＊9――『増訂医通』（前掲、明一六・一一）における「肺労」の原因の説明には結核菌についての言及はなく、『朝野新聞』の「黴菌撲滅法」という記事（明一九・七・一〇）には「近来黴菌学の進歩するに従ひ是まで病原の不分明なる虎列剌、癩病、肺労、脚気等は皆な此の黴菌に由て起るものなることを発明せしは世人の知る所なるが」云々とある。また明治十八年六月刊の関環『診断図説』は「結核「バチルレン」の検出法」を記載しており、明治十七、八年ごろが結核病菌説の日本移入の重要な期間であると推測される。

＊10――デュボス夫妻によれば、「"tuberculosis"（結核）」ということばが「はじめて活字になったのは、一八四〇年のころであり、一般に用いられるようになったのは、わずか五十年この方にすぎない」という（『白い疫病』。刊行は一九五二年）。ちなみに、日本での比較的早いとおもわれる例に橋本綱常「肺臓結核論」（『東京医事新誌』第八〇号、明一二・一〇）があり、明治三十年代の結核流行期にあっても「肺臓の疾病には多数の種類あれども通常単に肺病と唱ふるは肺の結核症にして医師が肺結核、肺労、労瘵、フチシス、コンサンプシヨン、など云へるは皆肺病の別名にして肺尖カタール、肺浸潤など云へるは肺病初期の名称なりと知るへし」（石神亨『通俗肺病問答』明三六・二、校正三版）とされる。

明治二十年前後の小説では、「「コンサンプション」労咳」（小林雄七郎『自由鏡』二篇、明二二・九）とある以外は、おおむね肺病、肺労、労咳などのことばが用いられており、肺結核ということばは『残菊』以外では同じく柳浪の「おち椿」（明二三・七〜八）ぐらいからしか未だみいだすことができない。

＊11――語り手としての、という限定をつけたのは、結核病菌説を知りながら娘を毎日のように病室に入れることはちょっと考えられないからである。お香は生き返ってからはじめて病菌説を知った。そのことがかつての自己を語るにあたって「毒虫」という曖昧な表現をとらせたと考えたい。岡田和一郎「慢性伝染病の予防に就て」（『婦人衛生会雑誌』第一七号、明二四・四）に、「極く丈夫な人なれば肺病の毒が空気の中に伝はッて来ても、其人が盛であるから、其毒（虫）を肺の中で殺して仕舞う」とある。

なお、『残菊』のつぎのようなくだりに注意する必要がある。

お蝶の泣声近くなつて、乳母の足音。母はツト立て、半ば顔出した乳母、叱る様に――訳もなく――追退て、共に部屋を出て参りました。今思へばそれも其筈――母の配慮の勿体なさ！

この日、お香の母は診察に訪れた医師にお香の容態についての話を聞き、夕方には親戚を呼び寄せている。翌日になって「私不便と思へばこそ涙もろい乳母、昨日から傍に寄せぬ程の母の注意、打明て下されば恨めしく思ふ」お香なのだが、それならば「後で思へば」とすればよいはずで、あえて「今思へば」とする必要はない。しかもまだこの時点ではお香の容態が急変しているわけでもなかった。お蝶への感染の危険性を医師から指摘されたお香の母がとった措置とも考えられる。医師がそれまで病菌説を確信していなかったということもありえなくはないだろう。

＊12――もっともベルツは接吻の習慣がなく部屋が清潔で通気もよい日本では欧州より危険は少ないとする（「肺癆ノ説」）。

＊13――順に代表的と思われる例をいくつか挙げる。

して御病気は。肺病の上で焦れ死。（『南無阿弥陀仏』其一）

厭はれし身はうきものと知りながら／尚捨てがたき……／と後の一句を残して血を吐かれし御ありさま、肺病もつまりは恋故（露伴「対髑髏」三、『葉末集』明二三・六）

肺病といふ陰気な病世に行はれて惜しや盛りを散らす事多し命有ツての物種身体が大事学問はよい事なれど夫に凝り過て健康を損なふやうでは却ツて学問をせざるに劣る否な其学問は悪事の部類に入れらるべきか（篁村「芸が身の毒」第三回、『むら竹』第六巻、明二二・九）

そんなに勉強なさらなくつてもいゝぢやありませんか。勉強をするのは肺病を養成するのと同じですヨ（『京人形』第三のつゞき）

是がモウ一倍干渉が強かつたら肺労を起して世の中の役に立なくしてしまふ処だ角を撓て牛を殺すと同じ事で親の教育の為めに殺される処であつた（南翠『雛黄鸝』）

> 嗚呼余は曩には愉快なる希望の楽土に在りしが今は失望の黒暗国に沈みたり幾度歟一刀両断に思ひ切らんとしたれども思ひ絶ち難きは愛着の羈なり余は終に肺を痛めて重き病の褥に就きたり（嵯峨の屋おむろ『無味気』明二一・四）

なお、『無味気』との関連については、「一体の仕くみ……第一人称の自叙体で……巻中の主人公が臨終のさま、嵯峨の屋おむろ氏の無味気そつくり」という指摘がある（文廼舎主人「残菊」『日本之女学』第二七号、明二二・一一）。

行為の解読――『浮雲』の場合

1

『浮雲』第二篇第七回「団子坂の観菊」に付された挿絵（尾形月耕作）は、お勢とお政をともない意気揚々と団子坂にやってきた本田昇が、読者にはしばらくのちに昇や文三の勤める役所の課長であると知らされる「洋装紳士」にぐうぜんであった場面をえがく。画面中央には右手にステッキをついたフロックコートの紳士のうしろ姿があり、その右側に、羽織姿で帽子を手にした男が、腰をかがめて紳士の方に首をさしだすような格好をしている。帽子をのせた紳士の首は右肩の方向にいくぶんねじれていて、頬ひげが見えている。

この図柄は、

只見れば後の小舎の前で昇が磬折といふ風に腰を屈めて其処に鵠立でゐた洋装紳士の背に向ツて荐りに礼拝してゐた、されども紳士は一向心付かぬ容子で尚ほ彼方を向いて鵠立でゐたが再三再四虚辞儀をさしてから漸くにムシャクシャと頬鬚の生弘ツた気六ケ敷い貌を此方へ振向けて昇の貌を眺め莞然ともせず帽子も被ツた儘で唯鷹揚に点頭すると昇は忽ち平身低頭何事をか喃々と言ひながら続けさまに二ツ三ツ礼拝した

という本文後半の忠実な視覚化であるといちおういっていいが、同じ挿絵の左端には、本文ではその存在についてひとことも触れられていないひとりの人物が、なにかを両手でうやうやしくささげながら地面に両膝をついている。見たところこうしたかれの姿勢はその対象となるべきもうひとりの人物に向けられたもののようだが、画面の左手前にいるはずのその人物を読者は見ることができない。ただ、この菊人形を囲んでいるよしずに取り付けられた説明書きようのものにはかろうじて「張良」という二文字を読むことができ、どうやらこの菊人形の出し物が秦から前漢にかけての古代中国の事跡から素材を得ていると推定することができる。

良少時。於下邳圯上。遇老人。堕履圯下。謂良曰孺子下取履。良欲欧之。愍其老。乃下取履。老人以足受之。曰。孺子可教。後五日。与我期於此。良如期往。老人已先在。怒曰。与長者期。後何也。復約五日。及往。老人又先在。怒復約五

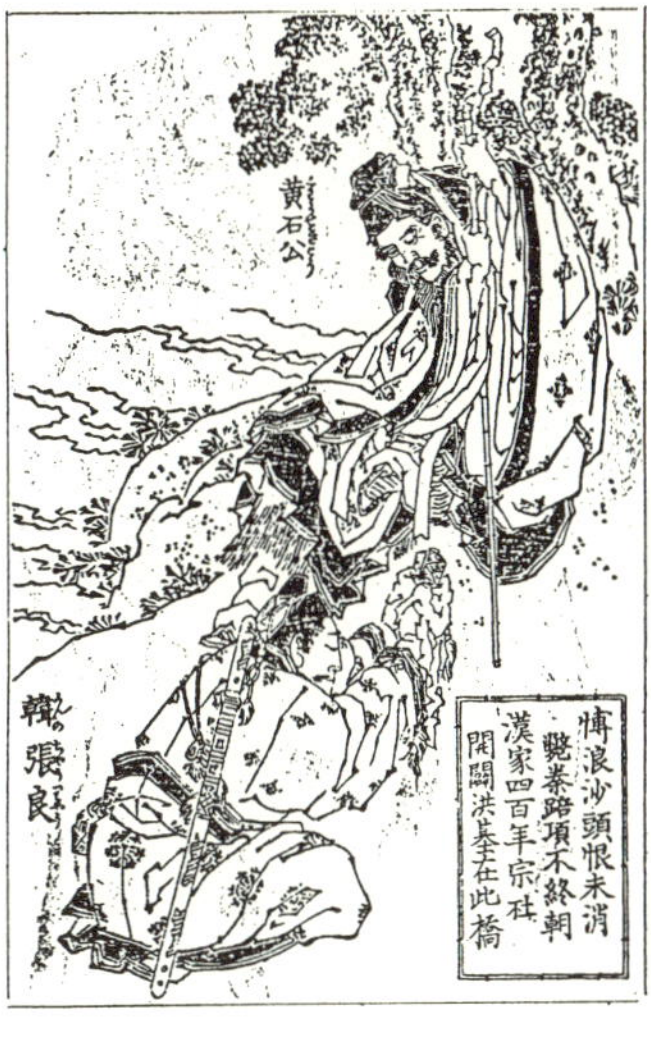

『新編浮雲』第二篇第七回の挿絵（上図）と『絵本通俗漢楚軍談』（国立国会図書館蔵）の挿絵（左図）。

日。良半夜往。老人至。乃喜。授以一編書。曰。読此可為帝者師。異日見済北穀城山下黄石。即我也。旦視之。乃太公兵法。良異之。昼夜習読。既佐上定天下。

(『標註十八史略校本』巻二「西漢」、明一七)

秦に滅ぼされた韓の遺臣である張良が博浪沙に始皇帝を討たんとして果たせず、追及をのがれて身を隠していたときの有名なエピソードである。くつを拾って老人にはかせてやるくだりは、史記にはややくわしく、

為其老彊忍下取履。父曰。履我。良業為取履。因長跪履之。(『史記評林』巻五十五「留侯世家」、明二)

とみえ、菊人形のポーズがここからとられていることは間違いない。明治二十年秋、団子坂に飾られた菊人形のなかには、「山姥金太郎」や「楠湊川の場」などに混じって「黄石公張良」があった(『読売新聞』明二〇・一〇・二〇)。そうした実際の風俗が挿絵の背景として巧みにとりこまれているのが、読者の眼にする張良の姿である。ただ、そうであるとしても、なぜ金太郎や楠正成ではなく張良でなければならないのか。たんに団子坂の観菊というのであれば、おなじく団子坂での上役と下級官吏のであいを描いた嵯峨の屋おむろ『苦楽の鏡』第三回「官員

さまの愉快」（明二三・三）の挿絵のように、菊人形などもちだすには及ばなかったはずである。外ならぬ張良がえがかれていることによって、読者はなにを眺めることになるのか。

　張良の姿勢である「跪」とは『訳文筌蹄』に、

　ヒザマヅクトヨムツクバフト訳シテヨシ膝ガシラヲツケ爪タチテヲルコトナリ（略）跪ハ礼貌ノ一ツナリ礼記ニ主人跪（シテ）正レ席客跪（シテ）撫レ席而辞又史記ニ跪取レ履進二于黄石公一

とあるように、腰を浮かせたまま両膝を地に着ける礼儀作法である。いっぽう、昇の動作についていわれる「磬折」もまた、君臣間で物品を授受する際のマナーとして礼記にいう、

　立（テルトキハ）則磬折（セカ、マリテ）（シテタル）垂レ佩（ヲモノヲ）。主（キミノヲモノヨルトキハ）佩倚 則臣（ノ）佩垂（タル）。主（キミノ）佩垂（タルトキハ） 則臣（ノ）佩 委（タ、ナハル） （『礼記集説』曲礼下第二、明九）

にもとづく。佩（玉）を帯びているのでも、品物のやりとりをしているわけでもないが、昇と紳士の姿勢そのものは主君が直立しているときに臣下は「セカ、マ」るという記述にぴたりとあてはまっている。

　したがって、ひとしく長上を敬う姿勢をとっており、それらがいずれもいちおう礼記に記載されている礼儀作法であるてんで、いちまいの挿絵に同居する本田昇と張良というふたりの人

物を重ねあわせ、比較してみることが可能である。

張良と黄石公のエピソードは、いっぱんに、張良の類いまれな忍耐力を示す話として享受された。「彊忍」ということばはすでに史記や漢書でも用いられていたのだが、このエピソードに張良という人物を解く鍵をみいだし、忍耐の張良像をつよくうちだしたのは、唐宋八家文や文章軌範によってひろく読まれた蘇軾の「留侯論」である。豪傑というものはいきなり無法なふるまいをしかけられてもけっして怒ったりしないものだ。博浪沙でみせたような張良の「少年剛鋭之気」をくじき、豪傑にふさわしく「小忿」を忍んで「大謀」に就くことを強引に張良に教えさとしたのが黄石公なのだ、と蘇軾は説く。張良は見知らぬ老人に「僕妾之役」をいいつけられても「油然」として怪しまない。「ユキナリニコレコセガレ橋ノ下ヘハキモノヲ落シタカラ、下リテサカシテクレロト、下男カ下女ヘイヒツケル役ヲイヒツケラレタルニ」「ブサハウナトイフイカリノイロヲミセズ、モトヨリチカヅキノヤウニ老人ユヘトリアツカヒシ」（森枳園『文章軌範講解』巻之三、明一一・七）。もっとも、「イカリノイロヲミセズ」とはいっても、史記などが「愕然欲歐之」としるした怒り——「歐（ウツ）」とは「無礼ヲ怒リテウタントス」ること（桜井茂衛『増補十八史略字解』明一二）——を張良が忘れてしまったわけではない。それをすこしもおもてに出さず平然とあくまで礼儀正しくふるまうのが蘇軾の張良なのである。

太史公（司馬遷）ノ史記張良ノ伝ニハ、其人ノ為ス所ハ魁梧奇偉（キハメテ大ナル謀計）ヲ仕出スナレドモ、其状貌（ナリカタチ）ハサナガラ如婦人女子（オナゴノヤウナ柔和ナル顔色ニテ）、不称其志気（カタチトコ、ロハフツリ合ナリト）、嗚呼（サテサテマア）コノ顔色状貌ヲ以テコノ魁偉ノ志気アルトイフハ、コレガ又ト二人ナイ子房ノ子房タル所以ト云フモノハ、コ、デアラフカ（森枳園、前掲書）

こうして忍耐を前面におしだした蘇軾の「留侯論」は、明治の少年たちによってもいくどか祖述された。かれらは、「人ノ忍ヒ難キヲ忍ヒ」「忿々ノ心」をおし殺して（黒須龍「読留侯伝」『穎才新誌』三一一号、明一六・五）、「尋常人ノ能クスルヲ得ザル」「僕妾ノ役」を敢行したところに（大井誠太郎「子房取履」同五一〇号、明二〇・四）、張良の抜群の度量をみいだす。しかし、一方では、蘇軾にあった「カタチトコ、ロハフツリ合」という張良の見方はあまり気にいらなかったようで、そうしたてんには言及しないか、あるいは同じく忍耐であっても、張良のこらえていたものを怒りから恥へとずらすことで、内面と外面の不整合を緩和しようとするものもいた。

頭に霜を戴きて。腰は梓の弓となり。見るもいぶせき老翁の。履を拾ふて賢くも。老ひし其身を憐みて。怒りもやらず徐に。翁が足にはかせつゝ。恥を耐へし其度量。実（げ）にや後々漢の世の。帝を補け賊を討ち。四百年の鴻業を。開く蹟のいと高く。後の世までも名は朽ちじ。永く伝へてのこるなり　（沢村瀧次「張良」『穎才新誌』五七七号、明二一・七）

ここにはじっと怒りを嚙み殺している鋭角的な緊張はない。よく恥ずかしさをこらえる賢明な張良は、老人をぶん殴ろうとした張良とは別人のようだ。もうすこし重心を賢明さのほうに移動させてしまえば、怒りはおろか耐えるべき恥ずかしさすら感じない張良が出現してもおかしくはないはずで、忍耐とは無縁の張良もじじつ存在したのである。『通俗漢楚軍談』に登場する張良は、無礼な老人がただものではないことをいちはやく見抜く。

張良或日下邳の城外に出て逍遥し圯橋の辺に立居たるに黄衣を被たる老人橋の上を通るとて着たる履を泥の中へ墜し張良に向つて孺子わが履を取て得させよと云ければ張良は老人の仙風道骨世の常ならざるを見て急に飛下履を取り跪て献る老人履を着て歩けるが又泥の中に墜して先の如く張良に取て得させよと云張良少しも辞せず又跪て献る此の如なること三度に及びければ老人喜び孺子教ゆべし　（『絵本通俗漢楚軍談』巻之一「張良下邳に黄石公に過ふ」、明二〇・一二）

老人の意を迎えるのに汲々としているととるのは酷だとしても、このときの張良の内面と「跪く」というしぐさとがなめらかにつづいていることはたしかだろう。張良は申し分なく卑屈である。老人が神仙であったということによってかろうじてかれの卑屈さが相殺されているにすぎない。

けっきょく二通りの見方が老人にひざまずく張良についてなされていたことになる。怒りや恥をこらえる張良と、忍耐とは無縁の卑屈な張良である。『浮雲』の挿絵を眺める読者がいずれの見方を採用していようが、むろん読者の自由である。ただ読者は、おのおのの張良像と対照させつつ本田昇を眺めかえすはめになる。

読者の頭にはなんとかして課長に取り入ろうとやっきになっている昇という見方がすでに第一篇でたたきこまれているから、もしかれのもちあわせているのが怒りを嚙み殺している張良というイメージであるなら、卑屈な昇に配するに忍耐の張良をもってする見立てがこの挿絵のみどころとなる。「見立の微妙は、一見似ていない或は似ていないと、一般普通には、思われる物、あるいは点について、類似を発見することにかかっている。(略) その類似点を巧みにおさえて、二者の連絡を確かに保ちさえすれば、その点をのぞいた他の部分は、出来るだけ相違していた方が、面白いということになる」(中村幸彦『戯作論』、著述集第八巻)。圧倒的な差異のなかに、ほんのひとにぎりの類似をみつけて楽しむのが見立てである。高祖に仕えた三傑のひとりと明治の一介の属吏という似ても似つかぬ二人が、一枚の挿絵のなかで同じような格好をしているところに、この見立ての面白さがあるわけだ。卑屈と忍耐とが類似しているというといかにも突飛なこじつけのようだが、先例はあった。

物相似て非なるもの多かり（略）卑屈も耐忍も亦然り其人に使役せられても汲々として只命是従や誠に一様の如く見ゆれど其思想に到りては提灯と釣鐘も啻ならざるなり（薫亭龍子「卑屈と耐忍との区別」『読売新聞』明一九・一・八～九）

「卑屈で官員」（「優勝劣敗当世見立双六」『日本』明二三・一・一付録）――卑屈といえば役人と相場がきまっていた。

髯士あり一人に命じて右せよと曰ば唯々として右し左せよと仰すれば諾々として左す長官茶を飲ば直にハンケチをもて其髯を掃ひ厠へ赴けば 忽 紙を捧て其尻を拭日曜の休暇にはお邸に伺候してお庭のお垣根を修繕し散歩に随従して御買ものゝお荷物を持参す権夫人の媒して桂庵にお百度を踏は是れ御意に適はせ玉へと祈禱する所なりと云もをかしく若誤つて御機嫌を損なふ事ある時は低頭平身して蝦蟆を踏潰したるが如く蠅虎の屁駄張たるに似たり　（「卑屈と耐忍との区別」）

いかにも昇を彷彿とさせる、どころか、これは昇そのものである。第一篇で伝聞という形式で与えられていた昇についての情報は、こうした卑屈な官吏の類型と寸分違わぬものであった。これにたいしもし張良が明治時代の官吏に生まれかわったとしたら、どうか。

> 髯士命じて左右せよと云ども素(もと)より予(わが)意にあらず今之をしも争はんか否々未だ信ぜられずして諫むれば人譏(そし)るとのみ思(おもふ)べし然(しから)ば之を辞(いろ)はんか否々我は卑官にして髯士は即ち長官なり是非も泣子と地頭には遂に勝れぬ者なるべければ暫く忍んで命に従ふ髯士益々心驕りて後には尻をも拭(ふけ)と云此時心頭怒りを起し拳は已に長官の頭を望んで撲(うた)まくするを猶又忍んで仰に任す（同）

なんのことはない、結局ひげの「長官」のいいなりで、「若傍眼(もしをかめ)より視る時は卑屈耐忍彼是(かれこれ)共に等しく人に屈する」ことに違いはないのだ。どうもこの見立ては、腹を抱えて笑えるようなものではなさそうである。二者の類似には毒がある。卑屈をはたらく昇が意外にも豪傑の張良と「傍眼」からは区別のつかない存在であることを、読者は知らされる。張良の姿からその怒りを推測するのと正確におなじだけの困難が、課長に頭をさげる昇の姿からその卑屈さを読み取ろうとすることにもつきまとうはずである。[*1]

「カタチトコ、ロハフツリ合」な張良との見立てをくぐりぬけることによって、昇の卑屈さとかれのこのときのしぐさとのあいだには、かすかだが回復しがたい亀裂が生ずる。その名にしてからまるごと卑屈な官吏のステロタイプにすぎなかったのっぺらぼうの昇が、このときから外部と内部とをそなえた存在に生まれかわる。ふだんなにげなく見過ごしていた菊人形が、ふとした拍子になんともグロテスクな相貌によって人を驚ろかすように、読者のまなざしははじめて昇の外部と対面する。

では、張良の姿に忍耐を見ない読者はどうか。張良が忍耐と無縁では昇とのあいだに鮮明な対立を構成するというわけにはいかない。なんのためらいも見せず老人のいいなりになる張良と昇とのあいだの類似が過剰になることによって、こんどは逆に読者の意識は類似のなかの差異へとむけられる。ふたりはともに卑屈であり、このときの張良と昇との違いは、張良の相手がじつは神仙であったということ、そしてその結果としてののちの豪傑張良があるということ以外にはみいだせない。卑屈な人間もばあいによっては豪傑になることができる。かれらはたしかにある時点では卑屈であるが、将来にわたっていつまでも卑屈だとはかぎらない。張良との見立てが昇という存在をいわば空間化したとすれば、このばあいはそれに時間的な限定をくわえるのである。

張良と昇を対比させることは、どのみち読者の昇観に不可逆的な変化をもたらさずにはおかない。うすきみわるい外部か、予想もつかない未来（あるいは、未来ときりはなされた現在）のいずれかを昇は獲得する。生まれかわった昇と、読者はどのようにして折り合いをつければよいのか。昇と張良との類似と差異とをいかに処理すべきなのか。

2

張良と本田昇のような、たがいに類似しているふたつの事物を比較する方法を論理学で「酌例」といい（桑田親五訳『論理説約』明一六・四版権免許）、また「類似推理法」ともいう（菊池大麓編述『論理略説』明一七・一）。つぎのように説かれる。

二三ノ事物夥多ノ稟性ニ於テ互ニ相類似スルハ酌例ノ範囲ニ籠絡スヘシ若シ僅少ノ事物在テ只ニ僅少ノ点ニ於テ互ニ相類似スルトキハ是ニ因テ他物ニ論及スルコトヲ得ス然レトモ物体或ハ其性質若干ノ数ニ於テ類似スルコトヲ表スルニ於テハ他ノ場合ニ在テ之ト同一ノ性質相符合スルアルヲ現出シテ推度スルコトヲ得ヘシ故ニ酌例定断ノ規則ハ若シ二個以上ノ事物夥多ノ点ニ於テ互ニ類似スルアレハ恐ラクハ他ノ夥多ナル点ニ於テ又互ニ類似ス可キモノナリ　（戸田欽堂訳『惹穏氏論理学』第二十四章「酌例定断法」、明二〇・六、第四版）

「例ヘバ火星ヲ観察スルニ我ガ地球ニ酷肖セル件々頗多シ因テ火星ニモ或ハ生活物ノ存在スルコト有ル可シト推究」するのなどがそれで、「帰納推理ノ特別ナル一方法」に分類される（『論理略説』)。

張良と昇とを比較するばあい、両者の類似点はまずその動作である。ぐうぜんでくわした長上にたいし両者ともたいそう礼儀ただしくふるまう。しかも、この際いずれも「僕妾之役」ととられかねまじき状況であること、また、昇にたいする課長のしうちに圯上老人に通じる無礼さ、傲慢さがみとめられうることをあわせて指摘できるだろう。この動作をめぐる類似を基底として、このときの張良をどうみるかによって、さらにいくつかの類似点が両者のあいだに積み重ねられていくことになる。そうして確認された類似点をのぞいた、他のもろもろの属性においても両者は類似しているだろうと推測するのが「酌例」すなわちアナロジーである。推測は、地球から火星へ、すなわち既知から未知へと向かう。昇の未知の側面が張良によって埋められるのである。それはたとえば本文にはひとことも触れられていないこのときのかれのこころのうごきであり、また、かれの行く末である。このようにして、出発点となる張良のイメージに応じて、さまざまな昇の内面や未来がえがかれることになる。

張良が怒りをこらえているのなら、昇もじつは怒っているのであり、張良が恥をしのんでいるのなら、昇もまた恥じている。あるいは、相手になめらかに反応するところに賢明な張良の面目があるとすると、昇もいたって平静に課長の顔色をうかがっている。——昇の内面はいとも簡単に手に入る。もし張良が怒っているか否か決めかねるというのなら、昇についても判断を保留すればいい。また、いよいよ想像力をたくましくした読者が、あれから十年という月日に耐えた張良のように、課長のもとで雌伏しつつ力を養っていた昇もかならずやその大望を成就する日を迎えるにちがいないと予言してみせることだってできるだろう。

ただし、こうした読みは、むろん推測の域を出ることはない。

酌例法ヲ以テ事物ヲ論議スルニ当リ其主義果シテ事実ニ適セリト安シテ自己ヲ信認スルノ方法アラス（『葸穏氏論理学』）

アナロジーとは「唯一種ノ臆断ニシテ確乎不抜ノ定断ト云フ可ラス」（同）。つまり蓋然推理なのである。したがってアナロジーによる判断は、いっぱんに帰納推理がそうであるように、百パーセント正しいとみなすことはできず、あるいは救いようのない誤謬であるかもしれない。

アナロジーによる議論は、たぶんそうだろう Probable というにとどまる。その蓋然性は、両者の相違点および一致点の数とその重要さを比較することによって測定される。また、既知の性質 properties と未知のそれとの比率によって測定される。（Alexander Bain, *Logic*, pt. II, chap. XV, 1873.）

両者の一致点、すなわち張良と昇とのばあいでいえばそのしぐさの類似の重要性を認めるのか否かによって、こうした議論をばかばかしいとみるか、それとも深刻に受けとめるかが決まる。坪内逍遥の『論理実習』（明二二・一カ）の練習問題では、一致点はヒゲであった。

「これは〳〵怪しからぬ足下は眼玉がござらぬか拙者の髯にお気がつかれませぬか斯くの如き美髯の男が何でお雇ひ官吏でござらうぞ失敬なる事を申す人ぢや

「ヤレ〳〵しかし拙者に於ては足下を五十以上即ち天保度のお方とお見受け申してそれゆゑ……

「五十以上天保度…奇怪至極な事を申す人じや

「間違ひましたらお免し下されシカシ拙者事は兼て承知したる実例によつて推量いたしたばかりでござる現に拙者の叔父は三四人ござるがいづれも天保度の人間でござッて且頗る美髯を所有いたしおります且又いづれもお雇ひの官吏でござる

「ハ、ア果して然らば宜しく断案を改めて…………………

「兼て承知したる実例」によって未知のものを「推量」することにつきまとう危険性を逍遥は問題にする。立派なひげをたくわえているからといって、ただちにその人を「五十以上天保度」の「お雇ひの官吏」と決めつけることはできない。そうかもしれない、と推定できるだけである。ちょうど、琵琶湖上の汽船でぐうぜん「予」と乗り合わせた「芳紀は廿五か六」の

「美人」について、「愁ある人」なのか、それとも「気軽の女」なのか「熟れの鑑定が当を得たるや」、とっさには逍遥自身も決めつけかねたように（「種拾ひ」第一回、『読売新聞』明二〇・一〇・四）。

つまり、アナロジーによる推測はひとつを選ぶが、そのことによってその他でありうる可能性を排除したりはしない。読者は、たとえ忍耐の張良しか知らなかったとしても、そしてその結果として昇の内面に忍耐を持ちこむのだとしても、そうではなく昇が根っから卑屈でありうることを暗黙のうちにであれ前提としている。

あぶなっかしいことこのうえないが、読者の居場所はここにしかない。昇はたとえば読者の前にさしだされたキノコのようなものであり、それが毒キノコであるか否かは読者が食べてみるより知りようがない。団子坂には居合わせなかった文三が、そうした読者の水先案内人となるだろう。ただし文三の場合、キノコは昇ではなくお勢であり、アナロジーではなく帰納法なのだが。[*2]

「解らないナ、どうしても解らん

解らぬ儘に文三が想像弁別の両刀を執ッて種々にして此の気懸りなお勢の冷淡を解剖して見るに何か物が有つて其中に籠つてゐるやうに思はれる、イヤ籠つてゐるに相違ない、が何だか地体は更に解らぬ、依てさらに又勇気を振起して唯此一点に注意を集め傍目も触らさず一心不乱に茲処を先途と解剖して見るが歌人の所謂箒木で有りとは見えて、どうも解らぬ、文三は徐々ギレ出した　すると悪戯な妄想奴が野次馬に飛出して来て、ア、では無いか斯うでは無いかと真赤な贋物、宛事も無い邪推を掴ませる　贋物だ邪推だと必ずしも見透かしてゐるでもなく又必ずしも居ないでもなく、ウカ〳〵と文三が掴ませられる儘に掴んで、あえだり揉だり円めたり、また引延ばしたりして骨を折て事実にして仕舞ひ今目前にその事が出来したやうに足掻きつ踠きつ四苦八苦の苦楚を甞め然る後フト正眼を得てさて観ずれば何の事だ皆夢だ邪推だ、取越苦労だ（八）

「想像弁別の両刀」と明示してあるように、このときの文三の考えの進めかたは論理学にもとづいている。「贋物を掴ませられて」「事実にして」「打砕く」という「穿鑿」の過程は、『菎穏氏論理学』などが定式化している帰納法の推理をなぞっていた。

帰納推理ニ於テ四段ノ異ナル方法アリトス、即チ
第一段　観察初歩（プレリミナリー、オブゼルウェション）
第二段　推考説ヲ作ス事（ゼ、メーキング、オフ、ヒポセシス）
第三段　演繹推理（デダクチーヴ、リーゾニング）
第四段　証明（ヴェリフヒケーション）（『論理説約』巻中、第十五章「帰納推理」）

「観察初歩」とは「査照ノ主意タル事実ヲ識得スルコト」であり、そうして得られる「事実」は「唯々感触ノ与フル見識」にすぎぬ（同）。「第二段ニ於テハ右ノ実事ノ理由ヲ説明スルガ為ニ仮ニ之ガ説ヲ設ケテ想像ノ定綱ヲ立ツ之ヲ仮設説ト云フ」（『論理略説』第十三編「帰納推理法」）。「第三段」では仮説が真であるとするといかなる結果が生ずるか、「更ニ之ヲ云ヘバ仮ニ想像シタル所ノ定綱果シテ真ナラバ必某ノ実事アル可シト推究ス」る（同）。そして最後に、「第三段」で仮説から演繹推理によって導かれた事実と「第一段」でみいだされていた事実とを比較し、それらが一致するかどうかを確かめるのが「第四段」である。比較するのは、新たな観察によってえられた事実であってもいい。それらが一致しなければ、「第二段」の仮説が偽りであったということになり、「吾輩ハ又新ニ仮設説ヲ立テ、以テ試ザル可カラズ」（同）。これを繰り返して、はじめて仮説をやや「確実ナル説ト認做スヲ得ル」（同）。

　文三のいう「お勢の冷淡」すなわち「文三の鬱々として楽まぬのを余所に見て行かとて云ツても勧めもせず平気で澄まして不知顔でゐる而已か文三と意気が合はねばこそ自家も常居から嫌ひだと云ツてゐる昇如き者に伴はれて物観遊山に出懸けて行」（八）ったそのことが、観察された事実であり、「贋物」が仮説に当たり、「事実にして」は「第三段」の仮説から事実を導出すること、それを「打砕く」とは、「第一段」で得られていた事実、すなわちお勢が文三にたいして示した態度などとくらべることによって仮説を破棄することを指す。

帰納推理は「独リ学事ニ於テスルノミニ非ズ、普通ノ事ニ於テモ此方法ヲ以テ議論スルヲ恒トシ、心屢々観察初歩、推考説、演繹推理、証明ノ四段ヲ数秒時間ニ経過ス」るものである（『論理説約』第十六章「慣用ノ帰納推理」）と説かれていたのを実践してみせてでもいるかのように、文三の振るう「想像弁別の両刀」は、観察、仮説、演繹、証明という手順からなる帰納推理の軌跡をえがく。ひとりの恋する男であるよりも、かれはむしろ、お勢という人間をめぐる事実の観察者なのであり、その愚直な解読者である。*3

第七回にえがかれた昇とお勢のやりとりを読者がどのように読み取るのか、ということと、第七回と同じ章題をもつ第八回の文三によるお勢解読の試みとは対になっていて、読者はみずからの読みを反すうしつつ文三のそれを相対化することを迫られる。してみれば第八回は、第七回までを支配していた「時間関係はただちに論理に浸され、継起の関係が同時に因果の関係となる」物語の論理（ロラン・バルト「行為の連鎖」、花輪光訳『記号学の冒険』）にたいするあからさまな挑戦なのであり、挑戦をまともにうけてたとうとすれば、読者もいったんは文三に寄りそって第七回の「事実」を「観察」することを避けられない。観察者であるかれが扱うのは、感覚器官によってとらえられ、意味に至る寸前のところで宙づりになっている事実である。

ミル氏甞テ巧ニ論法学者ノ注意ヲ促シテ曰ク現ニ観察スルコトト観察シタル事実ヨリ生ズル推度(インフェレンス)トハ全ク明瞭ニ区別スベシト、実ニ至当ノ言ナリ、唯々覚官ニ触ル、所ヲ観察シタル儘ニ、言語ヲ以テ表出スルニ止マルトキハ、決シテ誤ヲ生ズルコトナシト雖モ、一旦我意ヲ挟ミ推度ヲ企ツルトキハ、忽チ虚偽ニ陥イルノ患アリ　(添田寿一訳『惹穏氏論理新編』第十八章「観察及ビ試験法」、明一六・八、合本)

お勢のしぐさが文三にたいしてそうであったように、たとえば昇と課長との応対ぶりは、かれらの卑屈さや傲慢さを指し示すまえに、一片の事実として、すなわちさまざまなしぐさによって成り立つ一連の動作として読者に与えられる。読者は、作中人物たちの動作、意味を獲得する一歩手前の「事実ノ単素」(『惹穏氏論理学』)とじかにであうことになる。それらを眺め、解読して、まっとうな意味を与えるというのが、『浮雲』を読みすすめる読者の居場所である。このとき、アナロジーはいかにもうさんくさく、文三の帰納法はいかにもまだるこしいのだとすると、読者は論理学を迂回せず、どうやって事実から確実な意味に到達しようとするのだろう。しぐさはいかにして自明でありうるのか。

3

張良と本田昇とが類似しているとさきに述べた。だがこれは、ある危うさをひとまず回避したうえでの比較である。

「跪」と「磬折」とをともに礼儀として記載している礼記をなかだちとしないかぎり、昇と張良とのあいだに動作の類似を認定することは困難であるかにみえ、しかも、「跪」は、挿絵にはもちろん、本文の中にも見当たらないことばである。「磬折」もまた、本文にでてくるとはいっても、「磬折といふ風に腰を屈めて」とあるごとく、昇の動作がはたして「磬折」と呼ばれるそれであるのか否か、もうひとつ曖昧なのである。

明治八年二月に出された太政官達第十八号は、「文官大礼服着用ノ節敬礼式」を定めている。図を付して「最敬礼」と「敬礼」とを解説しているなかに、「磬折」ということばがみえる。

○最敬礼

即チ従前ノ磬折ニシテ

天皇ニ対シ及ヒ祭祀参拝ノ節此式ヲ行フ

腰ヲ屈メ両手ヲ膝上ニ当テ、拝ス即チ宮中等ニテ帽ヲ着ザル時ハ第一図ノ如クシ庭上又ハ路上車駕ニ出逢ヒ或ハ祭祀参拝等ノ節ハ帽ヲ脱シテ左腋ニ挿ミ右手ヲ膝ニ当ツル第二図ノ如シ（『朝野新聞』明八・二・一七）

「従前」とあるのは、古代律令制を指しているのであろう。礼記にいう「磬折」は、数百年にわたる歴史の空白を飛び越えて、明治の天皇制のなかに「最敬礼」として復活する。「磬折といふ風に腰を屈めて」というのは、したがって、「腰を屈めて」お辞儀する昇の動作のありさまが、右手の位置や帽子の扱いかたなど、細部においては食い違っているものの、そのおおまかな輪郭において「最敬礼」とみなしうるものであることを示すとともに、たかが平服の判任官にすぎぬ昇が、ほんらい「天皇ニ対シ及ヒ祭祀参拝ノ節」におこなうべき「最敬礼」を、あえて課長にたいしておこなっている事大主義を衝いてもいる。太政官達によれば、「公門外」での「臣民相互ノ接遇」には「帽ヲ脱シテ少ク頷ス」「敬礼」をすればよく、昇の辞儀はあきらかに度を過ごしていた。昇の課長にたいする辞儀という「事実」は太政官達によってこのように解読され、卑屈という意味が与えられる。

読者は、「昇は才子で能く課長殿に事へる」（六）とされる昇の姿、すなわちさきに叙述者によって紹介済みの、おべっかづかいの昇を自分の眼で実地に確認したことになる。かれは自己

の利害を鋭敏な嗅覚によって嗅ぎわけつつ、すばしこくふるまう。かれこそ、

立身出世せんと欲せば先づ大人に近づくの術を講ぜざる可からずヘッツライ氏曰く「ヘッライは利益の母である地位は汝の頭の下る丈けそれ丈け多く上るであらう」（白眼道人『処世哲学』明二〇・一二）

という教説を固く信奉する者である。昇はどこにでもいる卑屈な属吏の典型であるかにみえ、挿絵にえがかれたかれの動作はそうした諂諛の徒たるかれの内実のまっすぐなあらわれであると映る。

だが、はたしてほんとうにそうか。昇のしぐさを解読するための手がかりは、太政官達しかないのか。

維新以降の風習の変化を論じた外山正一は、路上で知りあいとであった際の新旧の挨拶をつぎのようにくらべている。

michi ni hito ni aeba hiza no atari made atama wo sage, Tametomo ga hikishibottaru yumi yori mo senaka wo maruku nashi nagara hantoki de mo itoki de mo shimbō kurabe wo nasu koto wa mohaya oioi yame ni nari, chotto te wo nigiri aruiwa kaburimono wo tori moshiku wa totta tsumori de te bakari *hirahira* ugokashite oku nado iu ito kamben naru aisatsu hō no shidai ni hayarite kuru gotoki, izure mo mattaku shizen no ikioi, bamban yamu wo ezaru koto.（「ARATAMUBEKI ARU REISHIKI」『RŌMAJI ZASSHI.』第一〇号、明一九・三）

「手ばかりひらひら動かしておく」「いと簡便なる挨拶法」がはたしてどれほど普及していたのか、かいもく見当がつかないが、旧来の辞儀を否定して西洋の礼儀を導入すべしという論旨はべつに珍しいものではなかった。*4

或ハ又今ノ少年ハ男女トモニ不遜ニシテ其心意（コヽロバセ）ハ其形ニ顕ハレ辞儀作法ニ至ルマデモ乱暴ナリト云フ者モアランナレドモ、前ニモ申ス通リ日本ハ開国以来人事ノ大ナク小ナク皆変化シテ人ノ心モ忙ハシク身モ亦タ忙ハシク文明開化ノ進歩ハ実ニ火事場ノ騒動ニモ等シキ有様ナレバ人間交際ノ礼儀言語応対ノ風ヲ変スルモ決シテ怪ムニ足ラズ其外面ヲ見レバ若輩ノ者共ガ先輩ニ対シテ会釈モ丁寧ナラズシテ話振（ハナシブリ）モ殺風景ナルガ如クナレドモ万事忙ハシキ今ノ世ニ在テハ天保弘化ノ閑楽世界ニ行ハレタル儀式ニ倣フ可ラズ去リトテ礼儀ハ必ズシモ閑楽世界ニノミ行ハル、ニ非ズ世間繁忙ナレバ其繁忙ノ中ニ自カラ相当ノ新礼儀ヲ生シ之ニ慣ル、ニ従テ至極外見ノ美ナルモノナリ　（福沢諭吉「通俗道徳論」五、『時事新報』

（明一七・一二・五）

新しい時代にはそれにふさわしい「新礼儀」が生まれると福沢はいい、その例として旧来の「平伏礼」にとってかわった「立礼」をあげる。

今日ハ天皇陛下ノ御前ニ於テ立礼ヲ行ヒ行幸ノ御途上ニテモ人民ノ之ヲ拝ムモノハ唯僅ニ御会釈申スマデニテ地ニ平伏スルニ及バズ（同）

「立礼」が法によってさだめられたのは、明治六年のことであった。

行幸ノ節其御道筋通行ノ者旗章ヲ見受候ハ、車馬ヲ下リ笠幷帽等ヲ脱シ総テ路傍ニ立礼可致事（明治六年三月九日第九十六号布告、中里篤信輯纂『万民宝典』第三版、明二〇・一〇）

最初「行幸」の際の礼式であった「立礼」はやがてその適用範囲を拡大される。

抑立礼は既に　天皇陛下を拝するの儀典となり皇族大臣高位高官に対するの礼式ともなり陸海両軍警察官吏Sに各学校等に於ても用ふる所なれは坐礼を用ひされは失敬無情の振舞なりと申すへきの理あらんや（並川新「坐礼は身体の発育を妨く」『文明実地演説』前編、明二〇・三）

「立礼」が小学校で正式に教えられるようになったのは、明治一〇年代半ばである。

天皇を見奉る時は。帽を脱し。身を屈めて。敬礼をつくすべし。（文部省編輯局『小学作法書』巻之二、明一六・六）

皇族はもちろん、上は「大臣参議」から下は「卿輔議官将校書記官。又は府知事県令。其他。すべて官位ある人に対する時は。かならず是に敬礼することと心得べし」（同）とされ、さらに教師にたいしてさえも同様の「敬礼」が義務づけられるのである。しかし、いくら号令をかけたところで、具体的な「敬礼」のしかたがはっきりと指示されていないのでは、実地の役にたたない。そこで登場するのが、当時あいついでだされた作法書の類いである。そのうちのひとつ、『小学作法演習書図式』（水野忠雄、明一八・一）の付録「幼童立礼式」などは、帽子を身につけているさいの礼を、相手を上中下の三等に分けて詳細に説明している。それによれば、「下等」にたいしては右手で帽子をすこしもちあげ、「左の手と首とを少しく垂れ」るだけでよいが、「上等」にたいしては、脱いだ帽子を両手でからだの前にもち、「順に体を屈して拝」さねばならない。そのとき帽子は膝頭の位置にある。ただし、こうした詳細な解説をもつものはまれで、たいていは、尊長の人に、立礼をなす時は、両手を帯の辺へ組み、腰をかゞめて、暫く頭を下げ居るべく、同輩には、亦両手を組みて、少しく腰を折り、纔［わず］かに頭を下げるべし、下輩には只少しく、頭を下げるのみにて、よろし（小林義則『男女普通小学諸礼法』明一五・四）

などといったやや曖昧な記述に終始しており、実際にどれほど新礼儀としての「立礼」が普及していたのか、はなはだこころもとない。東京府ではのちにあらためて「公私立小学校生徒敬礼の要領」を通達しなければならなかった。

尊長に対する時は直立して容姿を正し双手を前に垂れ眼心を礼を施すべき人に注ぎ体の上部を少しく前に傾くべし若し帽子を頂くときは右手にて帽を脱去し左手と共に前に垂れ（略）歩行中は敬礼すべき人との間凡そ六歩[*5]前に於て歩を止め前の如く敬礼すべし（「小学校生徒の敬礼」『読売新聞』明二二・一二・八）

この通達の最初の項目が、小学生を対象として書かれたのではない『男女普通礼法』（甫守謹吾編纂、明二二・一二）の記述と一致していること、および、小学生徒向けの作法書の中に、明治八年の太政官達を一般の「立礼」としてそのまま記載しているものがあること（近藤瓶城『小学諸礼式』明一五・四）は注意されてよい。最初行幸中の天皇に対する礼であった「立礼」や、同じ

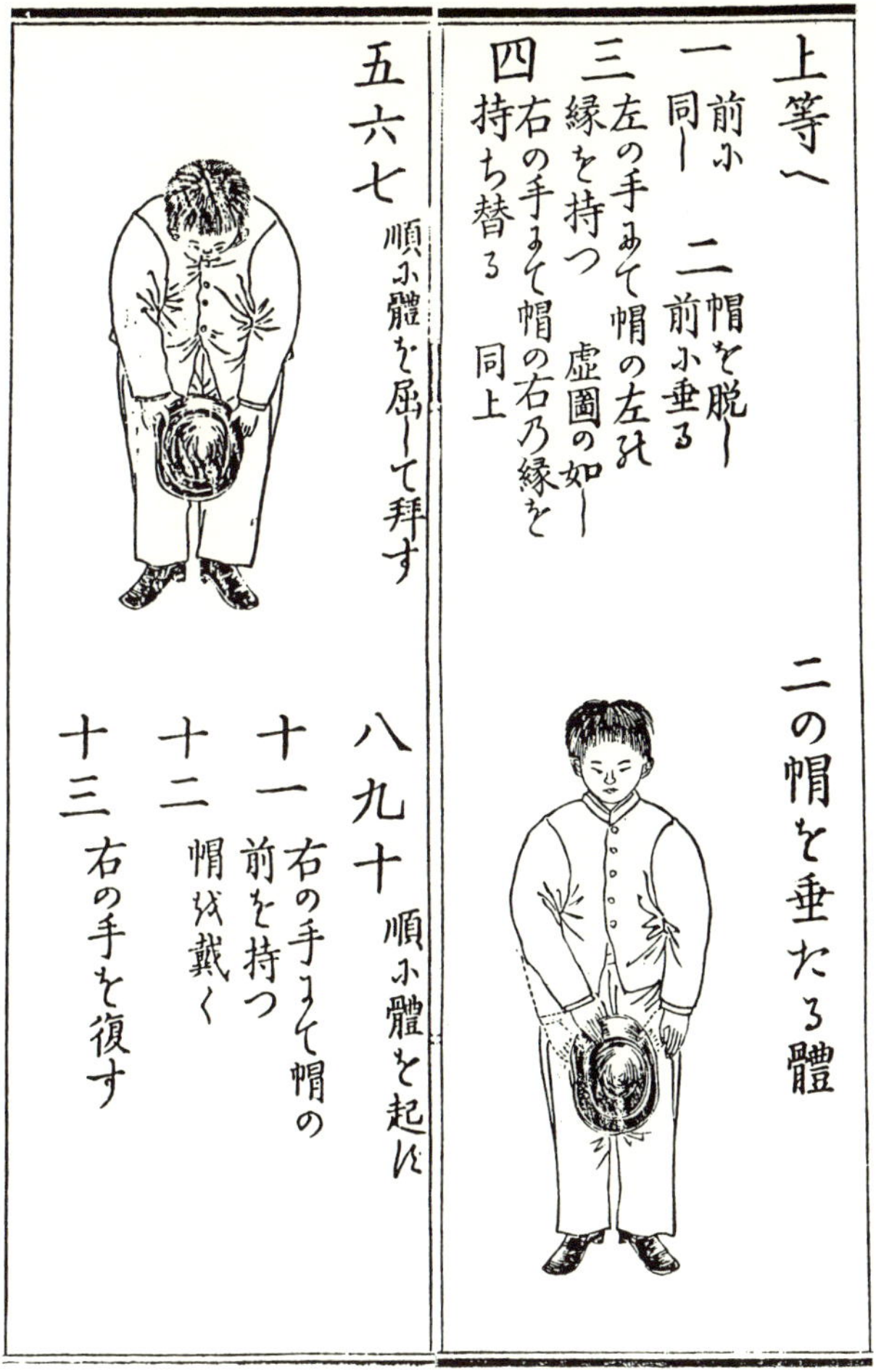

上等へ
一 前に同し
二 帽を脱し前に垂る
三 左の手にて帽の左の縁を持つ
虚圖の如し
四 右の手にて帽の右乃縁を持ち替る
同上
二の帽を垂たる體
五六七 順に體を屈して拝す
八九十 順に體を起し
十一 右の手にて帽の前を持つ
十二 帽を戴く
十三 右の手を復す

『小学作法演習書図式』（国立国会図書館蔵）付録「幼童立礼式」の「上等」に「帽を脱して拝す」さいの図解。

く天皇にたいする文官の礼としてさだめられた「最敬礼」が、いつのまにか、あらゆる尊長にたいしての、すべての国民のおこなうべき礼となろうとしていた。

したがって、かりに昇がおこなっているのが「磬折」と名づけることのできるしぐさであったとしても、当人はたんに尊長にたいしての「立礼」を実行しているだけなのかもしれず、ただちにかれを卑屈だときめつけることはできない。[*6] 断然かれを卑屈だといいつのることができるのは、唯一西洋のエチケットを当為とする立場のみである。

紳士我ニ礼ヲ為シ軽ク帽ヲ揚ルノ礼ヲ為サハ同様ノ答礼ヲ怠ルヘカラス答礼ヲ為スニハ唯帽子ニ向ケテ手ヲ動カスヲ通例充分ノ者トス　（矢野龍溪訳『英米礼記』第二十六、明一一・五）

紳士一般ノ礼ハ相互ニ出会スレハ少シク首ヲ屈シ或ハ手ヲ帽ニ触レ或ハ双手ヲ前ニ揺ス等ナリ　（北村金太郎訳『欧米礼式図解』「途上応対ノ通式」、明一九・九）

敬礼の仕振(しぶり)は人と場所と場合とによりて種々の別あり友人に出逢ふときは握手を為して健康の如何を問ひ深しく交らざる人ならば握手を為さずして唯黙礼すべし　（首藤新三・児玉利庸訳述増補『欧米礼式』第一章「敬礼」、明一九・一〇）

一般紳士の途上に於てする礼は首を屈し或は手を帽に触れて両手を前に動かす如き等なり（横山訊訳述『近世欧米礼式』第二編「礼儀及交際の要旨を論す」、明二〇・一二）

「本邦社会万般の秩序は勤皇倒幕の一挙に壊乱せり爾来日を経ること既に浅からずと雖ども唯だ旧日本の礼法を打破したるのみ未だ新日本の礼法を確立するに及ばざるなり」とは尾崎行雄のことばだが（原弥一郎訳『欧米男女礼法』序、明二〇・六）、日曜日に遊びにでかけて、ばったり上司とであってしまった役人はどのような挨拶をすればいいのか。勤務中ではないのだから、西洋風に握手をするか、ただ帽子に手を触れるだけですますか。いや、日曜日でも課長でなくなるわけではないのだから、「帽ヲ脱シテ少シク頷ス」のがちゃんとした礼儀なのか、それともからだを前に屈める「立礼」をおこなうべきなのか。「立礼」をするとしても、帽子の処置はどうするのか。また、どの程度からだを倒せばいいのか。――こういった問いにたいし、ひとはそれぞれの感じかたや考えかたにもとづいて、いくつかの選択肢からひとつの答えを当為として選ぶことはできる。だが、「社会ノ公論ニ於テ。是ヨク道徳事理ニ適スル者ナリト許ス」（西村茂樹『小学修身訓』第八「交際」、明一四・四改正版）答えを答えることはできない。まさしく「無礼無法の混乱天地」（尾崎行雄）であった。

とすれば、逆に、課長にたいする昇のしぐさを解読する仕方もひととおりに決めることはできない。「天保弘化」の老人がみれば、眉をひそめるほど無作法で、傲慢であるというかもしれず、欧化の先頭を走っている紳士、たとえば外山正一がみれば、反対に卑屈きわまりないとみなすだろう。あるいは、たんに「立礼」をおこなっているだけで、別段めくじらをたてるほどのことではないとするものもいるにちがいない。

かくして、行為は自明の意味をもたず、あらゆる解読は動作という表層での屈折を余儀なくされて相対の海にただよう。

4

「東洋ノ学問ハ多ク心ヲ内ニ求メ、西洋ノ学問ハ多ク心ヲ外ニ求ム」とは西村茂樹の言だが（『白識録』第七十章、明三三・八）、明治になって翻訳・移入された「西洋の学問」は、「外」からひとの「心」を眺めるという、「東洋の学問」にはなかったまったく新しい視点をもたらした。西村が念頭に置いていた心理学でいえば、「外面の徴候に依りて他の感情を察し得可きや若し果して察し得可きものならば試に一箇の人物を仮作し其外面の徴候を描写し而して之に依りて其感情の如何を推測せよ」（「東京専門学校学年試験問題」のうち逍遥の出題した「心理学」第三問、『中央学術雑誌』第三三号、明一九・七）といった、「外面の徴候」から「感情を察」するというまなざしがそれであり、倫理学でいえば、ひとの「行為」から出発してその動機や目的について思いをめぐらせ、さらにはその善悪を判定するという見方である。ひろく経験主義あるいは実証主義と呼ばれるこうした世界観・人間観のなかではじめて、ひとの「外面」の「行為」がみいだされる。

行為トハ何ゾヤ曰ク或ル特種ノ目的ヲ達セント欲シテ発作スル所ノ有機体ノ動作ヲ云フ而シテ此目的ヲ達セントスルノ動作ハ無意ニ出ヅルモノト意志ノ管束ヲ受クルモノトノ差異アリ鳥ノ巣ヲ作リ獣類ノ穴居スルガ如キ凡テ生物ノ天性又タ常習ト称スルモノハ即チ是ナリ次ニ意志ノ管束ヲ受ケテ発揮スルモノハ主トシテ人類固有ノ特徴ニシテ斯ニ所謂行為ト云フモノ是ナリ（菊池熊太郎『道徳新論』第二章第五節「行為ヲ論ズ」、明二一・二）

ひとの「行為」が、いったんは人間以外の生物の「動作」と同じレベルにまでひきさげられていることによって、「目的」や「意志」からきりはなされた「行為」そのものが出現する。だからこそスペンサーは、その倫理学が対象とする行為を確定するためにわざわざ「活物全体ノ行為」の進化論的素描からはじめたのだし（山口松五郎訳『道徳之原理』明一六・七）、ベンサムは「行為ノ本体」のまわりに、「行為ヲ遂成シタル各種ノ事情」・「行為ニ随伴シタル本人ノ意識ノ有無」・「行為ヲ胎出セル動機」・「行為ニ藉リ表徴ス可キ本人稟賦ノ気質」といった問題群をめぐらすことができたのである（陸奥宗光訳『利学正宗』上巻第七篇「人類ノ行為ヲ概論ス」、明一六・一二）。善悪の判定を社会的有効性に求める功利主義ばかりでなく、良心に道徳の基盤を置こうとする直覚主義も、同じく「行為」や「動作」から説きはじめる。

修身学ノ主トスル所ハ人ノ動作ニ是非善悪ノ質アリテ是ニ非サレハ非ナリ善ニ非サレハ不善ナルコトヲ明ニスルニ在リ（大井鎌吉訳『威氏修身学』上冊第一篇第一章、明一一・一二）

此世の中のいきとし生るものは、牛でも、羊でも、犬でも、猫でも、鷹でも、鳶でも、小蛇でも蜈蚣でも、およそ一切の虫鳥獣まで、何ひとつとして、行為といふものを為ぬものはござらぬ（神鞭知常訳『啓蒙修身談』明治一一・一〇）

こうして、「行為」が人間の外部に措定されたことによって、はじめてつぎのような設問が可能となった。

或人問ふ、「人を譏る」は古より聖賢の戒むる所にして、何れの教訓書を読むも、皆之を以て道徳に背くのこととせざるはなし、然るに小子此事に付いて久しく疑を懐けることとあり、其子細は其人善なるに之を悪と言ひ、其人廉なるに之を貪と言ひ、又は事実曖昧の事を挙て其人を刺るが如きは、固より道徳の許さゞる所なれども、若し其人実に悪事を犯し、又は其心術実に奸曲なるときは、之を悪と言ひ奸と言ふも、道理に於て妨なきに似たり、古人も此差別を論じたる者無ければ、小子自ら決すること能はず、敢て先生の明誨を乞ふ（西村茂樹「或問十五条」其九「人を譏ることの利害を論ず」、明一五、『泊翁叢書』所収）

同じく「人を譏る」ことであっても、悪であるばあいとそうでないばあいとがある。つまり、「人を譏る」行為そのものは、いまだ善でも不善でもないのである。これにたいし、「或人」のいう「古人」のひとりである貝原益軒にあっては、「人を譏る」ことはそれじたいですでに悪であった。

人の身の慎みは。口を慎むを第一の務とす。言多ければ口の過多く。人に悪まれ禍起る。慎みて多く言ふべからず。殊に人を譏るは莫大の悪事なり。戒めて人の非をいふべからず（『大和俗訓』。『小学修身訓』による）

厳密にいえば、どんな場合でも「人を譏る」ことは許されないと益軒はいってはいない。あらゆるばあいを勘案するという姿勢そのものが欠けているのであり、無色透明な「行為」とそれにまつわるもろもろの条件というとらえかたがはじめから無いのである。

空疎な「尋常書冊上ノ学問」ではなく「実事習験ノ学問」こそが尊いとする啓蒙の合言葉は

「ヲブセルヴエーション（実事実物ニ就テ熟観審察スル）」であった（中村敬宇『西国立志編』第一編九）。「人ニ智愚大小ノ異アルハ、大抵ハソノ事物ヲ観察スルニ聡慧ナルト、聡慧ナラザルトニアリ」（同第五編四）。『小説神髄』において坪内逍遥が「人間といふ動物」の「外に現るゝ外部の行為と、内に蔵れたる思想」とを「只傍観してありのまゝに模写する心得」を説いたのも、こうした、事実を観察するまなざしに裏づけられていたからだし、それは作者のみならず読者の構えをも変えてしまう。

　昔しの小説は何にも彼も作者が皆な紙の上へ書き現したゆゑ読者はその字さへ読めば別に苦労心配をせずとよく分りたりまた起りもたしかに終りもハッキリして一期目出たくなッたといふが極りなれば読者もたとへ爰では此娘が斯う艱難をするが末は屹度目出たし／＼であらうと落を察して話を聞く格なりしが今は何事も新手を出してドカリと読者を大穴へ陥めやうといふ作者の計略らかと読んで居られぬのみか作者の苦労を半分は譲り受け作者が云現しがたい深妙隠微の所へ至ると……だの――だので月を掩ッてぢらせば屹度爰は斯うあるべきところだ此の云ひかけて跡の口籠る此の……が如何も不思議だ屹度此の娘の了簡では斯う云うといふ所だらうと雲の中を探してそれを一層楽みの深い事にする事になり……と――又は？或ひは‖……抔と舶来の器械を沢山用ひ成る丈けあらはに書き現さ

ぬを賞美するに至りたり（饗庭篁村「百円札の付録（一名小説未来記）」『読売新聞』明二二・六・四）

篁村は当時大量に工夫・導入されつつあったいろいろな符号をもっともわかりやすい例としてあげているが、かれがそうした例をもちだすことによって指摘しているのは、テクストと作者および読者との関係がそれまでとは決定的に変化しようとしていたことである。作者はテクストから退場しようとしていた。テクストの諸事象についてあからさまな意味を与えることを作者はしない。「作者の苦労を半分譲り受け」た読者がさまざまの推測をめぐらし、それを補う。読者は事実の観察者となるのであり、作中人物たちの行為は読者の手によって解読されるのを待っている。だが、そうしたこころみはすぐさま意味の不安定さに悩まされざるをえないだろう。ひとつの行為にいくつかの意味を読み取ることがひとしく可能なのであり、そうでないばあいでも、行為と意味とのあいだには、ある隔たりがかならず存在している。あらゆる解読が相対的なものにすぎず、真理と呼ぶにふさわしい一義的な意味はけっして手に入らないのだとしたら、読者はいつまで自己の解読に保留をつけたままでいることができるだろう。おのおのの解読 interpretation がその他のそれと反響しあうような開かれたテクスト（ウンベルト・エーコ『読者の役割』）が出現するやいなや、不可知の世界にうかぶ離れ島のような個我という密室がただちに用意され、そこでかれらは意味の真空から遮断された実感という濃密な内部を手に入れる。外界のすべては疑わしいかもしれないが、それをながめているわたしの実感まで疑うことはできない、という態度がまたしても文三にひっぱられるかたちで出現するだろう。自己の判断（解読）の妥当性、すなわち内部の判断が外部の事実と正しく合致しているか否かはわからないが、自分がそう判断（解読）したという事実まで否定しさることはできない。水がほんとうに冷たいのかどうかということとはべつに、それに手をさしこんだとき冷たいと感じたという自己の実感は確固として存在するように（「無限絶対」『落葉のはきよせ　三籠め』）。

それにしても、たとえば上野の山で昇にであった勇が二度までも顔を赤くしたのは、いったいなぜだったのだろう。

＊1――いずれにせよ、張良という存在が体現しているのは、ひとのみきわめがたさということである。もともと韓を滅ぼした秦への復讐をこころざしていたはずの張良がのちにみずからの手で韓の復興を阻止していることにあらわれているように、そもそも「匹夫之諒」でもってかれの出処進退を把握することは困難である（魏叔子「留侯論」『魏叔子文鈔』中、弘化三〔一八四六〕）。

＊2——「類似法ト帰納法ノ異ナル所以ハ類似法ハ特殊ヨリ特殊ニ推断シ帰納法ハ之ニ反シテ特殊ヨリ普通ニ推断スルニ由ル然レトモ両法ハ密ニ相関係シ、多クハ相共ニ生スルモノナリ、何如トナレハ特殊ヨリ特殊ニ推断スルニハ必ス普通ノ力ヲ仮ラサルヲ得サレハナリ」（今井恒郎訳『応用論理学』第四十七章、明二〇・四）。「歴史、或ハ天然物、或ハ通常ノ事柄、或ハ詩歌ヨリ引キ来リタル例ヨリ推断スルコト」も「類似法ニ属スル」（同）。

＊3——巌谷漣の『妹背貝』（明二二・八）に登場する水無雄は文三の血縁である。「そこで水無雄は、哲学者が宇宙の真理を発見する様な意気組で、まず＝お兄様＝ト云ふ語と＝可笑な＝ト云ふ語を、別々に演繹し、学校で習つた論理学を、始めて爰に応用させて、色々と勘考したが、更らに解らない。そこで今度は帰納法を試みやうと、眼を閉ぢて憶ひ起す此の頃の出来事。——それヨ、昨日の午後の出来事」（夏）。

＊4——「日本などの礼法に於て人と人と相面会するときにおじぎをすると称へて互に相拝することを為し、其の軽きは少しく頭を低れるのみなれども、念の入りたるは啻に頭を低れるのみならず両手を席につけて胴を彎形にかゞめ幾んどあたまを席に摺り付ける斗りに為」しているが、「此風習は何分にも廃棄」し「握手の礼」にすべきだ（植木枝盛「礼法小言」其十一、『土陽新聞』明二〇・八・三〇、『植木枝盛集』第五巻）。

＊5——「六歩」という距離は、着剣した将校や番兵の敬礼を定めた「陸軍敬礼式」第八条・第十条（明治六年七月十六日陸軍省布達）の規定に倣っているものと思われる。

＊6——荘子（漁父篇第三十一）では、自分を批判した漁父に話を聞いた孔子が「磬折」の礼をお

こなう。あとで子貢が「へにゃへにゃ腰で体は「く」の字、一言いってはぺこりの応対」ぶり（福永光司『荘子』中国古典選）を問うと、逆に孔子からたしなめられる。昇の「磬折」とこのエピソードとを結ぶと、かれはすこしも卑屈でないと読める。

［付記］

『浮雲』のテクストは筑摩書房『二葉亭四迷全集』第一巻（一九八四）によった。

心臓

1

明治二十年代はじめの小説をめぐる状況を、その細部にわたる絶妙なパロディによって痛烈に皮肉った斎藤緑雨の「小説評註」に、つぎのような一節がある。

　室を隔てゝ母の声と覚しく連にきな子を呼立ればきな子はハィと起たんとするを呑雄は何思ひけん渠が袂をとらへたりきな子の心臓はこゝに於て太しく鼓動を感じたり（略）
（註）母は意中人よりも難有し五倫の道を書分けたる著者の筆周密なり、心臓の鼓動を知りしは聴音器の力を仮りるなりと小説と窮理とはいよ〳〵離るべからず　（『油地獄』明二四・一一。初出は『読売新聞』明二三・一・一七〜二五）

緑雨が直接念頭に置いていたのは、作中人物の臓器である心臓の鼓動を提示したつぎのような表現であるだろう。

甚ダ心配シテ待チケルニ一人トシテ何等ノ答（イラ）ヘナスモノナク加之ナラズ二人ガ心臓ノ皷動未ダ止マザルヲ見ルニ足ルベキ咳嗽ダニ聞カザレバ再ビ呼ブニ之ヲ矢張以前ノ如ク寂然トシテ何ノ答ヘモアラズ　（井上勤訳『月世界一周』第二回、明一六・七版権免許）

操は漸やくに虎口を脱して少しく心臓（しんざふ）の動気を鎮めしが　（服部誠一『文明花園春告鳥』第五齣、明二〇・三）

映簾（エレーヌ）が心臓（しんぞう）は鼓動頻（しきり）に激し来り頬辺紅潮を漲す　（蔭山広忠訳『社会進化世界未来記』第二十五回、明二〇・六）

其の娘子（らうし）は是（こ）れ巴里（パリー）第一の美人なりとて世評最とも高かりしが余は之れと朝夕顔を見合はしつゝ数年間比隣に住ひ居たりしも為めに一度も余が心臓（しんぞう）の鼓動を早めたるを感ぜしことなかりし然れども今此の少女に限りては余は実に覚えず知らず至大至強の感情に刺激せられたり　（宮崎夢柳「仏国史談義勇兵」第十九回、『東雲新聞』明二一・六・一九）

秘書官は予を伴ひて父の房に往きキリ、と房の戸を開きたるが此時予の心臓は俄に激しき鼓動を起して既に其場に倒れんとしたるを　（福地源一郎・塚原靖訳『昆太利物語』中篇第四回、明二二・四）

予は書記官の職なれば末座に退きて会議の模様を筆記なす此時予が心臓は一段激しき鼓動を生じて我にもあらず筆持つ手の震はるゝ計りなるぞ怪しき　（同下篇第九回、明二三・一二）

此時恰も月は山の端にさし上りて嬢の顔も白々と見ゆ小川の岸に腰打ち掛け休息するに嬢は猶眼を閉たる儘にして少しも開かず又身躰をも動さず、窃に胸の上に手を当て覗へば心臓の動気は激くして宛ら浪を打つが如し、　（同第二十三回）

取る手は心臓の鼓動を伝へて劇しく脈を打たせて居る……途端に打出す時鐘、驚いてすりよる両性驚かされて飛立つ水鳥　（美津晴子「はてな」『以良都女』第一八号、明二一・一二）

心臓暴かに鼓動劇しく悚然として戦慄ひしながら　（須藤南翠『殺人犯』明二一・一二）

五分ばかり呼吸を休めて心臓の運動常に復するを待ち　（海鶴仙史『大和撫子』第一回、明二

三・二）

心臓急遽に鼓動して霎時は止まざりけり　（同第十四回）

此の言葉は玉枝子の心臓を急遽に鼓動はじむる刺激物にして　ヱ、と叫びたるまゝ呼吸を断たんとせしがやう〳〵にして吾に回り　（同第二十六回）

此等の思想は脳裏に往来して、心臓の鼓動は最も激しく、神経の作用は非常に英敏になり、ガタツと云ても、ビツクとするやうに成りし　（宇田川文海『小説ありのまゝ』第四章二、明二三・四再版）

喜悦と畏怖と悔悟との三情は忽ち其の身を戦場として鎬を削り心臓の鼓動は遠き路を急奔したるが如く高まり　（南翠『唐松操』第二十八回、明二二・六）

初心のやうなれど常にかはる男の音声。心臓のルブ＝ダブ早めの調子。　（尾崎紅葉『風流京人形』第六、明二二・九）

人に知られぬ波をうつ私の心臓。　（山田美妙「この子」第二、『都の花』第一〇号、明二二・三）

心臓の鼓動は其名の雪も恥かしき顔に証拠の茜色（宮崎三昧『女刺客』二十一、明二二・五）

容色は今其の白きに過て聊か蒼みを含みたるが如し視る眼は沈みて唯だ絨氈の花に係りし塵の上に注ぐかと疑はれ心臓の鼓動のみ高くして血液は何に激されて何処に反応を呈したるやも知るべからず（南翠『隠君子』第二回、『こぼれまつ葉』明二二・八）

其の身體を抱きて胸の方りを撫試むるに心臓には一種の鼓動を生じ居たり夫れにて知れり夫れにて多少の意ありしことを知れり其の意に向ひて探りを入れたることを知れり（同第二十回、『こぼれまつ葉』明二二・八）

鳩尾の辺に手をさし入れて診ふに未だ全く絶息したるものにてもなく幽かながらも心臓の鼓動もあり惟ふに非常の悪熱に罹りて病苦の為め一時昏倒したるものなるべし（同『満春露』第二十回、『こぼれまつ葉』明二三・二）

立んとするお秀の袖を引留たる其心中人若し近いて見るを得ば胸上の襯衣高低して心臓の鼓動甚じきを見るなる可し（石点頭『女人禁制きむすこ』第十三回、明二二・一〇）

余は其事の意外なるに驚き心臓忽ち鼓動を高めたり（矢野龍溪『報知異聞浮城物語』第二回、明二

三・四）

心臓という臓器をあらわすことばとして中世以降いっぱんに用いられていた「「心の臓」に代わって、シンザウが、漢文訓読調以外の文体にもつかわれるようになり、次第に普通の用語（代表語形）となったのは、明治の中期（あるいはそれ以後）」と推定されている（宮地敦子『心身語彙の史的研究』第一部第四章「漢語の定着――「こころ」「心の臓」「心臓」ほか」）。しかも「「心臓」は蘭学の移入につれて、hart の訳語として多用され現代に至る」のだとすれば（佐藤亨「しんぞう（心臓）」『講座日本語の語彙』第一〇巻）、緑雨のほこ先は、もともと「窮理」（科学）に属し、いまだ新奇な響きをとどめている「心臓」ということばが、あつかましくも文学の世界にずかずかと入りこんできているという事態に向けられていたはずだ。

胸ニ適然（テツキ）リ惣身ノ血液俄ニ心臓ニ湊（アツ）マル思ヲナセド此処肝腎ト燃へ立ツ心ヲ押鎮メ（川島忠之助『虚無党退治奇談』第二十八回、明一五・九）

猶モ気息ノ通フ様子ナルニゾ手ヲ胸ニ当テ、検スルニ微（カス）カナガラ慥（タシカ）ニ心臓ノ働クハ重手ノ負傷者ナル事明白ナレバ（同第二十七回）

「アントニヲ」が心臓（しんぞう）に近き肉一斤（きん）を切取るは原告「サイロク」に於て法律上十分の権利

を有するものとす（井上勤訳『人肉質入裁判』第三章、明一六・一〇）

ホ、ウそれぞ即ち神々が、此獅威差（しゐざる）の臆病にも、彼（かの）妖兆に怕（おそれ）を抱きて、引籠らんかと思召され、言甲斐なしと譏（さみ）し給ひ、我を恥（はじし）め給はんとて、汝ジユリヤス獅威差は、心臓（しんぞう）空しき獣なるかと告給へるに疑ひなし（坪内逍遥『自由太刀余波鋭鋒』第二齣第二場、明一七・五）

遥か彼方へ逃れ去りたる二頭（ふたつ）の鯨鯢（くじら）を追ひ行きしが早や三十間許（ばかり）隔てたる所に到りたれば矢庭（やには）に一頭（ひとつ）を目掛けて漁叉（ぎよさ）を投ぜしに狙ひ誤たずして其心臓（しんぞう）を貫けり（大平三次訳『五大洲中海底旅行』上編第二回、明一七・一〇）

傍に在りし村人等は是態（［ざま］）を見て驚き惶（［あわ］）てトムの上に寄重なりしが皆彼（［か］）れをば死したりと思ひたりケネルムは跪（［ひざまず］）きつゝ素早く其手を以て唇口動脈及心臓を摸按して之を試み畢（［おわり］）て身を起し（藤田茂吉・尾崎庸夫合訳『諷世嘲俗繋思談』巻二第二篇第十一回、明一八・一二）

折角の才智も宛（あたか）も充分の資本を所持しながら大事に蔵の底に仕舞込んで置く経済知らずの資本家同然で心蔵（しんざう）の裡で学識才智がウン／＼呻（うな）つて居る斗（ばか）り（桜峰居士『青年之進路』第四回、明二二・五）

ルーソーは既に艱難苦楚の中に起居するも之れが為めに未だ以つて其の心臓(しんさう)を短縮し又た伸張するに足らず　（夢柳「垂天初影」第十回（下）、『土陽新聞』明二〇・一・一七）

今や夫人は現世の苦患を全く打ち忘れて愉快なる天堂の夢魂をや結ぶらん一たび激しく双瞼に潮し来りし血液も其の心臓(しんぞう)に還り収まり顔色は自づから白きに過るが如くなるも（同『自由乃凱歌』第三十四回、明二一・一二）

皇后は愉快極まり殆んど其の心臓(しんぞう)の下底(かてい)まで震動せり　（同第二篇第五回、明二三・五）

此の一言を聞くや否や査寧(チヤーニー)夫人安徳麗(アンドレー)は毒蛇に心臓(しんぞう)を噛まれし如く殆んど其の身を飛び上り　（同第三十一回）

此の一言は査寧伯の心臓(しんぞう)に衝触したり　（同第三十二回）

伯が坐に在らざるや其の可憐なる心臓(しんぞう)は懸念を以つて充実され巴々焉(はゝえん)たる眼光は頻りに四周を遍歴せり　（同第五十一回）

嗚呼諸君よ我が仏蘭西人民たるもの夫(か)の普漏士(フロイス)王軍総督府の布令を見て誰れか其の暴慢無礼を憤激せざらん今や殆んど一世紀を経過したるも余は此の暴慢無礼極まる布令の事を回

憶する毎に心臓の尚ほ憤激を以つて膨張するを覚ゆるなり　（同「義勇兵」第三十九回、『東雲新聞』明二二・七・一二）

斯る外形感じなきが如き皮膚の下にも人間の心臓ありや　（井上勤『通俗八十日間世界一周』第十一回、明二二・一〇）

予は此の美人を見るが儘に今まで胸に遣る方もなく蟠りつる苦悩の堆塊はいつしか消え却て頬に熱を覚えて只管心臓の作用のみ激しくなれり　（『昆太利物語』上篇第二回、明二二・一二）

其とは知らず何気も無き夫人の話を聞や否外見には如何か知らず予の心には予の顔色は忽ち青ざめて眼も眩み心臓には洪鐘を撞く如き響を生じて手足は冷水を浴たる如くワナ〳〵と戦慄る様に感えたり　（同下篇第十九回）

胸を見透したやうに……思ふことを不意にいひかけられ心臓はドキッ。ボウと熱く血液の面部へ充る感覚。（『京人形』第七）

秀子は何故にか白く艶かに化粧し顔に紅き色彩を映じ来れり吊したる紅燈の影の映ぜしか

と思へば然(さ)はなくして瞼の辺(ほとり)いや赤らみたり、秀子は「千代見さん見たでせう」と言ひつる鞠子の一言が吾に向つて問ひを設けたるものならんと誤解したるより心臓(しんざう)の働らきに一(あ)る機関を添へたるものなりし　（『隠君子』第十回）

鞠子はキッと容(かたち)を改めたり其の容を改むると同時に身に添(そひ)たる自造的妖怪変化は倏焉(しゅくえん)として跡を潜め元の古巣の心臓(しんざう)に消え戻れり　（同第十二回）

秀子は語尾の唯だ一語に殊(こと)の外(ほか)気色を損したり心臓(しんざう)を衝く血の迸(ほとば)しりて顔に端なく紅を染(そめ)出(いだ)せり　（同第十三回）

肺部も心臓(しんざう)も更に虚弱なる所なく　（南翠「朧月夜」第十二回、『新小説』第六巻、明二二・三）

少く心臓(しんざう)に刺撃を与へられた気味にて赤らめた頬へ莞爾(ニツコリ)と渦の湧く　（『女刺客』二十一）

私に寝ろとは、責められた頭の中を詐(いつはり)や人殺の考へが駆け廻ツて居て、なんでまア寝られましやう、睡(ねむり)は天から賜はる平和(おだやか)な息でしやう、睡られるのは鏡の様に清い心臓計(しんざうばかり)ですよ　（鷗外漁史・三木竹二同訳「伝奇トーニー」其二、『読売新聞』明二二・一一・二六）

どうぞ慈悲の心が勇ましく入込ことが出来る様、心臓(しんざう)の戸を開けて下され　（同其三）

人間一生の悲哀は此時に覚えて、我と我が毛をむしり、唇も嚙(かみ)さかれ、心臓(しんざう)は破(わ)るゝ程に歎きしが　（川上眉山『墨染桜』二の上、明二三・六）

お栄は俯伏(うつふ)したまゝ頭(かしら)をもあげず震へ声に「わ……わたくしは神や仏にも見……見捨てられました、」破裂するやうな心臓(しんざう)からちぎれちぎれの泣声　（石橋忍月「黄金村」第十七回、『聚芳十種』第八巻、明治二五・一）

渠(かれ)はかた手に一通の書を持ち亦かた手には燃熾せる心臓に象とりたる封印もて固緘せる一通の告文を持ちたり　（森田思軒『懐旧』第二十八回、明二五・一二）

「心臓」ということばが完全に定着しきった現代の読者は、緑雨がこうした表現にたいして感じたであろう違和感を追体験する能力に欠けている。なるほど緑雨にならってこれらの表現を奇妙なものときめつけるふりをすることはたやすい。だが、時代を少しずらして、たとえばつぎのような表現を前にしたとき、われわれはそれをまったく自然なものとして見過ごしていた自分に気づくほかないのである。

ぼんやりして、少時(しばらく)、赤ん坊の頭程もある大きな花の色を見詰めてゐた彼は、急に思ひ出した様に、寐ながら胸の上に手を当てゝ、又心臓（しんざう）の鼓動を検し始めた。寐ながら胸の脈を聴いて見るのは彼の近来の癖になつてゐる。動悸は相変らず落ち付いて確（たしか）に打つてゐた。彼は胸に手を当てた儘（まゝ）、此鼓動の下に、温かい紅の血潮の緩く流れる様を想像して見た。是が命であると考へた。（漱石『それから』一、明四二。集英社版漱石文学全集第五巻による）

「心臓」という不細工なことばが文学のなかに存在することにわれわれはかくも寛容になった。それはたんに、

心臓ハ胸ノ内ニ位シ両肺ノ間ニアリ大人ニ於テハ其大サ手ノ拳ノ如ク全ク肉ノ質ヨリ成レリ心臓ノ内ニハ縦ニ肉アリテ左右ヲ分チ且ツ左右共ニ各ゝ其内ニ二（フタツ）ノ房（ヘヤ）アリ故ニ心臓ハ都合四ノ房ヲ為セルモノニテ左右共ニ上ノ房ヲ上房ト云ヒ又左右共ニ下ノ房ヲ下房ト云フ（略）心臓ノ上房ト下房トハ固ヨリ肉ノ質ニシテ此肉糸ニ於テモ亦他ノ肉糸ニ於ケルガ如ク伸縮ノ働ヲ為スモノナリ但シ上房並ニ下房ハ左右トモ同時ニ縮ミ同時ニ張ルモノナレドモ上房ノ縮ムトキニ下房ハ張リ下房ノ縮ムトキニ上房ハ張ルナリ斯ノ如ク交番縮張シテ心臓ノ血ヲ出納スルモノトス　（松山棟菴・森下岩楠合訳『初学人身窮理』巻之上第五章「循環ノ道具ノ事」、明九・六再刻）

などといったくだくだしい生理学の初歩がことさらな参照を必要としない程度に常識になってしまった[*1]からでも、あるいは、「心臓」ということばが定着してしまった[*2]からでもない。文学の表現にたいする構えそのものが変化したのである。主として十九世紀フランス文学についてヴェロンが判定を下していたように、それはあんがい文学と科学との蜜月から生まれた事態であるのかもしれない。

夫レ詩学ノ諸科学ト相助ケ、美学上ノ感情ト理論ノ条理ト相須〔ま〕チ、以テ用ヲ為スコトハ、正ニ近世詩風ノ性乃チ然リ、蓋シ物理化学其他百般ノ学術益〻其奥ヲ極ムルハ、第十九世紀ノ今日ヲ最モ盛ナリト為ス、此ヨリ前未ダ曾テ有ラザル所ナリ、顧フニ此等学術愈々進〔しん〕闡〔せん〕スルトキハ、詩学ノ此レト用ヲ相為スコトモ亦愈〻近密ニシテ、竟〔つい〕ニ相離ル可ラザルニ至ルコト想フ可キナリ、世ノ僻説ヲ唱フル者、美学ニ於テ動〔やや〕モスレバ専ラ古昔希臘羅甸〔ラテン〕ノ諸芸ヲ讃称シテ已マズ、以テ近代ノ諸芸ヲ絀〔しりぞ〕ケント欲ス、其言ニ曰ク、希臘ノ芸人皆其神代記ノ典故ヲ以テ題目ト為ス、此レ其諸作ノ雅趣有ル所以ナリ、今ヤ諸学科ノ論ヲ引テ之ヲ詩中ニ入ル、条理愈〻密ニシテ雅致ハ則チ地ヲ掃フテ尽クト、吁何〔ああ〕ゾ其レ繆〔あやま〕レルヤ、希臘人ハ其神代記ノ典故ニ感ジテ作ル所有リテ、其感情洵〔まこと〕ニ深厚ニシテ、能ク人ヲシテ亦之ヲ感ゼシム、近代ノ作者ハ諸学術ノ道理ニ感ジテ作ル所有リテ、其感情モ亦深厚ニシテ、能ク人ヲシテ感ゼシム、何ノ相劣ルコトカ之レ有ラン　（『維氏美学』下冊第二部第七篇「詩学」第五章「近世詩風ノ性質」、明一七・三。『中江兆民全集』第三巻による）

文学と諸科学とが結びつき、「諸学術ノ道理ニ感ジテ作」られた作品が「未ダ曾テ有ラザル」「感情」を創出する——ヴェロンの素朴な見取り図に魅せられたかのように、ともかく、明治二十年前後のわがくにの作者たちは、諸科学のうちでもとりわけ生理学に執心していたとおぼしく、作中人物の身体の内部を描いてみたいという屈託のない欲望を抑えることができなかった。「心臓」以外にも、たとえばつぎのような行儀の悪い表現を拾いだすことができる。

ちかごろまたブレイン〔脳髄〕が不健くて　（逍遥『当世書生気質』第三回、明一八・七）

これが私のブレインに浅からぬ注意を与へました　（広津柳浪『花の命』中の巻、明二二・一一）

貴女の真情は既に私しの脳髄に附着して居りますのサ　（南翠『雨窓漫筆緑蓑談』第十三回、明一九・一〇）

其姿眼に入るや否脳に伝はり終に心の裁判を煩す　（忍月『捨小舟』第十回、明二一・三）

残念！　けふは乱緒の脳に渦かれて一句も出ない　（同『露子姫』第二回、明二二・一一）

小心な男とて不名誉の三字に脳は乱雑　（『京人形』第九）

神経の感動が激しく脳を責めました。（石橋思案『乙女心』第二回、明二二・六）

活溌にはたらくだけ鋭敏な神経、絶えず脳に走馬燈をまはして是からの運命の影法師をあらはせば　（美妙「空行く月」第十一回、『以良都女』第一九号、明二二・一）

再度の刺激大脳の働作を停めました　（漁山人「猿虎蛇」第五、『文庫』第二五号、明二二・八）

余は是を聞くや我肺府より血液の躍然として脳漿に上りて忽ち沸騰するを感じたり　（嵯峨の屋おむろ『無味気』明二一・四）

耳の期望は其甲斐があつて、鼓膜を貫く程鋭き声が、突然起りました……ハテ……しかも人の脳を劈く程の悲哀の意味を含みました、高ひ声が。（柳浪「慎鸞交」第二回、『日本之女学』第一六号、明二一・一二）

其一言小川の脳中を縫通し眼は瞑眩し血管は掩塞し心経は萎枯し臓腑は乾涸し暫時は無言

なりし　（中井錦城「志願兵」第六回、『新小説』第五巻、明二二・三）

風なきに濤たつ心臓の響き、火気なきに沸騰する満身の血管、閙がはしく駈廻る小動脈、弾くが如く跳り狂ふ大動脈、（「朧月夜」第九回、『新小説』第五巻）

「お姉様には……ほれてゐらッしやるッて……／思ひ切ッて放した妹の征矢は無慙にも姉の胸板を見事打貫きました。／血汐は脈管を一斉に駈け上ッて顔に集りました。（思案「花盗人」第六、『文庫』第二〇号、明二二・五）

聴衆一同咳もせず、動脈ばかり盛に搏たせて、聞て居る　（美妙「風琴調一節」第一曲、『以良都女』第一号、明二〇・七）

共に白髪と思いてし、君に配ふ可きその人と、顔見合せては仲々に、五臓六腑も上を下、血液さへも循環を止め、色蒼然て唇の紅もいつしか失せ果てゝ、殆く昏倒る計りなり（小林雄七郎『自由鏡』二篇第二十二齣、明二二・九）

胸の骨に刻れたる恋人の肖像の消ゆべき時もなし。何時の握手の折よりか、動脈の血の中に、なつかしき移り香去らず　（幸田露伴『露団々』第十一回、明二三・一二）

露の滴りさうなる滑こき頬には気血よく循環して一皮裏に紅ゐの潮見事に潮し、（塚原渋柿園『政治小説条約改正』第五回、明二二・一一）

一眼球子に映ずる事物の一種不思議の感触を与へざることあらざれば（『緑蓑談』第十六回）

幼少から化物の話しを聞て居るのが脳髄に止つて居る処へ怖いと思ふ精神が手伝つて知覚神経と視神経に変則の感動を与へるのだ唯物論者にでも聞したら直に化物の解剖を始めるといはうゼ（南翠『一顰一笑新粧之佳人』第九回、明二〇・五）

うたゝ寝の常として半眠半醒の間に徨彷し、脳の運動一半は明界、一半は幽界、確実なるが如く、朦朧なるが如く、時々細やかなる眼より微かなる光線の漏るゝを見るは、猶ほ幾分の知覚神経活動するを証するに足る（忍月『お八重』第七回、明二二・四）

睛より出る光線に空気震動して知覚神経是が為に麻痺することそ不思議なれ（露伴「刹那生死」『文庫』第二七号、明二二・一〇）

妙な事はフッと神経に感じたのサ（『緑蓑談』第二〇回）

机に向へばたゞ〳〵神経の作用のみはげしくなりて。増々思ひ乱るゝ妄想を遣るに所なし　（田辺花圃『藪の鶯』第七回、明二一・六）

視官の感触速かなれば満腔の思想一洗して今や掌裏に宝玉を握りたる思ひやすべき将聴官の迅速なる為め破鏡を擲つの感はあらずや　（『緑蓑談』第八回）

視神経は申すも更也魂いつの間にかピョイと飛んで件の美婦人に纏みつきしかば　（嵯峨の屋『美人の面影』発端、明二三・三）

木犀の香は窃と鼻の障子を開けて齅神経に捕へられ　（美妙「ふくさづゝみ」第一回、『以良都女』第四号、明二〇・一〇）

ネといふだけが外へ漏れて跡の詞はお秀の聴神経に響くばかり　（饗庭篁村「聟撰み」第十回、『むら竹』第三巻、明二二・八）

敏子の鼓膜が聴神経に伝へし。隣室の人語の。其荒増は聞き得たれど　（柳浪「女子参政蜃中楼」第九回の下、『東京絵入新聞』明二〇・七・一）

其響の鼓膜に通じて脳髄へ徹りし（露の屋主人「大川物語」第一八回、明二二・六）

笑ふ声の呵々として我が鼓膜を動かしたり（『新粧之佳人』第九回）

涙腺は無理に門を開けさせられて熱い水の堰をかよはせた。（美妙「武蔵野」中、『夏木立』明二一・八）

口がむづむづして唾腺はすでに津々と催します。（「この子」第二十二）

其声は渾べて鈍い調子で無く、音楽で言へばバス、クレフ（Bas Cle）生理で言へば声帯の隙間が細い質であつた。（「風琴調一節」第二曲、『以良都女』第二号、明二〇・八）

礫は滞ほりなく水本の背後に命中したりしかば水本は大きに驚き石の脊髄に痛みを伝へたる時（『新粧之佳人』第十六回）

光一はホト〳〵感じ入た、嬉しさは脊髄までしみ渡て、筋肉も震へるまでに覚へた。（巌谷漣『初紅葉』第十一、明二二・四）

若しお千代をして爰に二年の春秋を積み生殖器の発育せる処女ならしめなば心を悩すべき

想像を描き初(そ)むる第一楷級(かいきふ)とはなりしならん　（『唐松操』第八）

白独鈷(しろどつこ)入りの茶博多の狭き帯を骨盤(こつばん)に二巻まいて　（『京人形』第七）

かつて仮名垣魯文の『高橋阿伝夜刃譚』（明一二）においておそらくはじめてこころみられた手法、すなわち、悪の遍歴をかさねた主人公の最期に「細密に解剖検査されしに脳漿(なうみそ)幷びに脂(あぶら)骨多く情欲深きも知られしとぞ」という一節（引用は『新編明治毒婦伝』明二〇・一一再版による）を忘れずにつけくわえたセンセーショナリズムに遠い起源をもつこうした事態は、十年足らずのうちに魯文が想像もしなかった進展をとげ、作中人物たちが作者の無作法な「解剖」の手からのがれることはきわめてむつかしくなっていた。

欧米ノ小説ハ之ニ反シ専ラ美術的ヲ主トシ人情ヲ説クモ傍ラ地理天文生理理化学等ヲ事ニ託シテ之ヲ説ク故ニ其教育ニ与リテ大ニ功アル所以也日本小説ノ害ヲ変シテ利トナス只欧米ノ小説ニ傚（傍［ママ］フ新案ヲ交ルニアルノミ　（飯塚弥太郎「小説ノ利害」『穎才新誌』第五二九号、明二〇・八）

といった要求はまずはじゅうぶんに満たされたかにみえ、逆に、小説と科学例へば社会学若くは心理学の如きものとは其材料は均しく是社会なり人性なりと雖ども資て之を使用する目的に至ては二者全く相反し小説には科学の外別に小説固有の範囲ありて其中一歩も科学の闖入を許さゞるべし（「科学の文学に及ぼせる勢力」『哲学会雑誌』第三二号、明二二・一〇）

といった、「科学」にたいする「文学」の自律の叫びも、守勢にまわったものの弱音じみてきこえるほかなかった。当時、いまだ文学は科学にたいしてみっともないほどに従順であったし、そして、そうであることにおいてみずからを新しく創りだそうとしていた。たんに知識としての科学が読者の目さきをかえるために動員されただけでも、作品世界のリアリティの保証が科学に要請されただけでもなく、科学に侵されることで文学そのものが深いところで変わろうとしていたのである。

そうした事態に棹さした作者のひとりは、みずからの採用した戦略についてつぎのように誇らしげに語っている。

さても小説家ほど六〔むつ〕かしきものはなし目に見ぬ物、耳に聴かぬ声、鼻に嗅がぬ匂ひ、口に味はさぬ味ひを視るがごと、聴くがごと、嗅ぐがごと、味はふがごとくよりも今猶ほ微妙に書顕はして人の感情に訴へずてはならず美術の真に入らんとするには五官のはたらきに知らざる感情といふ無形の強者を虜にして解剖せずしてはなるまじ技芸士などいへる其の道の博士ならざらんには容易く美術の真域に入るを得べけんやこれを思へば世の中に小説の改良家とならんは避くべき業になん（南翠『新粧之佳人』自序）

「小説の改良家」を自任するかれの狙いは、作中人物たちの「五官のはたらき」や「感情」を読者にさながら感じさせること、さらには、読者をしてそうあらしめるために、自己の作品を通して読者の文学表現にたいする感受性を訓育していくことにあった。「心中を解剖して臓腑を洗ツて見」る（可愛楼晴雪「人心の解剖」其二、『読売新聞』明一八・一〇・六）、すなわち、読者の前で作中人物たちの身体を生きたままで解剖してみせることが、さしあたっての手段として選ばれていた。

エメルソン氏曰く「人はたゞ人を画き、人を作り、人を思ふ」と実に然り、而して彼の小説家なるものは、殊に其の甚敷ものなり。彼れ人の顔色を見る、恰も博物学士の精細冷淡なる眼孔を以てし、彼れ人情を察する、恰も解剖学士の周到寧静なる観察を以てす、其の穿ち得て、人を驚かし、人を喜はする決して怪むに足らず（徳富蘇峰「近来流行の政治小説を評す」『国民之友』第六号、明二〇・七）

肉眼では見ることのできない身体の内部をのぞくことと、「五官のはたらきに知らざる感情」を了解することのあいだには、ある実体的な関連がある。

心腹を洞観すべき顕微鏡　（『緑蓑談』第九回）

他目(よそめ)には無心に見ゆれども肉を剖(ひら)き心肝を出して之を写真せんには森羅万象限りなき妄想(まうざう)中の多数を制すは情慾といふ物なるべし　（同第十一回）

卿の精神を解剖するに苦しんで居るのです　（『新粧之佳人』第十九回）

恋の初期は只「あひたい／＼」と思ふばかりだと云ふ事を、心臓(しんぞう)の解剖から会得しました（思案「妹背貝」其二、『文庫』二六号、明二二・九）

お梅さんは「イヴアンホフ」を読でお出(いで)かスコットは実に英雄豪傑を写す事が上手です中々何(ど)うして甘(うま)いものだ併(しか)し女を写す事はまたリットンに遠く及ばない今読で居る「マルトラパース(ママ)」なぞは実に不思議です丁度顕微鏡で脳髄(のうずゐ)の作用(はたらき)を見るやうなものだ何うして此のLove(ラヴ)といふ事が鳥渡(ちよつと)分かるやうで一番分らない問題ですテ　（南翠『雛黄鸝』第十六回、明二一・一）

若い男女の無遠慮なる話し程解(わけ)のなきものぞなき此(こ)れでも心の裡を見る顕微鏡のあるならば如何なる機械の運転にて箇様な詞の反響を生ずるやを探究し得らるべし道人は幸ひにして此の貴重なる顕微鏡を所持致せば今道人の見得る限りを写し出してお目に掛んか余り見苦しく尾籠なる事のみなれば依然(やはり)人々の推測にお任せ申した方が便利にして且つ高尚なるべしと思考仕つるなり　（南翠外史刪潤・彩幻道人戯著『社会現象うつし絵』第四番、明二一・五）

今試みに玉枝子の脳髄(なうずい)を解剖せんに玉枝子の脳髄は愛慕と想像の分子より成たり　（『大和撫子』第二十二回）

石部氏は此美人を見て果して如何(いか)やうに感じたるや放蕩遊冶(のらくら)ものは此レディに出逢ひて不知何等(しらずなにとう)の感情をば生ぜし書生職人官員学者さては新聞記者商人(あきうど)学者其外小児でも婦人達でも又は乞食までが所感はあるべしそれを一々に解剖して記さば或は春永(はるなが)の眠気ざまし多少のお慰にならうかもしれぬされば次号よりは手当次第におのれの拙筆の及ぶ限り件(くだん)のおひいさまを見たる折の諸人の感情(はらのうち)を写して見るべし　（『美人の面影』発端）

「顕微鏡で脳髄の作用を見」ればそこには「Love」が見え、「心臓」をのぞくとうごめく「情慾」が発見されるのであり、つまり、「解剖」することは「感情を写」すことと同義であった。

したがって、身体の内部を表現しようとする情熱をかきたてていたのは、諸科学のうち、生理学というよりむしろ生理学のうえに立った心理学のほうである。作中人物の感情や感覚が身体現象としてひとまず客体化されているわけだ。

実に傑作です余しは近来彼な小説〔逍遥の「細君」〕は見ません殊に心理を説くうちに見識と発明とがあツてベインの心理書を顧問にして書た比では有りません（南翠『万春楽』上巻第七回、『こぼれまつ葉』明二三・七）

と作中人物に語らせてもい、

彼の浅沼精一郎は、自ら信じて自ら説たる、心身連関の原則に依り、今は其身に失望の、敢果なき色を著はしけり。（南翠「心中」第三、『当世俳優修行・慈善・心中』明二三・八）

ともあることから、そうしたことは窺えるはずである。すなわち、「それ稗官者流は心理学者のごとし宜しく心理学の道理に基づき其人物をば仮作るべきなり」（『小説神髄』）との周知の宣言は、たんに、

所謂アツソシエイシヨン〔連感〕といふ心の作用で。（『書生気質』第八回、明一八・九）

母の事が胸に浮かめば、思想の連絡、父の事も跡から直（すぐ）に浮かんで来て（美妙「骨ハ独逸肉ハ美妙 花の茨、茨の花」『夏木立』）

思ふまい〳〵と思ふ傍（かたはら）から直に矢ツぱり思ひ出す、なぜなれば、思ふまいと思へば「何を」と云ふ問いが出て来る、其「何を」の問に対して、兄、波之助、お米、お咲と云ふ連感が胸に浮んでくる。（『お八重』第十回）

どうして世間にからうも似た者があるだらうか？……と考へますとアラ不思議（ふしぎ）……妙に此女がこひしく慕はしくなツて来ます。偖（さて）も不思議なは心理学で云ふ思想の連絡でせう？（『乙女心』第二回）

など、心的内容の連合心理学的説明として結実しただけではなく、「心理学者も唱へます通り人の心と體とは密接の関係で御座ります」（松屋主人「西洋家の御医者様に申す」『読売新聞』明二〇・四・八）といわれるように、ベインらを中心に当時移入された心理学がおおむね心理生理説の考えかたに立つものであったことから、さきに列挙したように、表現のうちに作中人物の身体を性懲りもなく露出させることになったのだと考えられる。「生理心学者（サイコフヒジヲロジスト）は霊を解剖せんとせり、惣（すべ）ての理学者は惣ての無形物を有形にせんとせり」（「満目漠々、日本社界の一大弊源。」

『女学雑誌』第一五八号社説、明二二・四)。

2

その著『精神と道徳の科学』第一部(Alexander Bain, *Mental and Moral Science*, pt. I, 1868.)の冒頭、「心意ノ定義及ビ区別」を扱った箇所で、精神と身体の関係についてつぎのようにベインはのべていた。

(五)主観ト客観(心意ト物質)トハ、最モ大ニ反対スル経験ナレドモ、心意ト有形機関[a definite Material organism——原著第三版〔一八七二〕、以下同じ]トハ、自然ニ相関繫スルナリ。(略)凡ソ各自ノ心意ハ只自身ニテ直接ニ之ヲ知ルヲ得ベシ。然レドモ他人ノ心意ニ至リテハ、唯有形ノ機関ニ由リテ、之ヲ知ルヲ得ルナリ。

心意ノ作用ニ関係スル有形機関ハ、第一脳及神経、第二動作ノ機関即チ筋、第三覚官ノ機関、第四栄養管、肺臓、心臓等ヲ含有スル臓腑是レナリ。而シテ就中関繫ノ最大親密ナルハ、脳及神経ナリトス。(松島剛・田中登作・佐藤亀世・橋本武合訳『心理全書』巻一「緒論」第一章、明一九・四。ただし翻訳原本は一八八四年版)

精神と身体との二元的対立を前提としつつも、両者を神経細胞レベルにおいて、知力までをふくめ全面的にむすびつけようとするのがかれの心理学である。『心理全書』では右にあげた規定をうけてさらに「神経系、及其官能〔functions〕」について簡潔な説明がなされ、本論第一編「動作、覚官〔Sense〕、及本性〔Instinct〕」における、

感覚〔Sensation〕ノ定義ヲ下シテ、身躰ノ局部ニ外物ノ作用スルヨリ生ズル心意上ノ印象、或ハ感応〔feeling〕、又ハ意識ノ状態ナリトス

といった叙述へと進んでいく。

「感覚」は「身躰ノ機関ニ随テ」「五官」と「有機感覚〔Organic Sensations〕」とに分類される。「有機感覚」とは「体内ノ諸機関及ビ其組織中ニ存在スル感覚」を指し（麻生繁雄編『倍因氏心理新説釈義』明一六・七）、さらに「筋ノ有機感応」・「神経ノ有機感覚」・「循環及栄養ノ有機感応」・「呼吸ノ感応」・「寒熱ノ感応」・「栄養管ノ感覚」とに下位分類されていた。

こうして身体から心への通路を開けたベインは、反対に心から身体へと引き返すみちのりをつぎのように説明する。

心意ト身體トノ合一ナルコトハ、殊ニ感応ノ表現スル所ニ於テ之ヲ見ルナリ。

感応ハ、多ク身體上ニ伴生ノ変化［characteristic bodily accompaniments］ヲ現ハスコトハ、古ヨリ世人ノ最モ熟知スル所ナリ。喜悦、悲痛、畏怖、憤怒、傲慢ノ如キハ、各々身體上ニ其特象ヲ表ハス、是レ古今何ノ世代ニ於テモ、東西何ノ国民ニ在リテモ、同様ナリトス、故ニ或ハ之ヲ自然ノ言語［natural language］ト称スル者アリ。以テ心意ト身體トハ初メヨリ一定ノ関繫アルヲ知ルベシ。（『心理全書』巻一第一編第四章「本性」、「初メ起ル感応ノ表現」の項）

「自然ノ言語」として挙がっているのは「顔面及容姿」・「音声ト呼吸筋」・「全身ノ筋」・「機関」の四種であり、このうち「機関」はさらに「涙腺及涙囊」・「生殖機」・「消化機」・「皮膚」・「心臓」・「乳腺」に分けられる。

心臓［*Heart*］。心臓ノ作用ハ、心意ノ状態ニ依リテ変更スルコト、猶ホ身體ノ健康ニ依リテ変更スルガゴトシ。或ハ感応ニ由リテ、心臓作用ヲ刺擊シ、以テ其勢力ヲ増加スルコトアリ、或ハ苦痛、恐愕、及欝悶ノ為メニ幾分カ其作用ヲ衰微セシムルコトアリ。（同）

もっとも、急いでつけくわえるなら、このときベインはかならずしも「苦痛」という「心意」が原因となって「心臓ノ作用」の「衰微」という結果がもたらされる、といった退屈な二元論を繰り返していたわけではない。

［心身の関係は］直接ニ心神ヨリ肉体ニ、肉体ヨリ心神ニ及ホスカ如ク単純ナル者ニアラス、心身二方ノ現象ニ因リテ心身二方ノ現象ヲ生シ、終始連合契盟スルコト曾テ相渝エス（森本確也・谷本富訳注『心身相関之理』［A. Bain, *Mind and Body : The Theories of Their Relation*, 1883.］第六章「心身ノ結際如何」、明二〇・一二）

つまり、「心身両者ハ宛［あたか］モ分ツヘカラサル双孖［ふたご］ノ如」く、「凡ソ心神的事実ハ同時ニ身体的事実ナリ」（同）とするベインの心理学においては、「苦痛」と「心臓ノ作用」の「衰微」とは、元来「一物ニシテ形体的、心神的ノ二性二面ヲ幷有スル者」（同第七章「精神ニ係ル学説ノ沿革」）ととらえられるのである。ベインの心理学の面目は、西洋中世哲学以来の心身二元論と近代科学の唯物論の折り合いをつけようとした「折衷唯物論」にあった（同、訳者序言）。

「ベインの心理書を顧問」（南翠）にするとは、こうした心身関係についての説明を受け入れ、それに依拠するということである。南翠の発言が具体的にどの作品を指したものであるかは不明だが、特定する必要もあるまい。[*3] ベインはすでに揶揄のひきあいに出されるほどに有名であった。

すでに人間に自尊の情があるからは嫉妬の心もかならず有るのは分解り切ツた処の事実で何もベインやサレーの門に干魚を捧げるにも及びません（美妙「さすがに双紙」第一篇、『女学雑誌』第一一六号、明二一・六）

今の小説家はみんな聴取傍問でべいんの修辞書を一冊読むと忽ち文学者になつた心持で詩人と小説家の名を覚えて無暗にみるとん、すこつとなんぞと云ふは馬鹿な話だ。鈴の屋も其党派で何でも彼でもさかれいだのぢツけんすだのと云ふが、どうでせうあの男の小説は。視神経が右に注いだとか、眼をぱち〳〵するとか、それより外に能なしだからね（藤菴主人〔内田魯庵〕「当世文学通」『都の花』第四巻第一七号、明二二・六）

吾輩などは（略）心を英学に傾くること既に拾有余年（略）リツトンヂツケンスの小説などを、眠れぬ夜の伽とし、ベイン、サレイの心理学を教授の間のくさびの慰みに読むといふ訳サ、小説は八犬伝か梅暦を以て最上のものと想ひ、泰西の事は、西洋事情か輿地誌略で知るといふやうな浅薄極まる怠惰書生や放蕩息子とは頗る訳が違ふ、イナ、非常に「ヂスタンス」がある（『ありのまゝ』第六章二）

ベインと並称されるサリーからも、同様に二元論に色目をつかいながら合一を説くたぐいの心身論を聴くことができた。

心と物質とはまったく正反対の関係にあることを肝に銘じておかなくてはならないけれども、同時に両者の密接な関係も考えにいれておく必要がある。人間は身体組織と心とから成っている。人格や「自我 self」は、物質の枠組みと結び付いているか、さもなくば、そのなかに血肉化されているものである。心的プロセスとか心の働きとかは、すべて神経組織の活動と結び付けられる。最も抽象的な思考に際してさえ、脳の中枢におけるなんらかの活動を伴うものである。したがって、精神と物質、霊的なものと肉体に属するものとをごっちゃにしないように気を付けながら、まるでそれらが同じ種類のもの of the same kind（同質のもの homogeneous）であるかのようにみなさねばならない。心を取り扱うに際しては肉体を排除することができないのである。心について考えようとするときには、つねに、生きている機関、なかんずく神経組織の活動にともなうものとして、そして、なんらかの説明しがたい経路によってそれに関係づけられたものとして考察されねばならない。

（James Sully, *Outlines of Psychology*, chap. I, 1884.）

おおくの作者たちに作中人物の無遠慮な生体解剖を試みさせる一方で、そうした表現をけっしてむきだしの生理学にとどまらないある水準の表現——作中人物の感覚や心理の表出としても読みとらせるように読者をしむける、というかつて存在しなかった場を成立させたのは、ベインを代表とする心身関係の心理学である。作者のうちのある者がベインの心理学によって教育されたり、また他の者がベインを読む濃密な時間をもったといった事実からそうしたことがくまなく立証されるというのではなく、生後いくばくもないある種の表現に認めることのできる母斑のようなものとして、それは表現じたいのうちに刻まれてあるのだ。かりにこうした事態について知らされたとするなら、修辞学の教科書を書くほど穏当な趣味の持ち主であったベインは、おそらくみずからの心理学がはるか極東の地においてとんでもないやり方で応用されているのを嘆いてみせたかもしれぬが、かれにもまんざら責任がないわけではなかった。みずからの心理学がいかに芸術に有効であるかということをかれは語ってしまっていたのであるから。

蓋シ吾人カ他人ノ内心及ヒ性質如何ヲ推量スルコトヲ得ル所以ハ畢竟右ニ述ヘタル如キ心神上ノ感覚ト身体上ノ表現ノ間ニ一定不変ノ連繫アルヲ以テナリ、看ヨ、喜怒、愛憎及ヒ怨恨、苦痛ノ情ヲ抱クトキハ其人故意ニ隠匿スルニアラサルヨリハ能ク其状貌ヲ望ンテ以テ其心情如何ヲ洞見スルヲ得ルノミナラス時トシテハ其感覚ノ強弱ヲモ推量スルヲ得ヘシ

（略）

夫レ然リ、人木石ニ非ス、人類各般ノ作行ニ於ケル種々ノ情貌ヲ推シテ各々其内心ノ表証

トシ之ヲ見ルトキハ大ニ人ヲシテ感動セシムルニ足ルモノアルヨリ、文明国ノ美術ハ夙［つと］ニ此理ヲ利用シ、画工、彫刻家及ヒ詩人ハ皆人ノ感覚ヲ表スルニ各々一定ノ反応ヲ以テセリ、蓋シ斯［かく］ノ如ク有形ノ状貌ト無形ノ心情ト相連絡スルハ啻［ただ］ニ卑俗ナル感情ニ於キテノミ然ルニアラス、総シテ人類情動中ノ高貴神聖ナル者ニモ各々厳然動カスヘカラサル態度行為アリテ之ヲ表現セリ、特ニ中世ノ美術的観念ニ於キテハ無形霊魂ノ神聖ヲ示スニ毎［イツ］モ其対影ヲ有形ノ身體ニ取レリ、例之［たとえ］ハ致命者、聖人、聖母、救世主ノ幸栄威厳ヲ示スニ其斬殺セラル、時ノ行為動作ヲ以テスルカ如シ、要スルニ吾人々類ノ感覚情動ハ独リ孤立シタル精神的ノモノニアラス而［し］カモ各々肉體上ニ発表スルコトハ汎［あまね］ク人類一般ノ証スル所トス
（『心身相関之理』第二章「心身ノ連合」）

こうして、ベインらの心身合一の心理学は、「無形ノ心情」を、それと一体のものとしてあり、またそうあらねばならぬ「有形ノ身体」によって表現しようとする修辞学に姿を変えて、テクストに無邪気な荒療治を施す。そこでは、作中人物たちの表情やしぐさをとらえようとする視線と執拗にその身体内部へ向かおうとする視線とがまったく同じ資格で共存している。「相貌の精神を代表する」（『新粧之佳人』第五回）ように、身体はべったりと精神と結び付いている。「お米嬢の頬はパット時ならぬ立田の紅葉、「女性（じょしょう）の頬はあらゆる感情の徴候（しるし）」、ハテ西

洋人よく言ッた」(『お八重』第七回)。われわれの作者たちは顔つきを描写するように感覚器官や臓器やらを暴いてみせる。

3

心理学という科学によってその身分を保証された心臓をはじめとする身体のことばが、「西洋風の形容」といった美名の下に強引に文学のテクストに侵入しようとしたとき、いうまでもなくそこはかならずしも無人の沃野であったわけではない。

> 六十二葉四行の(血は脈管に浪を打ッて云々)七十八葉の(心には「憐」の情「懐旧」を呼出し「懐旧」「恋」を催し云々)其他是等の言文一致的の形容は殊に際立ちて悪るし。心得へ可き事なり。評者は何も西洋風の形容を使ふを難ずるにあらねど総体の文章が通人体なるに唐突にかゝる俗物体の形容を挟む時ンば目立ちて可笑し……よき衣きたる女子のおならとか云へる物をはしなく取落せしに異ならず(思案「社幹紅葉山人著色懺悔盲評」『文庫』第二〇号、明二二・五)

かけ出しの言文一致家は無暗に妙な形容を使ひたがります、生命の無いものに手足を与へたり（則ち矢鱈と妙なPersonificationを使ふ）ヤレ心臓の土俵で考へが相撲を取ツた……抔と途方もないスベツタラフ、コロンダ流の形容を使ひたがりますが、併し段段改良して此筆のイヤミを除いたらどんなに敏捷で便利な物ができませう?在来の文章は最早昼間の行燈……ドロンと消えて仕舞ませう（同「言文一致に付いて」『読売新聞』明二二・三・三一）

「在来の」いいかたでいえばいいのに、あえて気取った「言文一致的形容」を採用すると、文体をぶち壊したり、「イヤミ」なものにしてしまう。新しいことばが侵入しようとしたところには、れっきとした先住民がその存在を主張していたのである。科学が用いることばによって身体をテクストに持ち込むことは、ひょっとすると、「文彩 A Figure of Speech とは、よりおおきな効果をあげるために、普通の平明ないいまわしから逸脱すること deviation である」（A. Bain, *English Composition and Rhetoric*, 4th. ed., 1877.）とする西洋修辞学の最初のページに書かれている定義を鵜呑みにして、擬人法をはじめ、読者の失笑を買う表現のアクロバットを手当たり次第に競い合っていただけなのかもしれない。古典的な西洋の修辞学を連合心理学によって説明したベインの修辞学からは、心臓にまつわる文彩をみつけることができないが、それらがあえて規範から逸脱した、もってまわったいいまわしととられていたことはまず間違いない。

あえて心臓の鼓動などといわなくてもふつうは胸ということばでじゅうぶん用は足りたよう

にみえる。

相手ノ諸子ハ皆胸裏悸々タル如キ色アリ　（川島忠之助訳『新説八十日間世界一周』前編第三回、明一一・六）

危難切迫ナリ委細後ヨリト読下セバ聴キ居シ士女ハ胸中悸々（ドキゝゝ）トシテ孰（いず）レモ恐怖ノ顔色ヲナシ　（『虚無党退治奇談』第三回）

胸（むね）はドキ〱頭はヂン〱。目はマジ〱。心（こゝろ）はドギマギ耳はガン〱。（嵯峨の屋『守銭奴之胆』第四回、明二〇・一）

胸（むね）は酷（はげ）しくドキドキドキした。（「ふくさづゝみ」第一回）

震え乍（なが）らドキ〱する胸（むね）を鎮めて　（『露子姫』第五回）

聞くよりお金（きん）は胸（むね）轟き掩（おほ）ひかねたる紅の花散かゝる顔色は包むもならぬ洋服の手暖布（マツフ）を顔に押当て　（『雛黄鸝』第四回）

「若しまた無礼を加へたらモウその時は破れかぶれ」ト思へば荐（しき）りに胸が浪だつ。（二葉

亭四迷『浮雲』第十回、明二二・二）

夫の素振に胸ギックリ（逍遥「細君」第四回、『国民之友』第三七号、明二二・一）

さては縁結びに濱田と書いたはそれであつたかと胸は躍つて、それで黒の羽織と云のはと思切つて尋ねると（緑雨「油地獄」十二、『油地獄』）

取次いで貰ふ間も胸わく〲。（同「犬蓼」『油地獄』）

手は顫ひ胸騒ぎ、飲めど喰へど味は知れざりき（紅葉『此ぬし』三、明二三・九）

聞くまゝに上気して胸はわく〲。（美妙『嫁入り支度に教師三昧』第五、明二三・一〇）

あるいは、胸の鼓動などとしてもよく、

兎角する程に対面の機もはや迫りぬ此を思ひ彼を思へばいとゞ動気の胸に迫りて心弥々安からず、果は物悲しくなりて（関直彦『春鶯囀』第一編、明一七・三）

両人は胸中悸然として心安からず（『通俗八十日間世界一周』第二十九回）

胸の動悸はあわてゝ跳出す（「花の茨、茨の花」）

偖は臨終の時なる歟と悸々たる胸を押鎮めて静に枕元にじり寄りて見るに今や生死の境と見えたり余は此時動気は著るしく高まり胸には氷の張詰たる如く息も絶ゆる斗りにて我自ら死ぬかと覚えながら（『無味気』）

暫くして近づく足音。響につれて。胸の動気三つ四つ二つ…………。（眉山「黄菊白菊」第一、『我楽多文庫』第一四号、明二二・一）

見る間に錦蔵の顔色は熱くなツて、胸の皷動は錦蔵の心を宇中天外に飛ばせてゐる（『露子姫』第七回）

想ひ見る此時お米嬢の胸の動気、もしも下手な医者をして診察せしめば、心臓病では——などと思ふ程もあらん歟、サア何を言ツていゝのやら、何をしていゝのやら、お米嬢は殆ど分らない、只此瞬間だけ坐をはづして、ホツト一息ついて、こたへ〳〵し汗を一度に拭ひ度い、胸の皷動を納めたい、さりとてあちらへ行きたいかと問へば、さうぢやない、何時迄も此坐敷に坐ツてをりたい、ハテ妙なもの、乙女心の真味を知らぬ人、嘸や笑ひ玉はん。（『お八重』第七回）

余か胸の動悸は休む時なく呼吸さへも塞るへき心地せり（『浮城物語』第二十回）

余は吾が胸の搏動も亦た均しく止まらむと欲するを覚えぬ。（思軒「死刑前の六時間」二十一、『ユーゴー小品』明三一・六）

さらに、動悸だけで済ませる手もあった。

驚駭と恐怖にせはしき芳野の動気（紅葉『二人比丘尼色懺悔』怨言の巻、明二二・四）

お梅はまた更に動気がするを顔の色にも現さじと念じて堪へる苦しさ（篁村「藪椿」第十五回、『むら竹』第四巻、明二二・八）

那程驚いたか知れません未だ此通り動悸がして居ります（『唐松操』第六）

余は此報知を聞くや否や動悸、俄に高まり来て上頤下頤卅二根の歯、ガチ〳〵と打合ひ始めたり（『浮城物語』第五十六回）

「あら儂のではお厭なの」、まぎれもない小歌の声で、其れを聞くと貞之進は一際激しい動気がして、居ずまひを改め片腕組んで、煙草を新しく吸つけて居た。（「油地獄」七）

総身の血は一時に顔へのぼりて。はげしき動気(どうき)に息を内へ吸ひながら頭(かしら)はぶる〳〵とふるへ（露伴「一刹那」一の上、『葉末集』明二三・六）

男は志保子の胸一撫で、「大そうな動悸(どうき)だね。」「御よしなさいよ、往来で。」（『教師三昧』第五）

また、心臓の鼓動はいただけないが、かといって、胸ですますのはありきたりだというむきには、

余の臥牀のすこし上に、二個の鮮血したゝり流るゝ心臓を一条の箭〔や〕もて貫きたるを、描きて、其の上に「生を欲す」と記したる者あり。（略）又た「余はマヂアスドンヴヰンジヤツクを愛す」と題して、方〔ま〕さに燃えつゝある心を描きたる者あり。（「死刑前の六時間」十二）

のごとく、心臓を心とやわらげて、

彼(か)の少娘(せうらう)が人形を愛するを見よ、固(もと)より之を大切にし、之を保護して余念なきなり、然れども、此れ未だ一点の敬意を存し得ざるの愛なるが故に、彼等は之に依て少(いさ)さかも高尚に

進むことなく、亦之に依て全心を鼓動するの愛を受けたることなし　（「理想の佳人（第五）。文明国民の理想」『女学雑誌』第一〇八号、明二一・五）

などとすることもできた。

氏ノ如キ外貌冷然タル皮膚ノ裏ニモ能ク人心ノ包蔵セラレテ悸然タルアリヤ　（『新説八十日間世界一周』第十一回）

噫と許りに顔色変じ心轟くを知るやしらずや　（服部誠一『世界進歩第二十世紀』第八回、明一九・六）

偶然の邂逅に於て秀絶美絶なる容姿を見て恋々の情に堪へず心の動悸の治まらざるに（「朧月夜」第十一回）

心頻りと鼓動して立ては見たり、坐つては見　（『春の夕くれ』第九葉、明二三・五）

阿利の心の高き鼓動燃ゆるが如き顔の餤熱押ふる毎にいや高く拭ふ毎にいや熱く堪へぬ苦悩を楽しめるの外ぞなき　（南翠「新編破魔弓」『国民小説』明二三・一〇）

むろん、やや古色を帯びているが、心の臓といってもいい。

桶を担ふた人に連れられてリップがこの異人の群に近寄つた時に、渠等(かれら)は遊びを廃(や)めて此方(こちら)を見ました。その気抜けのした、そしてむかし一目で人を殺したといふ竜の『バジリスク』の様な目と、粗笨(そほん)な光沢(つや)のない顔付きを見たリップは心(しん)の臓が胸の中で顚倒(ひつくりか)へつて、膝は緊(しま)りがなくなりました。（鷗外訳「新世界の浦島」第四稿、『少年園』第二巻第十六号、明二二・六）

けっきょく、ことばづかいのきまりらしきものを想定するのも困難なほど、ことばは気ままに用いられている。その極端な例にいたっては、

用意ノ懐剣ニテ我レト我ガ心(ムネ)ヲ刺シ洞(トオ)シタリ　（『虚無党退治奇談』第二十六回）

君が優しき心(むね)の鼓動(こどう)を感じたりし時　（『京人形』第一）

余が這個(このひと)に対する怨悪極て深きにも拘らず渠の声を聞く毎に余の心(むね)の自ら鼓動するを免れざりき　（『懐旧』第三十八回）

母親と顔を見合はせ、心臓(むね)裂けたりと思ふほどはツとして、上らむともせで框(かまち)の前に佇(たゝず)め

ば　（紅葉「むき玉子」十七、『二人女』明二五・二）

など、ムネ・ココロ・シンゾウというそれぞれのことばの差異をかろやかに無視しさえする。ことばは範列のうちにあることをさらけ出してはいるが、ではなぜ、そこからひとつを選ぶのかはあいまいなままである。表現のうちに科学の身体を露出させることは、たんに無作法なばかりでなく、表現の根拠をねこそぎにしてしまいかねないことによって、二重にスキャンダラスなのである。

ことばにそうした無法を許したのは、心臓・心の臓・心はいずれも人体の胸部にある同じ臓器を指すという見方、すなわち、ことばは客体である対象を指し示すとする指示対象説が身体の科学によって格段に補強された場の出現である。明けの明星も宵の明星もともに金星であるというわけだ。

名とは、まずもって「それについて話すことができるようにするために、あるものに取り付けられた標識 mark」である。（A. Bain, *Logic*, pt. I, 1879.）

名詞ハ文章中ノ主本タル者ニシテ、（略）凡指シテ以名クベキ者、皆之ヲ名詞ト云フ　（中根淑『日本文典』上巻「言語論」、明九・三版権免許）

ここからは、心臓ということばの使用はためにする無用の逸脱でしかないといういいがかりと、それに対し、胸の動悸といおうが心臓の鼓動といおうが同じじゃないかという反駁といった、まったく正反対の言い分がそれぞれ平等に根拠を手に入れることができる。だから、心臓ということばの侵入を本気でくい止めたいのなら、無謀にも科学に無効を宣告するのでなければ、指示対象の問題をひとまず措いて、ことばの「外衍」ではなく「内包」を衝くしかない。

名辞ニハ大抵二重ノ意義ヲ具フ其広（ウヰヅス）即外衍（デノーテーション）ト其深（デプス）即内包（コンノーテーション）トノ二重ナリ
外衍ノ意義トハ唯其指ス所ノ物ヲ云ヒ内包ノ意義トハ其物ノ具ヘタル性質ヲ云フナリ
（菊池大麓『論理略説』巻上、明治一五・一二）

では、心臓の内包とはいったいどのようなものか。

心（しん）臓は血を運行（めぐらす）するの器械（だうぐ）にして胸の内にありて一身の主（つかさ）なり　（馬場吉人『人體問答』明九・一二）

胸の内ニアリテ血液循環ニハ最モ大切ナル器　（松山誠二『音引生理訳語集』明一三・七）

心臓（しんぞふ）と云へる器械（うつわ）に由りて血を総身に輸（おく）り出す　（江馬春熙『訓解普通生理学』明一七・一）

耳が「音声ヲ聞クコトヲ主(ツカサ)ドル器械(キカイ)」とされ（小林義則『小学人体部分問答』明九・九）、神経が「タマシイヲカヨハシイト」（鹿野至良『初学人身究理字引』明一三・一二）あるいは「運動及感覚ヲ司ドル道具(ダウグ)」（『音引生理訳語集』）とされるように、心臓とは端的に「器械(キカイ)」であり、より正確には二つのシリンダーを持つポンプであった。

（問）血行器とは何々を云ひ且つ如何なる働きをなすものなるや
（答）心臓。動脈。静脈等を重(おも)なる血行器とし此者等は身躰中に血を持運ふものなり
（問）其構造の概略は如何
（答）其構造(つくり)は固(もと)より復雑なれども一般の理より之を云へば恰も噴水器(ぽんぷ)の如き者二つありて一は其ゴム管より身躰中の悪血を持来りて之を他の噴水器に入れ他の噴水器は之を清浄にして又身躰中にまわす者なり今心臓より記さん」［ママ］心臓　左右二ツの肉袋(ぶくろ)より出来左右の袋は又各上下の二房よりなる　（谷口吉太郎『通俗病理問答』明二二・八）

したがって、動悸とはポンプの運転に際しての音にすぎない。

彼の動悸とて胸にてドキ〱するは即ち心臓の左の下房の縮で血をはじき出す時胸にあたりて出る音にて脈とて手などにてヒク〱するは心臓よりはじき出さる丶血の流れ来るな

り（同）

なんともそっけない単純明解さではあるが、こうしたとらえ方をくつがえすのは、だからといってじつはそれほど容易ではない。

現今ニ於テハ心臓ニハ純然タル器械ノ運営ノミアルコトヲ記載スルニ至レリ此説モ亦古人ノ説［「心ハ精神ノ舎ル処」という考え方］ト同ジク妥当ナラズ何トナレバ是レ唯〻僅ニ此器ノ一斑ヲ弁明スルノミナリ蓋シ心臓ハ単一ナル器械ニ非ズ其動力ハ外ヨリ来ラズ人身体内ニ舎［やど］レリ其他心臓ハ自家ノ費損ヲ補復シ自家ノ運営ヲ滑利シ且ツ全身諸般ノ景況ニ応シテ其動力ヲ変換スルノ能アリ故ニ心臓ノ抽水機ト異ナルコト猶ホ胃ハ鍋釜ト殊ニシテ眼ハ眼鏡ト異ナルガ如シ　（坪井為春・小林義直訳『弗氏生理書』巻之三、明一四・三）

これでは単純な道具ではないというだけであり、たいへんよくできた器械には違いないのである。精神の領域からいったん追い立てをくらった心臓の行く先はどうみても物質である器械の方でしかない。

心（しん／ハート）　心ハ神（タマシヒ）を蔵（ヲサ）むるを主（ツカサ）どる生の本（モト）。神の変なり　（河村貞山『単語国字解』初篇巻上、明六）

古来精神ヲ表示スルニ種々ノ語ヲ用ユ（略）第二ハ心臓 Heart ナル語ナリ蓋シ生気旺盛ナルトキハ心悸モ亦亢進スルヲ見テ精神ハ全ク血液ト同物ナリト認識スルニ由ル（『心身相関之理』第七章）

心臓ハ心念作用ノ主府ナリトノ説如何、
古人ハ心臓ヲ以テ愛情ノ主府ナリトシ、潔白善良ノ情並ニ邪悪ノ念モ、亦皆此中ニ存スルモノナリトセリ、此余習ハ今モ猶ホ通常ノ用語ニシテ、悪念ヲ去ルヲ善心ニ復スト云ヒ、其他悪心赤心ナド云ヘルガ如キハ、皆心念ノ作用ヲ心臓ニ帰シタルモノニ他ナラズ、然レドモ是レ皆古来科学ノ未ダ開ケザリシ頃ノ誤解ニシテ、今日ニ至リテハ心念作用ヲ以テ、全ク脳髄ノ働ニヨルモノトシ、復心臓ヲ以テ心念ノ主府トナスモノナシ（『生理学問答』明三〇・五、再版）

人間とはつまるところ「物體」であり、
○人ハ地球上ニ於テハ如何ナル物體ナルヤ
□地球上動物中ノ霊長ニシテ直立歩行スルモノナリ（上田文齋『正校小学人體問答』明八・一二、『日本教科書大系 近代編』第二二巻）

人トハ何ソヤ體格機関是レノミ體格機関ハ凡ソ心中ノ現象ノ由リテ出ル所ナリ　（中江兆民『理学鉤玄』第三巻第六章、明一九・六）

からだと云ふものは恰好道具器械の様なもので人間の拵へる物よりは宜しいが人間の拵へた道具でも器械が能く整ツて十分に好く出きて居る道具程損じ易いものはありません器械の能く出きて居ること此上もなき我からだの持方を不規則にすれば洵に損じ易いです
（加藤弘之「からだの持方」『女学雑誌』第一〇一号、明二一・三）

せいぜいのところ、思考する物体である。

問　人ハ如何ナル物ナルヤ
答　人ハ地球上ノ動物ニシテ最霊敏ナル知識ヲ具ヘ直立歩行スルモノナリ　（中里亮『小学人體問答』明九・九版権免許、日本教科書大系）

思考を担うのはもちろん、かつて「頭ハ一身の尊。百骸の長」（『単語国字解』）とされていた頭の中に納められている脳である。

頭は神霊を舎し人の主宰覚悟動作を主る所なり　（『人體問答』）

心臓は頭と入れ代わって「一身の主」になりさがった。しかもそれは、「ココロノママニナル肉」である「随意筋」(『音引生理訳語集』)より成るのではなく、たちの悪いことに人の意志を無視して勝手にふるまう。

> 心臓は意識の直接指揮を受けさることは諸人の熟知する所なり(小林義直訳『ハクスレー氏人身生理学』明二四・五)

心臓とは、身体として人の重要な一部でありながら、その意志を無視しつつ規則的に動いている精巧な器械である。兆民のようにいさぎよく唯物論に与するのでなければ、心臓が主宰する器械である身体と折り合いをつけていくことは、ひどくむつかしいことであるにちがいない。ベインらの心身合一論が病いは気からといったありきたりのものから区別されるのは、こうした困難な地点から発想されているからである。精神と物質とが共存することによってもたらされる居心地の悪さをかれはじゅうぶん承知していた。

> 只事ノ不可思議ナルハ一ノ有情物(人類又ハ動物)ニシテ物心両者ノ性質ヲ連帯スルコトノミ、即チ心神ノ妙力ヲ稟有セル者ハ坐ナカラ高等物質ノ稟賦ニ最富メル物体ナルヨリ、此ノ有情動物ハ宛モ二面ニ側ヲ帯ヒ、其一ヲ物体ト云ヒ、他ノ一ヲ心神ト云フヘク、且両

者元来相裏反スル者ナルニ拘ラス、斯ノ一個物（即チ人或ハ動物）ニ付着シテ相離レサルコト誠ニ奇異ニ覚エタリ、然レトモ是亦実際上ニハ敢テ怪シムヘキモノニモアラサルヘシ、如何トナレハ若シ果シテ心神ナル者存スルニ於キテハ何レニカ帰着スル所ナカルヘカラス而シテ物体ヲ離レテ存スルコトモアリ得ヘシト雖トモ、其ハ吾人ノ得テ推想シ能ハサル所ナレハ是非ナシ、左〔と〕ニ右〔かく〕実際上ヨリ之ヲ観レハ心力ハ高等ノ生力有機性ヲ有スル特殊ノ物体ト共存スルモノニシテ、鉱物其他無生物トハ共存セサル者ナリトス（『心身相関之理』第六章）

生理学の進展にうながされて登場したベインらの心身論は、精神と身体との二項対立とセットにして身体の側に比重をかけた合一論を説く。いったんきっぱりとばらばらにしておいてから、再度統一しようとするわけだ。

心理学（サイコロジー）と一口に言ツても凡俗には分解〔わか〕らない之を解釈するにまづ自（イーゴー）と他（ノンイーゴー）との区別を言はなくては叶はぬ（美妙「嘲戒小説天狗」第一回、『我楽多文庫』第一三号、明二〇・七）

4

二葉亭四迷の「めぐりあひ」につぎのような表現がみられる。

彼(あ)の男だ――と思ふと、何だか可笑(をか)しく心(こゝろ)が（hearf）むづついた。どうも見識(みしつ)てゐるやうに思はれた（「めぐりあひ」第一、『都の花』第三号、明二一・一二）

hearf は heart の誤りだろう。この箇所、のちに

「あ、彼男(あのをとこ)だ」、と思ふと、何だかこそばゆいやうな気がした。彼男だと思つたも僻目(ひがめ)ではあるまい（「奇遇」一、『かた恋』明二九・一一）

と改められるのだが、初訳でわざわざ「心（heart）」とされていることに注意したい。

いま heart を当時の英和辞典であたってみると、つぎのようになっている。

心(コヽロ)、中心(マンナカ)、心臓(シンザウ)、胆力(タンリヨク)、内意(ナイイ)（『附音図解英和字彙』第二版、明一九・七）

〔解〕心臓；心、中心、哀情、感情、胆力、勇気、性質、気力、能力、首要ノ部；心臓形

ノ物（『ウェブスター氏新刊大辞書和訳字彙』明二一・九初版、引用は明二九・一二の第二九版。なお〔解〕は解剖用語を示す）

the seat of life in animal body ／心（コヽロ）。心胸（ムネ）。衷懐（チユウカイ）。肺肝（ハイカン）。中心（チユウシン）。心臓（シンザウ）。胆力（タンリヨク）。内意（ナイイ）。（『英和双解字典』明一八・一二）

心（コヽロ）。勢ヒ（イキヲ）。中（ナカ）。心臓（シンゾウ）。／His heart beats. 彼ノ心ガ鼓動（コドウ）スル His heart went down to his heels. 彼ノ心（コヽロ）ハ踵（アト）ニ迄沈ミシ（極（ゴク）、心痛シテ居ルト云ウ意）（『大正増補和訳英辞林』明一八・一二）

heart にすんなりと心という訳語が与えられるのなら、心に heart を付す意味はない。「心(heart)」といういいまわしは、心臓という臓器と精神としての心とをあわせて示そうとする苦心の作である。*4「胸が蓐（しき）りに躍りだした」「乱雑な考へに胸を騒がして」「胸がまた躍りだした」「随分烈敷（はげしく）胸が騒いだ」など、「めぐりあひ」で胸をしばしば用いており、また、

> 自分は婦人の傍（そば）に坐してゐた、その姿があれほど数次（たびく）妄想に見えた、あれほど酷（むご）く心（こゝろ）を悩まし又気を激（あら）した、その婦人の傍に。——婦人の傍に坐してゐた、そして心臓（しんざう）を冷して無限の愁に沈んでゐた。（同第二、『都の花』第六号、明二二・一）

と、心臓ということばも承知していたことからしても、そうしたことがいえるはずである。

The breast as the seat of the affections, = heart, mind. （『和英語林集成』第三版、明一九・一〇）

むね（名）胸、心、膺、臆、こころのうち The breast; the bosom; the heart. （『漢英対照いろは辞典』明二一・五）

胸はたしかに精神の匂いがする。しかし、二元的に対立する精神と身体とをあわせ示すことはできない。心はいうまでもない。いっぽう、心臓はこころと切り放されたまじりけのない身体そのものでありすぎる。

二葉亭のこうした苦心は、しかし、その後じゅうぶんに報われたとは思われない。ポンプにすぎなかった心臓が、ポンプのままで同時にこころでもありうるようになるのに、さして時間はかからなかった。みずからの身体感覚を生きるしかない主人公たちが出現し、ポンプを自己のうちに取り込むという荒療治を、かれらの生誕以前に犯された原罪のように背負うからである。たとえば『罪と罰』（内田魯庵訳、明二五・一一〔巻之一〕、明二六・二〔巻之二〕）のラスコーリニコフ。

幼いときに「眼球を厳しく笞たれる馬を見て、堪らなく情なくなツて、心臓の鼓動激しく涙湧き立つ様」（上篇第五回）に覚えてからというもの、かれの心臓はしばしば激しく鼓動してかれを苦しめる。あの「魔窟」のような下宿の部屋で母親からの手紙を読んだかれは「其不潔な枕に首を埋め、考慮に心を没し、心臓の鼓動は激しくなツて、膳棚めきたる此小室に顚転煩悶」（同第三回）するのだし、頭のなかで例の金貸しの老婆殺害という考えがしだいに成長して、ついに時計が行動開始の六時を告げたとき、

四辺は寂として階子からは一音も来らず、全家悉く睡眠の中に包まれた様であるにも関らず、心臓の鼓動は激しく波立ツた。（上篇第六回）

此迷を払ツて一点に心を集め考慮を凝さんとしたが、心臓は高く動気して中々呼吸が急しくなツた。（同）

犯行を終えて下宿に戻り、うとうとと一夜を明かしたかれの耳に、警察からの呼び出しを告げにやってきた番人の声がドアごしに聞こえる。

『確に番人の声だ。何か用があツて来たンだ』ト耳欹てゝ起上ツた。心臓は遽に鼓動を起した。（上篇第八回）

魯庵の訳した『罪と罰』は、かれがもういちど老婆を殺す悪夢にうなされるところで終わっているのだが、夢から覚める寸前のかれを、

此処にも、彼処にも、何処にも——人は群がり、黙然として見物してゐた。心臓の動悸は高く、両足は重くなツて——渠は叫ばんとして終に眼が覚めた（下篇第二十回）

その心臓は他のだれのものでもなくラスコーリニコフという個の生きる心臓であり、それがかれを心底脅かす。肺結核に冒された身体を持つお香（柳浪『残菊』明二二・一〇）とともに、ラスコーリニコフは精神と身体との分裂のなかでもがくことのできた最初の主人公のひとりであった。

「脳髄」も「覚性」もとんと旋風の如く段々旋転し初めて、兎角に判断が纏まらず、一種奇妙な感覚が這ひずり廻ツて、自分で自分を支配する力も失くなツたから、全く新らしい事を考へ出して、其新問題にかぢり付かうとした。が、到底是は出来なかツた。（上篇第八回）

『それから』の末尾を思い起こさせるくだりであるが、ラスコーリニコフの後裔の登場はかな

らずしも代助まで待たなければならなかったわけではない。*5

噫何故か我身は今断頭台へ登るのが厭になつた。真実罪を白状するのが。厭になつた。嗚呼、実に若しも人殺しの罪が。此の世で償なへる事ならば。此の身を粉に韲いても償なひたい。叔母様斯の疲れた體軀をどうぞ。御救ひ下されまし。斯の體軀はどこまでも貴女方に救つて戴きたうござります。と無言の裡に謝言しながら。掌を合せて救命の恩人を伏し拝まんとしてハツト我に立皈へり。おのれ悪魔め。気のゆるみに付込で何処まで斯の魂を潰すかと。身を躍らせて刃物逆手に。づぶりと胸下三寸。斯所と思ふところへ。突刺して。アツと倒れる。踠きを静めて起き直ツた時の勝巳が言葉に

「あゝ。御覧の通りの態になりました。斯の潰れた心の臓を突破るだけの魂は私し持ツてをります。是れでもまだ私しは人間になれますまいか。斯の懐裡を探ツた上で。充分に御裁判を願ひまする」

と言い終ツたのが最後であツた。（二十三階堂主人〔松原岩五郎〕「心臓破裂」団円、『国民新聞』明二五・一〇・二〇）

親戚の娘をふとしたことから手にかけてしまった若菜勝巳は、「魂」と「體軀」との葛藤を生

き、こうして破滅した。あるいは、こちらはほんとうに心臓を破裂させた志村豊は、没落の運命にさらされた富農の家に生まれたときから「過度に心臓を労させ」る境遇を育つ。そんなかれのいっそうの「心臓鼓動の種」となったのは「他でも無い、其は此人の信じた主義である、貧民救助といふ主義である」。

> 大日本帝国の文明の中心といふ東京に来て見たが、第一に目に着いたのは貧富の非常に懸隔ある事だ。高い門の邸から追払はれる乞食共を見た時、紳士の車の後推をする立坊を見た時、志村豊君の心臓は幾回か破裂せんとしてあつた。「文明といふのは、貧乏人の汗膩を絞取つて、社会を光らすと云ふことで無からうか。」（小杉天外「卒都婆記」『五調子』明二八・一二）

そこで「有名の政論家や有志家の門を叩いて、天下の急務は貧民救助であるといふ事を説廻つた」が、適当にあしらわれたことに業を煮やしたかれは、妻子をかかえての食うや食わずの生活にもかかわらず、自力で主義の実行にとりかかる。

> 一寸外に出る、乞食を見る、心臓が例の如く鼓動し始めて、最う何も彼も要らなくなつて来て、女房の寝ずに働いて溜めた仕立物の代を、ばら〳〵と投与へて了つた。

あるとき、例によって哀れな女乞食に恵んでやり、女房にあわせる顔がなくなって途方に暮れていたかれが、かつて助けた貧民の口からあの女は騙りであったと告げられたとき、物語は破局を迎える。「志村豊君の心臓（しんぞう）は、上野の山下に在る居酒屋の店で破裂した」[*6]。

心臓破裂

〔原因〕心臓筋変弱○心筋脂肪変質（最モ多シ）○心筋質炎○心弁膜狭窄○心筋中ノ新生物及胞虫○冠状動脈瘤○身体激動○六十才以上ノ男子ニ多シ

〔症状〕全破裂ノ時（俄然卒死）○徐々ニ破裂スルトキハ（胸部劇痛、顔面蒼白、皮膚厥冷、冷汗、脈細微頻数、）○往々嘔吐及下痢（其症コレラノ如キコトアリ）

〔予后〕不良（高橋真吉・岡本武次『実用内科全書』明二三・六）

明治のラスコーリニコフたちの心臓は、どうも簡単に破裂するようである。

*1――逍遥がアディソンの「風流士が頭脳の解剖」と「風流女が心臓の解剖」という二つの小品を「心の解剖」と題して一括して訳出したのは明治三十年一月の『新小説』（第二年第一巻）であった。後者は「媚婦（コケット）」の心臓を実際に解剖するという趣向であり、当然、「心胞

すなはち心臓の外被」や「胞、腔」など「解剖学の語」が出て来る。「共に遊惰淫逸なる当時の社会を諷刺せるものなれど、筆つきの高雅にして婉曲なるは此作者の特得にて、他人の企て及ばざる所なり。但し、アヂソンの滑稽は、我が一九三馬などのとはいたく趣を異にして、専ら含蓄を以て勝るものなれば、深く咀嚼せざれば旨味を暁り［さと］がたし」と逍遥が述べている「含蓄」のなかに、読者になじみのうすい解剖学が含まれることはいうまでもないだろう。

＊2――ちなみに、「洒落図解心の心」（『読売新聞』明二七・一・一）には、「いつそ身でも投げて見やうかなあ、そうすりやしんざうの投身といふので、ひとは色事だとおもふだらう」という、心臓ということばがある程度定着していることを前提とした洒落がみえる（第五図）。（平田由美の教示による。）

＊3――あるいは南翠自身の作品を指すのかもしれない。つぎの一節など、さしずめ心身相関の説明となっている。

我が力と憑(たの)む所の只一人の兄の無事に海外より帰朝したる悦びの為めに総て満身の機(き)関(くわん)に刺戟を与へて活潑に循環(じゆんくわん)するに至りしかば鼓膜(こまく)の作用も其の以前の如くに恢復して忽ち聴神経の活動を起したるにてありし之れを約すれば驚動の為めに鼓膜を密閉せられ悦動の為めに膜上の開通したるものなり　（『満春露』第四十八回）

＊4――heartではなくハートとする例もすでにある。

ラックスモーアは彼夕べ心(ハアート)の疵を押さへてラムプの下に倒れ座せり　（徳冨蘆花

『石美人』八、『第二国民小説』明二四・一〇）

「どうも自れッたいこと少しは妾のハート（心根）を察して下すッてもよさソうなものサねヱ「其ハートが此スペードの様に真ッ黒だから仕方が無い「アレ憎らしい又一枚取ッてサこんなにハートの様に赤い妾の心を貴郎は知らない（思案「女生徒かたぎ煩悩の闇」第二回、『我楽多文庫』第一三号）

蘆花の例でも、「押さへて」とあることからして、「ハート」ということばは臓器を喚起するために付されたとみなされる。

＊5——その他にも、つぎのような作品を参照。

心臓（しんざう）は激しく鼓動して、宛然（まるで）早鐘を撞くやうである。（紅葉『隣の女』五、明二七・六）

譲の心臓（しんざう）は実に破裂した。くら〳〵と眼が眩むで、一時は全く知覚を失つたが、その中でも管（たけ）は見事に吹澄ましてゐた。（同七）

直に我に復ると同時に、心臓（しんざう）が躍るやうに鼓動しはじめる。（同十六）

水をや浴びたらむやうに、清澄は満身一時に冷却して、血は心臓（しんざう）を破りて迸り（ほとばし）たるかと覚えぬ。（泉鏡花「予備兵」六、『なにかし』明二八・四）

世の中に、ほんたうに頼みになるは自分ひとりより、外にはない、と苦しさうな息づかひ、気違いになッたやうに、襯衣（しやつ）の釦鈕（ぼたん）を、べり〳〵と両手に断（ちぎ）り、鼓動烈しき胸をあらはし、ジツト、心臓（しんざう）のあたりを抑へ『世は薄情の塊だ、ト思はず一句呟いて

（後藤宙外「ありのすさび」二、『文芸倶楽部』明二九・二）

＊6――これに対し、心が破裂しても死ぬわけではない。

私は愛する事最も深い、全世界を愛する気です、然し是が為めに悪名を受ました。私の心は破ぶれました。悪魔は私の心へ刃を植付ました、私の心へは蛇が生じて、朝から晩までのた打まはり、容赦なく私を苦しめました。（略）私の心は破裂して居ます、私は冷淡の人となツて居ります、如何しても愛する事は出来ません、愛する情が足りません、嗚呼如何して此様に心が破ぶれたのでせう？　私は天に絶叫しました、愛を戻してくれ、戻して幸を与へてくれと絶叫しました。然し無益でした、私の心は空、空、空、あるものは唯懊悩計り。嗚呼姫よ、懊悩が私の心の石です。（嵯峨の屋「夢現境」『第二国民小説』明二四・一〇）

病いのありか——「舞姫」における「ブリヨートジン」と「パラノイア」

1

ある日のこと、髭の手入れに余念のない苦沙弥先生のところに紅白のだんだらの状袋におさめられた一通の手紙が届く。「始めて海鼠（なまこ）を食ひ出せる人は其胆力に於て敬すべく、始めて河豚（ふぐ）を喫せる漢（をとこ）は其勇気に於て重んずべし」などと書かれた書面を、先生は「打ち返し〳〵読み直し」たあとで「中々意味深長だ」と感心することしきりといった有様なのだが、わが猫君は署名のところに「在巣鴨」とあるのを知ってか知らずか一瞥ただちに「どこの雑誌へ出しても没書になる価値は充分ある」うろんなしろものであると鑑定する。巣鴨とは明治十二年設立の東京府癲狂院が改称された東京府巣鴨病院のことであり、差出人の天道公平とは「自大狂」でそこに入院している立町老梅君である。迷亭の口からそのことを知らされた先生は、途端にうろたえることになる。「少からざる尊敬を以て反覆読誦した書翰の差出人が金箔つきの狂人であると知つてから、最前の熱心と苦心が何だか無駄骨の様な気がして腹立たしくもあり、又瘋癲病者の文章を左程心労して翫味したかと思ふと恥づかしくもあり、最後に狂人の作に是程感服する以上は自分も多少神経に異状がありはせぬかとの疑念もある」。もっとも、明治三十四年から巣鴨病院の医長（のち院長）であった呉秀三ですら「狂者ノ書翰中又意想ノ論理ニ適シ事態ヲ確実ニ解釈スルコト等ハ大ニ人ヲ驚カシ毫モ精神沈淪ノ跡ヲ見ルベカラザルモノアリ」といっているほどだから（『精神病学集要』「症候通論」明二七・九）、かならずしも苦沙弥ばかりがうかつであったわけではない。それがどのような内容であろうと、発信者が「狂人」であるということが知られるや、瞬時にそのことばは無効を宣告される。「狂気、それは排除された言語活動である」（ミシェル・フーコー「狂気、営みの不在」、田村俶訳『狂気の歴史』）。苦沙弥先生も、それが「狂人」によって書かれたという一点においてその文章は失効するというルールまではさすがに忘れていなかったようである。「十六歳未満ノ幼者」や「瘖唖者」とともに「知覚精神ノ不十分ナル者」は裁判において証人となることができなかったし（刑事訴訟法、第一二四条）、「瘋顚ノ為メ病院又ハ監置ニ在ル者」には遺言能力が認められなかった（旧民法、第三五七条）。「狂人」のことばは、通常のことばのやりとりから排除されている。たしかにかれはことばらしきものを発するかもしれないが、そこにはまったく意味というものが伴わない。「癲狂、白痴の言」は「鳥獣虫魚の声」と変るところがないのであり（五十嵐力『新文章講話』第二章「思想の明写」、明四二・一〇）、たとえどのようなことが話されようと、それは唯一、自己の狂気についてのみ語るのである。

だが、これと一見正反対の現象が文学の世界で起こりつつあった。こと文学の世界に限ると、狂人のことばは着々と市民権を手に入れようとしていた。「世界救済番所」の創設を説く「狂人」を看病したのがきっかけでみずからも精神病院に入ることになる男が登場するゴーリキーの「二狂人」と、一人称で誇大妄想が語られるゴーゴリの「狂人日記」とが二葉亭四迷によってあいついで訳出されたのは明治四十年のことである。今度は逆に、テクストの作者や訳者が狂人ではないということを唯一の担保にして、「金箔つきの狂人」のことばがその意味とともに迎え読まれる。

狂気と正気の二項対立から、狂気でありかつ正気であるような言説空間が浸み出てきた。医師の前であまり狂人らしくふるまうとかえって佯狂を疑われるはめになるように、そこでは、わたしという一人称はどうあがいてみてももはやみずからの正気を立証できない。「妄想と云ふのは飛んでもない、トテツもない間違つた事のみではない（略）真面目らしくても嘘のこともあり嘘らしくても真のことがあります」（呉秀三『精神病学講演速記』第五回「妄想性痴呆及び偏執性痴呆」、明四一・九。『呉秀三著作集』第二巻）。

わたしのことばが読まれるためにはわたしが狂気と無縁であるということが必須の前提だが、それを立証することがそもそもわたしにはできない。一人称の近代は、あるときふいに、その背後に影のようにつきしたがっている狂気の存在に気づき、じぶんのことばがそこに呑みこまれやしないかと心配しはじめる。

2

不治の精神病であると医師から診断された女を残してひとりおめおめと故国に帰ってきた男が、のちに、かつて医師により女に与えられた病名を変更する。男は太田豊太郎、女はエリス。ずっと「ブリヨートジン」もしくは「ブリヨオトジン」であった病名が突如「パラノイア」と改められたのは、大正四年(一九一五)のことである(『塵泥』。嘉部嘉隆『森鷗外「舞姫」諸本研究と校本』参照)。男と女とのベルリンでの別れからすでに四半世紀が過ぎていた。

男がそのむかし日本へ帰る船の中でかきとめた手記にこうある。

これよりは騒ぐことはなけれど精神の作用は殆ど全く廃してその痴なること赤児の如くな

り医に見せしに過劇の心労にて急性に起りし「ブリヨートジン」といふ病なれば治癒の見
　込みなしといふ

男が異国の医師の診断に抗った形跡は手記には残されていない。自分の子をみごもっている女がわずか数日のうちに「生ける屍」と化すという耐え難い事態を、医師がそれに与えた病名とともに悲嘆にくれつつも男はわりとすんなりと受け入れていたようにみえる。あるいは、「現実の臨床場面でわれわれには理解しがたい振舞いをする患者を前にして、この患者には「幻聴があるから」という「幻聴」というコトバがどれだけこの患者の介助をする人たちを納得させることか。「幻聴がある」という言い方だけでこれまで理解できなかった患者の振舞いをいかにもわかったような気にさせてしまうのです」（松本雅彦『精神病理学とは何だろうか』）といわれるような作用を、医師から受けとった「ブリヨートジン」というコトバが男に及ぼしていたのかもしれない。

「ブリヨートジン」とは Blödsinn であり、ドイツ語圏でおこなわれた精神医学がかつて盛んに用いたコトバであった。十九世紀のはじめに活躍したハインロートの『合理的立場からの心的生活の障害およびその治療の教科書』（一八一八）という本（西丸四方による邦訳は『狂気の学理』）ですでに用いられていた Blödsinn という病名は、その後、ツェーラー、グリージンガー、クラフト−エービング、シューレ、クレペリン、ウェルニッケなどによって、ほぼ十九世紀の終わるころまで愛用された。その日本への移入は神戸文哉によって訳されたモーズリーの『精神病約説』(明九・一二)にまでさかのぼることができ、以降、デーニッツ『増補断訟医学』(安藤卓爾・三浦常徳・斎藤准記聞、明一五・三)、片山国嘉・江口襄『裁判医学提綱』(明二一・三)、江口襄『精神病学』(明二〇・一。翌年五月、症例を増補した『増補精神病学』刊行)などに記載されているが、川原汎『精神病学提綱』(明二七・一二)、呉秀三『精神病学集要』(明二七・九〔前編〕、明二八・八〔後編〕)ではDemenzの同義語としてかろうじて顔をだすにすぎなくなる。Blödsinnに対応する訳語も、この間に「精神痴鈍、痴呆」(新宮凉園・武昌吉・柴田承桂『独逸医学辞典』明一九・二)、「失神」(神戸・江口)、「痴呆」(『増補断訟医学』)、「痴狂」(呉)とさまざまに変わった。そして、榊俶・呉秀三『増補改訂法医学提綱下編』(明三〇・四)や門脇真枝『精神病学』(明三五・七)に至るとDementiaのみ、荒木蒼太郎『精神病理氷釈』(明三九・六)は原語を記さないし、石田昇『新撰精神病学』(明三九・一〇)などになると「早発痴狂」と訳されたDementia praecoxがかつてのBlödsinnとどういう関係にあるのかにわかにはみいだせなくなる。

　失われようとしたのはむろん病名だけではなかった。「今日迄一定の分類法。則ち誰が見ても必ずそれには従はねばならぬと云ふ慥かな分類法と云ふものはない」し、今後も「精神病の本が出来るに従ひまして。其分類法は各々其主張する学問に従つて分類が違つて往かうと思ひます」（「精神病の分類法」明二八・六、著作集第二巻）と呉秀三が語りかけねばならなかった事態、すなわち、クレペリンの躁鬱病と早発性痴呆という精神病の二大分類が彼我の学界で覇権を得るまでめまぐるしく繰り返された精神病分類の転変のなかで、Blödsinn というコトバによってもたらされていた精神病者にたいする理解そのものも微妙に揺れながらやがて消えていったのである。通時的な変容はむろん共時的に孕まれる。「分裂病の診断は、世界各国の各学派、各研究がそれぞれもっている分裂病概念の大きな違いのために、きわめて不統一のままに放置されている。こんにち、分裂病に関して少しでも意味のあることを語ろうと思えば、まずもって自分の念頭にある分裂病概念がいかなるものであるかの定義から始めなくてはならない」という嘆き（木村敏「分裂病の診断をめぐって」『自己・あいだ・時間』）は、病名と程度の違いこそあれ女が診断された一八八〇年代前後のベルリンにもそっくり持ち込まれるのであり、しかもよりたちのわるいことには、男が伝える医師の診断そのものがすでに当時のどの精神医学書の記述ともすっきりとした対応をみせそうにもなかった。

十九世紀中葉のドイツ精神医学の代表的人物であるグリージンガーの著した『精神疾患の病理と治療』（一八四五）は、「ドイツで初めての自然科学的実証的精神医学書であり、一九世紀の終わりまで最も権威のあるものとされていた」(西丸四方『精神医学の古典を読む』)ものだが、そこで定式化された単一精神病のなかに Blödsinn というコトバが登場する。

グリージンガーはまず「精神疾患をその本質において、すなわち脳の解剖学的変化を基礎として分類することはいまのところ不可能である」から、狂気は精神の異常の様態にしたがって症候学的に分類されねばならないとし、ついで狂気をふたつのグループに大別する。ひとつは、主としてその情動の側面が病的な変容を蒙っているものであり、もうひとつは、主に表象と意志とにおいて狂いが生ずるもので、概して患者は興奮状態をしめさない。前者は、大多数の場合、狂気の過程の最初に登場する状態であり、後者はふつう前者が継続したときの終末として、脳病が治癒しなかったさいに出現する。これが後に単一精神病として踏襲されていくかれの考え方である。「現在までに病理解剖がわれわれに示すところによると、前のグループあるいは病期には、手で触れることのできる著しい変化はめったに見られず、たとえ発見されたとしても、脳の単純な退縮であるのにたいし、二番めのグループあるいは最終段階では、ごく頻繁に、触知できるような病変、とりわけ脳膜の荒廃をともなう脳の萎縮と慢性化した水頭症が治癒不能の状態で見いだされる」(第四版〔一八七六〕、§110。以下、グリージンガーからの引用はすべて同書による)。鬱 Schwermuth・躁 Tobsucht・妄想 Wahnsinn の各形態が前者に属し、治癒可能であるのにたいし、精神の衰弱状態と総称され、錯乱 Verrücktheit と痴呆 Blödsinn とからなる後者は不治である(森山公夫『狂気の軌跡』参照)。Blödsinn はその損傷の程度においてさらにふたつの形態に分けられる。「ひとつは、精神の混乱がまだ破滅に至らず、たとえ浅薄であるにせよ表象の機能が残っているもので、ふつう若干の興奮状態を伴う(困惑 Verwirrtheit, Démence)。もうひとつは、表象の高度の不活発からその完全な終息までをカバーする状態で、無感覚な休止を伴う(無感覚な痴呆 apathischen Blödsinn)」(§146)。グリージンガーのえがく後者の病像はつぎのようなものである。

いくつかの表象を統合したり、またそれらを比較したりする能力がいっそう失われ、前の形態ではまだ可能であった支離滅裂で無関係な表象の多様性に代わって、イメージと思考がしだいに完全に欠如していくことになる。感覚からの印象はもはや消化されず、それからはなにものも形作られない。記憶はほぼ完全に消え、ある瞬間のことを思い出せないかと思うとつぎにはすべてのことが忘れ去られるばかりでなく、以前の生活もほとんど痕跡をとどめなくなる。しばしばことばもその大部分が失われる結果、もっとも状態のよい患者ですら、ごく限られた、いくつかの周知のいいまわしを操れるだけである。あとに残ったことばが機械的に口にされるけれども、ことばにはもはやまったく力がなく、かつての声の破片でしかない。想像力が徹底的にだめになり、知性が欠如するのと並行して、意志の薄弱もしだいにひどくなる。患者は、ある刺激に応じて行動することができなくなるだけでなく、なじみのない衝動にたいして完全に受け身となり、以前の習慣に従って行動することもできない。かれにはもはや自己のもっとも単純な欲求を処理する能力もないので、人に養ってもらわねばならない。自分の部屋をまちがえたり、危険について無知であるので、周囲の人は不慮の事故からかれをまもってやらねばならない。かれのものごしはずっと変化しない。じっと物思いにふけっているように見えるときは内気で、鈍く、もの言わず、動かないときもあるが、からだを揺すったり、手をこすったり、つぶやいてみたり、舌足らずにしゃべったりといった機械的な動きをなんらの目的も意味もなくすることもある。顔つきはたるんでいるか、びっくりしたようであり、あるいは、なんの動機もないのに周囲をうかがっているような場合もある。空虚なほほえみは、表現しようにももはや表象そのものがないのだということを示している。それでもしかし、ときおり、悦びや嫌悪などを弱々しくことばにするときがあり、とくにかれの愛着する特定の人にたいしては、羞恥心や心配などを訴えることもある。症状がわりによいときには、過去の生活の名残とか、外界にたいする感受性や関心、こころのこもったとりなしにたいするいきいきした感情とかが甦ることもある。自己感情と感覚とのそうした痕跡が残存していることによって、たとえ患者がどうしようもない状態にあったとしてもなおその人間性を尊重するよかれらの無言の、理解できないしぐさは、じつにしばしば無意識のうちにかうしむける。かれらの暗い過去を訴えかけるのである。

この痛ましい精神状態には、脳における運動と感覚機能の重い障害、とくに運動と感覚の全般的な麻痺が伴っており、たとえ患者が深くかつ広いやけどを被ったとしても、まったくそれと感じない。栄養状態はかなり長い期間損なわれないでいるので、患者は太って、旺盛な食欲を示す。眠りも長く安定した状態が保たれる。

こうした状態の唯一の可能な帰結は死である。ときおり、患者はその全般的な麻痺の経過のうちに出現する卒中様の発作や、あるいは脳における出血や脳の萎縮などによって、さらには、その他、肺炎や肺の壊死、結核、腸カタルなどの慢性または急性の病気にたおれる。そうでなければ、細心の看護がなされない結果、患者は、尿が膀胱にたまったり、排泄物が腸に蓄積されたりするか、あるいは、不慮の事故ややけどによって、また食べ物がのどにつかえて窒息したりなどして死ぬ。（§154）

ここに記された表象と意志の喪失を核心とする Blödsinn の症候とその悲観的な予後は、その後ながく受けつがれ、日本の精神医学にも流入してくる。

痴呆 Blödsinn　此人タル全ク思力ナク恬然他事ヲ顧ミス其言フ処ハ甚タ忘却シ易ク且ツ

節順ナシ而シテ精神ノ機能ナク貴要ノ事ヲ成ス能ハス実ニ食事ニ臨ミ喫飯セントスルノ意ナクシテ他ヨリ其口内ニ挿入セサレハ食セサルモノナリ而シテ自ラ手掌ヲ摩シ或ハ全軀ヲ動揺シ或ハ言語半ニシテ中止シ或ハ俄然笑声等ヲ発スルモノナリ

痴呆者ハ運動及ヒ知覚ノ麻痺ヲ起シテ劇度ノ火傷モ感セサルニ至ルモノニシテ卒中或ハ脳水腫或ハ肺炎或ハ結核或ハ腸加答児［カタル］等ニ由テ鬼籍ニ帰スモノナリ　（『増補断訟医学』）

呉秀三『精神病学集要』における「失神性痴狂（Apathischer Bloedsinn.）」の記述もまた、それが忠実に翻訳したクラフト－エービングの『精神医学教科書』（一八九四、五版）の当該項目を経由するかたちで、グリージンガーの所説を引きついでいた。

面貌ハ完ク空虚ニシテ伸筋ノ神経作用ハ麻木シテ身體ハ重量ノ法則ニ従ヒテ其態度ヲナスノミ膊ハ胸ニカヽリ四肢軽ク屈シ唾ハ口ヨリ流レ精神界ニ於テハ完全ノ沈安アリ自覚ハナクシテ単ニ知覚トナリ感覚及ビ反動興奮性ノ極微ニシテ精神作能ノ欠無ナルハ其人ヲシテ脳髄切除ノ動物ニ均カラシム其脳皮質ハ実ニ機能以外ニアリテ飢餓ヲモ危険ヲモ覚エズ傍ヨリ之ヲ食カヒ衣キセ其二物ニ注意セザレバ死ニ至ルマデモ平然タリ此症ノ極ニハ運動直観モ亦消殺シテ言語ナキニ至ル（真個健亡性失語）此ノ如キ精神死亡ノ状態ハ時トシテ猶ホ数年間ニ延及シ身體死亡ニ至リテ初メテ止ム要スルニ其生命ハ此ニ至リテ復［また］甚長カラ

ズ精神中枢ノ麻痺ハ遂ニ呼吸中枢血行中枢ニ延及シ運動ノ欠亡シ呼吸ノ不充分ナルハ血行及ビ栄養ノ著キ障礙ヲ惹起シ遂ニ肺炎、衰弱性下痢等ノ為ニ死亡ス

グリージンガーは、メランコリーなどの最初の系列に属するものとくらべて、精神病院に収容されている狂気の大部分を占める慢性的精神衰弱状態は個々の症例がきわめて多様であり、それらを枚挙して記述することなどできそうにもないので、いくつかの主要なタイプのリストとその記述で満足しなければならないと述べてはいたが（§146）、「精神的に殺」され、「精神の作用は殆ど全く廃して」しまったエリスと呼ばれるひとりの病んだ女を、医師が女に与えた「ブリヨートジン」という病名を手がかりにして、精神医学の記述するこうした病像になぞらえて理解することはさしてむつかしいことではない。まして、いったんは「善く法を諳じて獄を断する法律家」になるべく励んでいたはずの男なら、ことはより容易であるだろう。気がついてみるとベッドの傍らにいる女のようすが一変している。おむつを握りしめた手はガリガリに痩せ、目はくぼんで血走っている。顔つきはうつろで、声をかけても返事をしない。男が人事不省となっている間にその友人が呼んでくれた医者のみたてでは、「ブリヨートジン」という病いであるという。そういえばいつか法医学の本を読んだときにその病名をメモしておいたことがあったが、これが「ブリヨートジン」だったのか——女はこうして男のこころのなか

で「生ける屍」となる。

だが、あるいは男はそのとき医師の診断を聞き違えたか、完全には理解していなかったのかもしれない。単一精神病の枠組みのなかでとらえられる「失神性痴狂ハ精神荒墜ノ最極期ニシテ重症不治ノ鬱狂（殊ニ能動性鬱狂、昏迷性鬱狂）及ビ重症躁暴狂ノ発作ヨリ直ニ発スルモノ」（『精神病学集要』）、すなわち、わずかの例外を除いて基本的に続発性かつ末期性の狂気なのであり、「過劇の心労にて急性に起」るものではないのである。

これらの後天的 Blödsinn は、狂気のひとつの形態として見るなら、もちろん原発性に生じた、すなわち、重い脳病がそれに先行することなく生じたとみなすことが可能である。たとえば、高齢の人の精神衰弱や、原発性の脳萎縮症や頭蓋腔に生じた腫瘍などによってもたらされる早期の衰弱の場合がそうである。これにたいし、多くの著述家によって記述された、急性に生じる、治癒可能の、原発性 Blödsinn に関していうなら、たしかにそれらの大多数は昏迷を伴うメランコリーに属しているのであって、真の精神衰弱との軽率な混同による両者の特徴の混在がそうした記述には指摘されよう。しかし、疑いようもなく、そのうちのあるものは、メランコリー性の愚鈍と真の Blödsinn の中間状態として、またあるものは、原発性の急性かつ治癒可能な Blödsinn として出現する。（§１４６）

グリージンガーの単一精神病がわずかに例外として認める原発性の Blödsinn は、脳の器官としての障害、端的には脳内部の動脈の異常がそこに想定されるような、基本的に老衰と対比しうる病いであって、治癒も可能なのである。したがって、女の病んだ Blödsinn が続発性であれば、ほんらい一連の経過の最終段階である Blödsinn が「過劇の心労にて急性に起」るとは考えにくく、また、原発性であるとすると、ろくに経過を観察もせず「治癒の見込みなし」とはむげにいいきれなくなるはずであった。すくなくともグリージンガーから急性でありかつ不治の Blödsinn について聞くことは不可能であり、事情はその他の精神医学者についても同様であったと思われる。

たとえばちょうど男と同じ時期にドイツに留学していた江口が帰国後シューレとクラフト－エービングによって著したという『精神病学』は、先天的にまたは生後しばらくして精神機能が損なわれた「欠損」と遺伝的素質にもとづく「変質」、および「抑鬱」「興奮」「懦弱」の五つに精神病を分類するのだが、Blödsinn（「失神」）が属する「懦弱ノ症」について、つぎのように総説している。

爰〔ここ〕ニ属スル所ノ精神病ハ甚タ数多ニシテ其名称及ヒ分類ニ至テハ諸家多クハ説ヲ同シフセ

ス錯雑紛乱シテ殆ト一定セス唯脳ハ甚タシキ営養障害ヲ蒙リ大抵再ヒ痊癒〔せんゆ〕スルコトナキト経過ハ極メテ緩慢ニシテ数年ニ亘リ稀ニハ十数年間殆ト病症ノ変更ヲ認メサルトヲ以テ本症普通ノ定型トナス癲狂及ヒ鬱憂狂ニ続発スル症アリ又単ニ特発スル症アル故ニ続発懦弱症ト特発懦弱症トニ大別シテ之ヲ論述ス（『増補精神病学』明二一・五）

「続発」「特発」という区別は単一精神病の考え方に基づくもので、先行する病型にひきつづいて起るのが「続発」、いきなり開始されるのが「特発」である。「失神トハ人類精神ノ衰弱破壊シタル極度ヲ云フナリ（略）失神ハ多クハ続発症ニシテ前段ニ記述シタル諸精神病ノ末期ヲ形成ス則チ先ツ鬱憂狂ヲ発シ癲狂ニ転シ之ニ次クニ錯迷狂ヲ以テシ最后ニ失神ニ陥ルヲ通常ノ経過トス」。「続発懦弱症」に含まれる「痴鈍性失神」には急性のものはないから、「特発懦弱症」のうちの「急性特発失神」がエリスという女についていわれる「急性に起りし「ブリヨートジン」」に対応しそうである。

急性特発失神ハ（一）劇甚ナル感動或ハ（二）精神過労ニ因テ発シ稀ニハ囚獄或ハ航海ノ労役等ニ在テ一定不変ノ思想ト感動トヲ有スルトキニ来ルコトアリ通常遺伝ノ神経家ニシテ精神ノ稟賦虚弱ニ加フルニ身體ノ衰弱ヲ以テスルトキニ発スル者トス

第一ノ原因ニ在テハ感動后直チニ昏迷シテ失神ニ陥ルコトアリ或ル少婦アリ処女膜ノ破開

セサルタメニ房事ヲ遂クルコト克［あた］ハサリシニ或ル日其ノ良人ハ他人ニ対シテ荆妻ハ男子ニ非ス又女子ニモ非スト云フテ之ヲ侮慢シタリシカ該婦ハ直チニ昏迷ニ陥リ狂院ニ投スルヲ要セリ

第二ノ原因ニ在テハ精神ヲ甚タシク過労シ殊ニ夜眠ヲ減シタルトキニ来ル者ニシテ往々依卜昆垤児［ヒポコンデリー］性ノ恐怖症状ヲ発シ昼夜百事ヲ苦慮シ又婬欲亢進シテ房事ヲ過シ或ハ手淫ヲ行フモ尚ホ遺精ヲ来タス等ノ前駆症アリテ后［のち］発熱（三十九度乃至四十度）シテ脈ハ浮数トナル稀ニハ悪寒ヲ来タシ后数時ニシテ発汗スルコトアリ熱ノ持続ハ大抵一二日ナレトモ極メテ不整ニシテ稀ニハ降テ平温ニ復スルコトアリ同時ニ聴官及ヒ視官ノ知覚過敏ヲ発シ嗜眠ヲ来タシテ大ニ窒扶斯［チフス］ニ類似シタル看ヲ呈ス唯熱ノ不整ナルヲ以テ之ト異ナリトス此期ニ於テ多クハ数日ニシテ稍［やや］頓発ノ昏迷ニ陥ル

第三ノ原因ニ由テ発スル特発失神ハ次急性ニシテ最初興奮性恐怖鬱憂狂ノ症状ヲ呈シ大罪ヲ犯シタル感覚死滅ニ帰スル感覚等ヲ有シテ昼夜騒擾逃避セントシテ止マス脈細数ニシテ皮膚厥冷シ全身ノ営養ハ恐怖及ヒ食餌嫌厭ニ由テ頓［とみ］ニ減衰ス多少時日ノ后ニハ以上ノ興奮症状大抵消滅シテ昏迷ニ陥リ唯不明ノ妄想ヲ残留シテ曖昧タル逃避状運動ヲ呈スルコトアリ

失神患者ノ昏迷症トハ精神ノ機能全ク麻痺シテ事物ヲ認知セス又意志ノ発来セサルヲ云フ

ナリ患者ニ如何ナル位置ヲ付与スルモ重力ノ規則ニ違ハサルトキハ毎回其位置ヲ保続シ曾テ自ラ動揺スルコトナシ顔色ハ痴呆ニシテ物体ヲ明視スルコトナク瞳孔ハ拡張シテ光線ニ反応スルコト鋭敏ナラス口角ハ開放シテ往々稀薄ナル唾液ヲ流泄ス食欲欠亡シテ食餌ヲ与ルモ摂取嚥下スルコトヲ知ラサル故ニ胃喞筒［ポンプ］ヲ以テ人工的ニ之ヲ養フヲ要スルニ至ル皮膚ニ電気刷子［ブラシ］ヲ貼付スレハ収縮シテ潮紅スレトモ患者ハ之ヲ認知スルコトナシ極メテ強力ノ電気ヲ用ユレハ往々反射的ノ防禦運動ヲ発スルカ或ハ患者両手ヲ相近ツケテ請願スルコトアルカ如キ状ヲ示セトモ容貌ハ毫モ変スルコトナシ心機ハ減衰シテ脈ハ微細ナル者多シ仮令正整ノ人工滋養ヲ持続シ便通ニ異常ヲ来サヽルモ全身ノ営養ハ漸ク減退スルヲ常トス

男が自分を棄てたという事実をつきつけられてうちのめされた女はただちに昏迷におちいった。されるがままの姿勢をとりつづける彼女の口はだらんと開け放たれたまま唾液にまみれている。ときどき看護人がその口にさしこんでくれる管から栄養を補給することによって、かろうじて彼女はその植物のような生命を支えている。瞳孔は拡散し、よほど電圧を上げなければ電気的な刺激にも反応しない……。なるほどここでもいっさいはいったん失われてしまう。しかし、

経過ハ甚タ同シカラス数週日ノ後精神漸々ニ醒覚シテ痊治スルノ症アリ又醒覚スルモ真ノ快復ニ至ラスシテ精神ノ痴鈍ヲ貽存［いそん］スル症アリ癲狂ニ転スルコトアリ又癲狂ト失神ヲ互発

スルコトアリ唯脈搏ノ充実シタル症ニ在テハ予后常ニ佳良ナリトス

すなわち「急性特発失神」はまれならず治癒することがあるのである。『精神病学』が記述するこうした考えはシューレやクラフト‐エービングによっている。その『臨床的精神医学』（一八八六）においてシューレは、「従来、メランコリーやマニーManie および Wahnsinns などの原発性の病が治癒しなかった場合にその最後に出現すると考えられてきた“Blödsinns”という臨床像は、たしかにそのような続発性の、少なからず多様な形態のひとつでもあるが、それじしん原発性に発生することもまた可能である」として、続発性の不安定な Blödsinn と無感動状態の Blödsinn とをその病型とする精神衰弱状態とは別に新たに急性原発性痴呆 acute primäre Dementia という項目を立てた。両者が区別されるべき点は、第一にその発生のテンポである。「続発性にもたらされ慢性となるものは亜急性であるが、原発性のものは急性である」。区別の第二点めは、こころの損なわれ方である。「精神の異常における情動の要素（メランコリーの感情面での緊張状態）が無力化する過程で徐々に発達するのが続発性の Blödsinn であり、その過程の初期にあってはいまだ豊かな表象内容を保持しているのにたいし、原発性の Dementia では知的能力の減退、全般的な精神的能力の著しい低下が際立った症候である」。こうやって取り出された急性の原発性痴呆は、意識混濁を伴うか否かなどによってさらに下位分類されるのだが、続発性が一般に不治とされるのにたいし、ここではつねに治癒へと至る道が閉ざされてはいなかった。

幸いにもそうしたケースは稀ではないのだが、経過が良好な場合には、徐々に患者の栄養状態が上向きになって、外見からは健康な人と区別できなくなる。なんのためにするのか自覚はないし、また、気を入れてするのでもないが、はじめ傍観していただけであったのが、少しずつ患者は与えられた仕事をこなすようになる。いままで異常にだらしなかった排便も調節できるようになる。大量のアヘンを投与することがしばしば衰弱した脳の強壮剤として有効に作用して、こうした効果をもたらす。顔つきから緊張が消え、姿勢にもよけいな力がはいらない。特定の人にたいする興味や好意を示すようになる。問いに答えたり、自分で質問したりもするし、人から誉められると喜んだりもする。立居振舞もようやく自然なものになり、そのうえ、以前の沈黙が嘘のように子供みたいに饒舌になるのもまれではない。患者はますますはっきりと自分の立場を認識するようになる。発病以来ながくつきまとってきた判断にさいしてのまごつきや衰弱は、しだいに以前の明快さと落ち着きを取り戻す。数カ月に及ぶ経過をへて、一歩一歩患者は全快の道を歩む。

シューレと同い年の友人であったクラフト-エービングも同様の急性症状を記載している。

ただし「愚鈍または治癒可能の痴呆 Stupidität oder heilbare Dementia」という病名においてであり（『精神医学教科書』第二版、一八八三）、のちにその中のひとつとして記載された「精神性ショックによる愚鈍」を呉は「感動性遅鈍狂」と訳した。

原因　其誘因ハ感動（多クハ驚愕）ナリ病原上ノ要素ハ恐ラクハ之ガ為ニ起リタル血管運動障礙（血管痙攣）ナラン（略）
証候　発病ハ常ニ急卒ニシテ直ニ昏迷ヲ以テ初マリ又ハ数時数日間ノ疾病感動状態、苦悶性錯乱状態（譫妄、妄覚ノ有ルコトモ無キコトモアリ）ニテ発シ其症ハ単一ナル錯乱及ビ精神衰弱ノ軽症ヨリ重キハ精神朦朧乃至昏迷ニ至リ（略）軽症ハ大抵数週間ニシテ退ケドモ重症ハ数月ヲ経、寛解状態及ビ増劇状態アリテ後ニ退症シ然ラザレバ長続性血管麻痺ノ症状アリテ失神性痴狂トナルナリ　（『精神病学集要』）

いっぽんに精神病の終末状態とされてきた Blödsinn を江口や女を診断した医者のように原発の位置におくことは、単一精神病の線分を円環へと変換することを意味する。グリージンガーの強い影響下にあったシューレやクラフト－エービングが急性 Blödsinn に相当する疾患をあえて Stupidität や Dementia というコトバで呼んだのは、単一精神病の末期に位置する Blödsinn にたいしての配慮であったにちがいない。それらは、原発性の病型であるメランコリーがそうであったように、数ヵ月の期間をへて治癒するか、あるいは他の病型、たとえばWahnsinnあるいは慢性の最終的なBlödsinnなどへと移行する。いちおうの区別はたてられるが、たとえばチフスなどの熱病や出産などとともに起るタイプでは、病像そのものは続発性の終末状態のそれとまったく同じであって、治癒するか否かでしか区別されない（シューレ）。終わりが始まりになるのである。行き止まりであり、かつ始まりでもあるようなもの、それが急性のBlödsinnである。

女が発病してからどれほどしてから男がドイツを後にしたかは定かでない。しかし、女の急性Blödsinnの帰趨をみきわめるのに必要なじゅうぶんな時間が大臣から男に与えられたとは思えない。不治の病であり、ずっと植物のように生きて死を待つしかあるまい、と思った男は女のもとを永久に去る。いったん女が精神病と診断されれば、法的には結婚すら解消しうることを男はとうぜん知っていた。女はそのときたしかに「生ける屍」であったろう。女の生きてきた時の流れがふいにせきとめられたのをこの目で目撃した、まだベルリンにいた男はそう思っていたのかもしれない。そこにひかれた一本の線によって以前の正気と以降の狂気、生と死とがいったんきれいに分割されたはずであった。だが、男の目から離れてしまったところでもいつまでも女がそうであったとはかぎらない。それが急性であるのなら、狂気の下限を病初で切ることは許されない。また、それがはたして不治ならば、こんどは狂気の上限がとたんにぼんやりしてこざるをえない。こうした往復運動によって、狂気は「舞姫」と題されたテクストをどこまでも侵食しようとする。あるいは、結末から始まるという構造をとる男の手記（小森陽一「結末からの物語」『文体としての物語』）そのものが、その進行につれ、語り手である男じしんにあらためてそうした狂気の生態を確認させることになったのではあるまいか。

3

外遊中の故国の大臣に従って男がロシアにいるとき、ひとりベルリンに残された女は男へあててせっせと手紙を書いた。すべてがおわったのちに男がその手記の中にうつした二通の手紙には、しだいにつのる「別離の思ひ」がくっきりとつづられている。

> この二十日ばかり別離の思ひは日にそへて茂りゆくのみ、袂を分つはたゞ一瞬の苦艱なりと思ひしは迷ひなりけり我身の常ならぬが漸くにしるくなりし、それさへあるに縦令ひいかなることありとも我をば努〔ゆめ〕な棄て玉ひそ、母とはいたく争ひぬ、されど我身の過ぎし頃には似で思ひ定めたるを見て心折れぬ、わが東に往かん日にはステッチンあたりの農家に遠き縁者あるに身を寄せんとぞいふなる書きおくり玉ひし如く大臣の君に重く用ゐられ玉

はゞ我路用の金は兎も角もなりなん今は只管、君がベルリンに還へり玉はん日を待つのみ

狂気はつねにみずからを明かすとはかぎらない。ひょっとするとみずからの狂気を自覚している患者によって注意深く狂気が隠されているかもしれないという疑いが生じたなら、なにより当人を綿密に観察する必要がある、とグリージンガーはいう。とりわけ患者が狂気の初期の段階にあるときやメランコリックな妄想にこりかたまっている場合にそうしなければならない。与えられたさまざまなテーマについて語ったことがはからずも狂気を指し示すことがあり、また「当人が書いたものにはとくに注意すべきである。というのも、そこには、口頭でのばあいよりもしばしば狂気が顕著に現れるからである」（§74）。わざわざ「文は人なり」という金言を引くクラフト゠エービングも、同様の理由から患者によって書かれたものに着目することをしきりに勧める。躁病や妄想症が大量に文章を書くのにたいし、Blödsinnやメランコリーの患者はごくわずかしか書かない。が、書いたとすると、そこには色濃く狂気が顔を出す。メランコリー患者の書いたものには、嘆きや懸念、あるいは自己譴責などがはてしなく繰り返され、字はふぞろいでふるえているという（『精神医学教科書』第一巻第五章「診断通論」、一八八三）。「書方ノ障害ハ最モ貴要ナル徴候ナリ鬱憂狂者ノ書信ハ必ス周到綿密ニシテ往々主眼タル言語ヲ反復シ大抵自己ノ苦痛愁訴ヲ告知シ其ノ文字ハ多クハ細小ナリ」と江口の『精神病学』もいい

（第二章「精神病総論」〔己〕「運動機ノ障害」）、呉秀三には『精神病者ノ書態』（明二五・三）という著書すらある。女の手紙の書態について男は言及していないが、「否」ということばではじまっているその手紙は、旅費さえ工面してくれるならひとりでも男を追って東へ行くとあるかと思えば、すぐにつづけて男がベルリンへ戻るのをひたすら待っているとあったりするなど、書きぶりにやや乱れがあるし、内容も男に棄てられようとする嘆きや「愁訴」で埋め尽くされていたといっていいだろう。

漠然とした胸苦しさや怖れ、意気消沈、悲哀などの否定的な感情にしつこくつきまとわれることからメランコリーが始まるとグリージンガーはいう。「そうした曖昧で、具体的でない、悩ましい感情から、しかしたいていすぐにある具体的な、せつない表象が分離される。そうした気分にふさわしい、外部に動機をもたない（にせの）表象と判断が打ち立てられ、苦汁にみちた内容をともなう真の錯乱状態が訪れる。内容と同時に、形式的にも表象は異常になる。思考の自由な流れが阻まれ、引き延ばされ、緩慢にされることによって、思考は単調で、空虚なものとなる」（§111）。

「メランコリー」Melancholie　此症ハ初メ悲哀及ヒ煩躁等ノ不定ナル感覚ヲ発スルモノニシテ屢〻己レノ精神病タルコトヲ知ルモノアリ蓋シ此患者ハ体外ノ諸件皆其意ニ適セスシ

テ其心ヲ傷マシメ曾テ愛歓セシ百般ノ事物モ悉皆忌諱シ終ニ其親戚朋友ヲモ猜疑スルニ至ルモノナリ（『増補断訟医学』第七篇）

むろん、クラフト＝エービングも補助証拠と断っているように、その手紙だけでいきなり女をメランコリーときめつけるほど当時の精神医学がせっかちであったわけではないが、かといって、目についた逸脱をむざむざ見過ごしたりするほどお人よしでもなかった。

精神病の症候学が、個々の確固とした、自明な病気の現れを認めうるのはごく限られたばあいであり、触知可能な身体的な症候はまったくもちあわせていない。それは本質的に、精神機能の障害とその発現の仕方を親しく観察する人の側からする、精神の働きの解釈にもとづいている。たとえば、魔女の影響を信ずると述べたり、あるいは永遠に呪われているという不安を口にしたりといった、まったく同一のことをふたりの人間が言ったり、行うことができる。そうしたとき、それが何を意味するか知っている観察者は、ふたりのうち一方を健全であるとし、他方を精神病と説明する。このような解釈が可能なのは、その発言や行為にまつわるすべての事情を考慮したうえで、みずからの経験からくみ取られた狂気の個々の形態とその現象についての知識を適用するからである。したがって、たとえば、地獄に落ちているという観念はメランコリーにおいて頻繁に現れるから、それはすぐにメランコリーの疑いを呼び起こし、その理由づけがメランコリーとその妄想にふさわしいものであるかどうかが、ただちに調査される。（グリージンガー、§72）

思いあまったさまがありありと窺える手紙をしばらく離れている男に出すという行為は、誰にでも可能である。しかし、それがいかにもメランコリーを疑わせるほどにみずからのこころにあふれでてくる不安や憂慮をあつかいかねていると認められるのなら、女の「別離の思ひ」がいかなる根拠において意識にのぼったのかが、いったい何がそれほどまでに自分が男に棄てられると女に思い込ませたのかが、いちおう検討されねばならない。

女の手紙の中には直接そうした根拠に触れたことばはないのだが、女がそうした不安を口にするのはじつはこれがはじめてではなかった。男のロシア行の一月程前、大臣に同行してベルリンにやってきた相沢という友人に男が会いに行こうとした際にも、「縦令富貴になり玉ふ日はありともわれをば見棄て玉はじ、我病は母の宣ふ如くならずとも」ということばを男の「不興気なる面もち」にたいしてはなっていたのである。女が以前からこころにはぐくんでいた懸念だったのか、それとも男が故国の友人に会うということからふとこころをよぎったものだったのかははっきりとしないが、すくなくとも男の手記からは、女の懸念をもっともと思わせるに足るなんらかのそぶりや仕打ちが女にたいする男の側にあったとは認めがたい。してみると、それは、あるいは、精神医学と心理学が対比による連合と呼んでいるものによって、女のこころのなかに自然に芽生えたのかもしれない。

オレンジ色をずっと見つづけているとやがてブルーに見えてくるが、同様の交替は表象や感情においても生ずる。外部の誘因がなんらなくとも、主体の内だけで、ある感情や表象からまったく新しい感情や表象が生起しうる。グリージンガーはその例として、幸福から困苦と不幸が、愛情から不誠実が生まれて来るという（§19・127）。「想像ノ連合ニ由テ全ク類似セサル事物ヲ追想スルコトアリ例[たとえば]之渇シテ水ヲ想ヒ飢テ食ヲ望ミ寂然タル閑室ニ倦ミテ往日ノ劇場ヲ追想スルカ如シ之ヲ対比作用（Contrast）或ハ反対想像（Gegenvorstellung）ト云フ」（『増補精神病学』）。こうした現象じたいはむろん健康な精神にもごくふつうに見られる。それが精神病へと移行するのは、こころの内と外の境界をふみこえて暴走し、具体的な行為を誘発するような、固定し、切迫した思いをそれが生み出すかどうかにかかっている。だから、あやふやな懸念を口にしたからといってただちにそれを根拠のない病的な妄想ときめつけるわけにはいかない。

だが、にもかかわらず女はこのときすでに病んでいた。それはあるいは母のみたてのとおり妊娠による「悪阻[つわり]」だったのだろうが、そうではなく別の病いであるかもしれぬとほかならぬ女じしんがいい、男の手記も女がその懸念を口にした二、三日前の夜に「舞台にて卒倒せし」

ことを書き留めていた。女がふだんから「貧血の性」で悩んでいたことと卒倒とは無関係ではないと推測されるが、そうだとすると、女を診断しようとする精神医学がこのことを指をくわえて見過ごすはずはなかった。「［精神病の］純粋に身体的な原因の中でも、これらのじつにさまざまな貧血状態こそ最も重要であるといっていいのではなかろうか」(グリージンガー、§106)、「慢性体質病モ亦屢〻精神病ノ発生ニ与〔あず〕カルコトアリ其一ハ則チ貧血ニシテ殊ニ其長続ニシテ体質性ナルモノヲ然リトス」(『精神病学集要』「原因通論」)。貧血の女が結婚によらないで妊娠していたとすると、より危険は増大する。

> 妊娠時精神病ハ多クハ妊娠ノ後三ヶ月ニ発シ子宮ノ増大、胎盤血域ノ発生、ニ基キテ脳ノ血行ニ変化(貧血)ヲ来タスト妊娠時ニ血液ノ化学上変化(血球減。塩分減。繊維素増。)ヲ来タストハ大ニ之カ原因タルモノアリ又 旁〔かたがた〕 精神上ノ影響モアルアリ初メテ孕ミシモノ。私〔ひそか〕ニ孕ミシモノカ分娩ヲ望ミ且恐レ又ハ苦慮スル等ノコト即是ナリ私通妊娠者ニ在リテハ其生活状態ノ不適当ナルガ為ニ其害更ニ多シ
>
> 妊娠精神病ハ鬱狂多ク躁狂稀ナリ(同)

クラフト－エービングによれば「入院一百ノ女子中凡ソ一七・八ハ之［妊娠産蓐ノ虚脱作用］ヲ以テ其病ノ素因又ハ副因トナス」のであるという(同)。

あるいは、女はこのときすでに徐々にそのこころを病み始めていたのかもしれない。しかし、精神医学がつねに遡及的にしか病いの原因を見付け出さないように、男はもちろんこの時点では女がこころを病んでいるかもしれぬなどとはつゆほども思っていなかった。棄てないでと女にいわれたとき、男は「微笑」をうかべながらはっきりと女の懸念を打ち消した。「何、富貴」、「政治社会などに出でんの望みは絶ちしより幾年をか経ぬるを——大臣は見たくもなし唯年久しく別れたりし友にこそ逢ひには行け」。とりとめのない不安はいったんは払拭されたはずであった。

だが、どういうわけか二度目はそうはいかなかった。

精神的な原因によってもたらされるメランコリー性の悲哀と、おなじ原因に健全な精神が刺激されることによって生じた悲哀との重要な相違は、原因を除去するか、境遇が逆転しはじめることによって、後者はふたたび健全に反応するようになり、沈鬱な感情から即座に抜け出すのにたいし、メランコリー患者のばあいは、その病的な悲哀から逃れられず、悲しみをもたらすような外部の誘因を取り除いたとしても、ただちにそうした状態の終息がもたらされない、という点にある。（グリージンガー、§71）

その最初の手紙で女が訴えてきた「物憂さ」や「心細さ」をたぶん男は慰撫したであろうに、

効果はいっこうにあらわれず、女はひとりでひたすら思いつめていったようだ。あげくのはてに、わたしはお前に棄てられる、にわかにむきになった女がそう書いて来ても、男はしかし女の思いを一笑に付したりはしなかった。なるほどすでに男は友の前で女を棄てるといいきってはいたが、女はいまだそのことをゆめにも知らないはずであった。だから、たとえ後になって医学がかなりの確度でそう認定するかもしれぬような、根拠のないありふれたメランコリー性の感情なり妄想なりとみなすとまではいかなくとも、すくなくとも女の切迫した訴えがそれにふさわしい根拠を欠いていることをこの世でただひとり知りえたのは男であったはずである。それなのに、このとき男の目にはなぜかそのようには映らなかった。それどころか、こんどは「余は此書を見て始めて我地位を明視し得たり恥かしきはわが鈍き心なり」と男は思ってしまうのである。

男が外遊してきた故国の大臣に随従してロシアへ旅立とうとしたとき、その男の子をみごもっていた女は、男がしばらく留守にすることをさして気に病むふうでもなかった。「旅立の事にはいたく心を悩ますとも見えず、偽りなき我心を厚く信じたれば」と、後に男は書いている。女がそうであるのに男は、「流石に心細きことのみ多きこの程なれば出で行く跡に残らんも物憂かるべく又た停車場にて涙こぼしなどしたらんには影護(うしろめた)かるべければとて」、その出発の日の朝わざわざ女をその母親とともに知り合いの所へ行かせてから、一人で身支度を済ませ、戸締まりをして駅へと向かった。こうした配慮はあるいはつい一月前の女とのやりとりを思いおこした男の、たんなる取り越し苦労にすぎなかったのかもしれない。けれども、かねて女は自分のまごころを信頼していると自負していることと、ぽつねんとひとり残される女を先回りして気遣い、あるいは出発にあたって泣き出すかもしれぬと予想することとは、どこかしっくりとはむすびつかない。とにかく、そうした男の行為が、以前はっきりと否定してみせた女の懸念をぶりかえさせることになったことは間違いない。女が悲しむだろうと男が考え、それを行為にあらわした。その行為から女はふたたび男に棄てられるかもしれぬと感じとり、悲嘆にくれる。女のこころにばくぜんと兆した懸念が男を経由することで増幅されてふたたび女に投げかえされた。そして、女の孤独のなかで急速に肥大していった懸念はやがてきっと男にいまにも棄てられるという確信となり、ふたたび男に手渡される。男と女は向かいあった鏡のように互いの姿をうつしだす。男は女のなかに自己を見る。自分が女にどのようなことをしようとしているのかを、男は女によってはじめてはっきりと知らされたと思った。正真正銘の妄想でありながら誤たず男の真実をいいあてていた女の思い、その中に形成された自己の姿を、男はみずからのうちにすっぽりと取り込み、それこそがまぎれもない自己であると確認する。こうして、すでに自分のうちにある帰東の念を確認しおわった男が、ロシアから女のもとへ戻って来て、いっしょに東の国へ帰ろうという大臣のいいつけをあっさりと承諾してしまうのはとうぜんであった。大臣に女との関係を打ち明け、女を連れてかえろうなどということを、すでに妄想の自己を生きようとする男はすでに意識に上すことさえできなかった。大臣のもとを辞して女の家へ帰る道すがら、あたりの賑やかさも眼中にない男の「脳中には唯だ己れが免すべからぬ罪人なりと思ふ心のみ満ち〳〵たりき」。たぶん病んでいたかもしれぬのは女だけではなかった。

諸ノ鬱狂妄想ノ通有ナル性質ハ苦悩ノ性質ニシテ追跡妄想アル偏執狂ニ異リテ其動因ヲ自家ノ罪業ニ帰スルコトナリ心中ノ空虚及ビ感情ノ遅鈍ハ自鄙自棄ノ基礎トナリ鬱狂ニ特有ナル罪業妄想ヲ致シ諸種ノ幻空ナル禍難ヲバ尽ク自家ノ罪業ノ為ニ然リトシテ往々ニ前年ノ小事ヲモ其罪ノ一ナリトス（『精神病学集要』「鬱狂」）

「二名ノ精神病ニシテ甲者ノ精神病ヲ乙者ガ感伝シテ精神病ヲ発シ而シテ其病性多クハ甲者ノ病性ト同一ナル」「Foile à deux」（二人精神病）の概念は、男を追いかけるようにして日本に伝わってきていた（三田久泰「感伝性精神病論」『東京医学会雑誌』第三巻第三号、明二二・二）。

4

ひとはどのようにしてこころを病むか。

大部分の精神病は、ばかげたおしゃべりや奇矯な行いによってではなく、気質の病的な変化や自己感覚や感情の異常、およびその結果としての興奮状態として、最初に発現する。脳の疾患から生ずる新しい表象と欲動とは最初おおむねたいへんぼんやりしたものなので、狂気のもっともはやい段階では、あてのない不機嫌や、不快、憂鬱、不安などの感情が顔を出す。思考と意志の正常な過程が混乱し、新しい精神状態が自己に押し付けられたことは、感覚と気質のぼんやりした変容としてはじめは感じられる。自己の力とエネルギーが減少し、観念の領域が縮小する結果、際限のない精神的苦痛と焦躁とが生ずる。新しい病的な表象と欲動とがこころを引き裂き、人格がばらばらになって自己がいまにも消滅しそうな感じを覚える。（グリージンガー、§39）

広義の表象 Vorstellung は、たんに知覚や記憶によってこころに呼び起こされる像だけでなく、意識されているか否かを問わず、感情をふくめ、およそこころに生起するすべてを含む

(§16)。生活していくなかで得られた表象はしだいに結合され、大きなまとまりのある表象群となっていく。それが、やがてひとつのまとまりをもった全体的印象を帯びるに至ったとき、それにたいして付けられた名が「自己 Ich」である。「自己とは抽象であり、すべての従前の感情や思考および意志の残滓と、精神の過程において得られるつねに新しい内容とからなっている。新しい自己と既存の自己との融合は突然起こるわけではなく、徐々に育まれ、強化されるものなので、新しい自己は、最初のうちは、なお非融合の状態で、すなわち、既存の自己の対立物として、二人称で呼ばれる存在として現れる。(略) ふたつの (ふたつとはかぎらないが) 魂がひとつの胸のなかに宿る。そして、その時点ではいずれも自己をあらわす表象群のうちのいずれが優勢になるかに応じてこの状態は変化し、分化する。このようにして、どのこころにも内部の矛盾と葛藤が生まれる」(§28)。

決着はふつうおのずともたらされ、調和のとれた状態がやがておとずれる。精神の病いは、古い自己と新しい自己とのこうした微妙なバランスが崩壊へと向かったときに出現する。

脳における疾患の始まりとともに、それまでその個人の知らなかった、すくなくともそうした形態においては知ることのなかった、一群の新しい感情や衝動や表象がこころの底の方から首をもたげてくるのがつねである。(たとえば、とてつもなく不安な感情が、犯罪や追跡の表象とむすびついてあらわれたりする。）それははじめのうち、驚きと恐れをかきたてる見知らぬあなたとして古い自己と対峙するが、やがてしばしば古い表象の領域へと強引に押し入って来る。このときには、あたかも抗うことのできないぼんやりした力によって古い自己が占有されたかのように感じられ、これが幻想的なイメージとして表現される。こうした重複状態、古い自己と新しい不適当な表象群との抗争は、つねに苦痛にみちた対立感情や、興奮状態、または激烈な情動を伴う。こころの病いの初期の段階では概して悲哀をともなった苦しみの感情が優勢であるという経験上の事実は、おおよそこのことにもとづいている。

もし、脳の疾患という、表象の新しく異常な状態をもたらした直接の原因が取り除かれず、そうした状態が固定されて続くことになれば、新しい表象群は古い自己の表象群と全般にわたって関係づけられるようになり、また、その他の抵抗力のある表象群が脳疾患によって完全に破壊され消滅させられてしまうので、古い自己の抵抗としての意識の葛藤状態はしだいに止んでいき、激しい感情の動きもやがて静まる。しかし、こうした関係づけによって、すなわち、異常な表象と意志の要素を受容することによって、自己そのものが変造され、すっかり変わってしまうのである。（§29）

自己そのものがねこそぎ崩壊するのが Blödsinn であり、新しい自己が古い自己を圧倒しさった状態が Verrücktheit である（§32）。

ふたつの自己のあいだの葛藤がどのような筋道をたどるかは、いっぱんにその当人の持ち前に左右される。気質の類型は敏感と鈍感という軸でとらえられる。快・不快に容易にうごかされず、瞬時に明確な意見をもって行動するのが後者であり、いっぽう前者は、たやすくこころをうごかされ、漠然とした肯定的または否定的な感情の乱脈な交替に支配され、ために明確な思考は失われる。こころの強さ・弱さもここから規定される。確固とした精神の基調が形成されており、容易にこころを高ぶらせたりしない、すなわち「自己そのものがたやすく揺さぶられない」のが強いこころであり、それにたいし、自己の反応が広範かつ容易に、だが力づよさに欠けるかたちで呼びおこされるのが、こころの弱さ Gemüthsschwäche である。「ほとんどすべての表象が感情を刺激する。喜びは悲しみにいとも容易につながり、情動が精神生活にとって欠くことのできないものとなる。感覚は摩滅し、新しく強い刺激を欲するようになって、恐ろしいショッキングな出来事に喜びをみいだす。自己は、消耗と眠りのうちに休止する」（§31）。

こころを病む瀬戸際に立たされていたのは、だからむしろ「かの合歓（ねむ）といふ木の葉に似て物ふるれば縮みて避けんとす」るこころ、故国を離れるにあたって突如「豪傑と思ひし身もせきあへぬ涙に手巾を濡らした」「弱くふびんなる心」をもっていた男の方であったろう。

かくて三年ばかりは夢の如くにたちしが時来たれば裹（つつ）みても裹みがたきは人の好尚なるらん余は父の遺言を守り母の教へに随ひ人の神童なりなど褒むるが嬉しさに怠たらず学びし時より官長の善き働き手を得たりと奨ますが喜ばしさにたゆみなく勤めし時まで唯だ被働的、器械的の人物となりて自ら悟らざりしが今、二十五となりて既に久しくこの自由の大学の風にあたりたればにや心の中、何となく穏かならず、奥深く潜みし真の「我」は次第々々に表てに顕れて昨日までの我ならぬ我を攻撃するに似たり余は我身の今の世に雄飛すべき政治家、善く法典を諳じて獄を断する法律家などとなるに宜しからぬを発明したりと思ひぬ

グリージンガーによれば、自己は、観念連合の法則によってもたらされる、対立する表象の葛藤状態を経ることによってはじめて出現するしかないが、そうして登場した自己がいずれかの表象を選択し、みずからを生み出した葛藤に終止符を打てるということにこそ、個人の自由の本質がある。こころが弱いばあい、自由の大部分は慣習の単調さにうずもれてしまう。「弱いこころをもった人は、より自由ではない。というのも、表象がいきいきとした連想を呼びおこすことがなく、対立する表象がまったく、あるいはごく緩慢にしか呼びさまされないからで

さ」(§26)。しかしそれは自己の弱さある」(§26)。男の弱いこころはあるときふいに自由にめざめる。しかしそれは自己の弱さゆえにみずからのうちに処理しきれぬ葛藤をもたらす。「時を異にして、われわれの自己は異なった特徴を示す。年齢や、生活上の義務、種々の事件、あれやこれやの観念の一時的な肥大などに応じて、ある自己が他を圧して前景を占める。われわれはたがいに異なっているが、しかも同一である。医者としての自己、学者としての自己、感覚としての自己、道徳の自己など、これらのことばによって示される表象と本能と意志の群れはたがいに対立し、他を追い散らしにかかる」(§28)。このさい、「弱い自己は強い自己より容易に新しい異常な表象に服従する。古い表象群に新しいそれが気どられないようにゆっくりと浸透しても、情動はほんのわずかしか呼びさまされない。しかし、それに促されて自己がかすかな反抗を試みようとすればするほど、逆にそれだけ確実に、新しい表象に服従させられ、呑みこまれてしまうのである」(§29)。「我心はこの時までも定まらず、故郷を憶ふ念と栄達を求むる心とは時として愛情を圧せんとせしが」、いったん女の顔をみてしまうとすべてはきれいに消え失せる。あるいは、大臣が帰東を促したのに「承はり侍り」と答えさせたのは、そのときまっさきにこころに浮かんだ「広漠たる欧州大都の人の海に葬られん」とする自己の姿であった。男の自己意識は静かに収拾のつかない状態へと頽落しようとしていた。「疾病性自家ノ傍ラ従前ノ本人ノ離々トシテ滅ビズ或ハ疾病性自家ガ数個ノ自家本人ニ分レテ各其時ノ妄想ヲ負フルモノトナル」「数多ノ我。

本人分裂」の症状（『精神病学集要』「証候通論」）がやがておとずれようとしていた。女を棄てたという罪責感にこころをくいやぶられようとした瞬間に、偶然襲った熱病が男に救いの手をさしだす。「希ニハ疾病ノ四年間持続シテ後。深重ノ身体病（窒扶斯。虎列剌（コレラ）。間歇熱。）或ハ頭上墜落。撃打。ノ為ニ卒然病ノ治セシ例サヘモアリ」（同「経過予後ノ通論」）――熱をともなう病いはきまぐれで、こころのそれを引き起こすこともあるが、逆に癒したりもする。

男の病いは癒えかわって女が病んだ、と男の手記は記す。だが、女の病名が明記されているのにたいし、男のそれは明らかにされてはいない。男にたいする診断が風邪などの身体病だったのかそれともそうではないのかはついに判明しない。しかし、「旁近家族友人等ヲ嫌避シ甚キハ之ヲ悪ミ仇トスルニ至」るのがメランコリーの重要な指標であるとするなら（同「鬱狂」）、相沢という名の友人にひそかにいわれなき恨みを抱きつづける男は、いったいどのようにしてふりかかるかもしれぬ「慝狂」の汚名をそそごうとするのだろう。

精神病ノ詐欺ニ二類アリ甲ハ健全者ニシテ精神病ノ症状ヲ模スルモノ之ヲ偽狂ト云ヒ乙ハ精神病者之ヲ隠慝シ健全ノ状態ヲ模スルモノニシテ之ヲ慝狂ト云フ（榊俶「精神病詐欺」『国政医学会雑誌』第二六号、明二二・五）

近代という時代における「精神病」は、それを病む当人ではない第三者によって認知されはじめて病いとなる。それは三人称の存在様式しかもたない。一人称のわたしは、ひとりでは、病んでいるとも、病んでいないとも、いずれであれみずからを完全に保証することはできない。わたしはつねに宙ぶらりんである。

精神病であるか否かという問題の立て方はけっして正しくない。概して、健康と病気との間には確かな境界はなく、他の病理学と同様に精神病理学においても、未だ病いがじゅうぶんに発達するには至らないで、個人がなおきわめて多くの健全である特徴を示すような、障害の中間地帯が存在する。（グリージンガー、§75）

遠ざかったり、近づいたり、わたしの視野の片端には、いつも病いが見え隠れする。もし幸運にも熱病がわたしを救わなかったとしたら、あるいは、このさき振り子がふたたび病いの方に振れたとすると、いったいわたしはどうなっており、どうなるのだろう。

この膨大な一群の病気の核心は観念生活における原発性の障害にある。それは、アレゴリーと化した（幻影のような）統覚を伴った、自己の群れ Ich-Gruppe の抑止または拡張という形態をとるか、それとも、強力な錯覚が急に侵襲することによる自己の群れの崩壊という形態をとる。いずれの形態にも共通した初期の本質的な徴候は、論理の欠陥、すなわち、判断と反省の衰弱または不全である。（略）第一の形態の場合、自己は保存されてはいるが、無意識のうちにもたらされた、抑止や拡張の感情の客体化に圧倒されているので、もはやそれは偽の自己でしかない。第二の場合には、病的に刺激された感覚中枢が精神の視野を占拠し、そこを支配することになるので、自己の輪郭そのものがぼんやりしたものとなる。それゆえ、心理学上、第一の場合の障害の本質は錯覚あるいは偽りの統覚に存し、第二のそれは、幻覚をともなう夢遊状態にある。前者が慢性的な妄想狂 Wahnsinns の本質を構成し、後者が急性のそれを構成する。（シューレ『臨床的精神医学』）

この「妄想狂」をシューレはまた「パラノイア」と呼んでいた。

5

「パラノイア」という術語がドイツ語圏の精神医学においてほぼ統一的に用いられるようになったのは、一八九〇年あたりを境とした時期以降のことであるらしい。ことばそのものはすでにハインロートやカールバウムの書いたものに登場していたが、それまであまりなじみのあるとはいえなかったこのギリシア語起源のことばを定着させようとする努力は、グリージンガーによる原発性 Verrücktheit の樹立に伴って生じた概念と用語の混乱をなんとか整理しようとする過程においてなされたと推測される（伊東昇太「Paranoia 概念の変遷」『精神医学』第二二巻第三・四号）。それまでの単一精神病の枠組みでは、続発性の精神衰弱状態に置かれていたVerrücktheit が原発的にも生じうることになって、続発性のそれや Wahnsinn との区別が曖昧になってしまったのである。グリージンガーの単一精神病が狂気の総体において占める領域を縮小されつつもその用語とともに継承されていったことが混乱をひどくした。シュールはWahnsinn と Paranoia を同義としていたし、クラフト－エービングの『精神医学教科書』では、第二版（一八八三）の Verrücktheit が第六版（一八九七）では Paranoia に改められており、クレペリンもその教科書の第四版（一八九三）にいたってはじめて Verrücktheit に Paranoia を添えた（内沼幸雄・松下昌雄訳編『E・クレペリン パラノイア論』）。日本におけるもっとも早い使用例は呉秀三の「精神病ニ関スル二三ノ訳語」（『中外医事新報』第二九七号、明二五・八）に「Paranoias Verrücktheit 偏執狂（従来錯迷狂ト称シ来ル其説ハ後日報告スベシ）」とあるあたりだろう。江口の『精神病学』ではいまだ「錯迷狂 Verrücktheit」「妄想狂 Wahnsinn」となっていたのが、以降、Verrücktheit または Paranoia を「偏執狂」と訳したり（川原汎『精神病学提綱』・呉『精神病学集要』）、「妄想狂 Paranoia」としたりした（門脇真枝『精神病学』）時期をへて、しだいに「パラノイア」（法医学会訳述『色情狂編』明二七・五）という外来語としても定着して来る。

だが、彼我いずれにおいても、用語の統一が概念の統一であったわけではさらさらない。今世紀のはじまるころ、主としてクレペリンの精神医学の移入によってもたらされたパラノイア概念の動揺について、呉秀三はつぎのように語っている。

妄想を主徴候とする精神病で第一に考へられるのは偏執病即ちパラノイアである、二三十年に於ては稍や固定性の妄想を有する精神病は凡てパラノイアの名称を与へたものであつて、我東京府巣鴨病院等に於ても古い時代の病牀日誌を調べるときには所謂錯迷狂なる名称の下に多数の患者にパラノイアの診断を下してあるのを見出すのである併し之れは病状を以て直ちに病的機転〔「機転」は Process の訳語〕其者と混合した結果であつて、実際に於ては同じ病的機転の精神病でも別種の症状を以て現はれ、或は反対に全く異種の疾病が同一の症状を呈することがあるので、病的機転と最も密接の関係あるのは寧ろ経過及び転帰である、此見地に基いて今日にては偏執病は大体次の如く考へられて居る、即ち内因より発する慢性の精神病であつて、固定性の系統的の妄想を有し、其妄想は組織的発育をなし、傍ら智力の衰弱を来さず、人格の崩壊を呈することなく又智力の衰弱を来すことなき疾病と認められて居る、近来に至りクレペリンなどは偏執病の範囲を極めて狭少に考へ、通常の社会生活をなして居る予言者、開祖、発明家、政治家等に於て見出すところの誇大妄想を有する病的性格者であつて、之れは特別の疾病機転によりて起るものではなく、寧ろ精神的奇形と見做すべきものであるとして居る、兎に角今日に於ては所謂偏執病なる精神病は極めて稀有の疾病として取扱はるるに至つたことは事実である。（「妄想型躁鬱病」『神経学雑誌』第一五巻第四号、大五〔一九一六〕・四）

クレペリンに従うとドイツ語圏において「かつて入院患者の七〇〜八〇パーセントを占めたパラノイアは、一パーセントにはるかに達しない稀有例と化してしまう」（内沼幸雄『正気の発見　パラノイア中核論』）という事態は、やがて日本の岸を洗うようになっていた。

然ルニ他ノ学者ノ説ニヨレバクレペリンノ説ク如キ意味ノ偏執病患者ハ実際ニ存在セザルモノナリ或ハ斯〔かか〕ルモノアリトスルモ単ニ先天的精神変質者或ハ慢性躁病ノ一種ナラント云フ。加之〔しかのみならず〕チーヘン、ヂーメルリング氏等ニヨレバクレペリンノ学説ニ反シテ慢性偏執症ノ外ニ尚ホ急性症アリテ治癒スルモノアルコトヲ主張シ此等ノ見解ハ未ダ一致セザルナリ（松原三郎「偏執病問題」『神経学雑誌』第一七巻第五号、大七・五）

しかし、ときにこうした異論の存在を示しながらではあるが、クレペリンの第七・八版に依る石田昇『新撰精神病学』が「本病は異常なる性格の生活の苦闘に対する反応と思惟せられ境遇に適応せむが為に特殊なる性格の発達を見るに至れるもの」と規定するのをはじめとして、以降パラノイアは基本的にクレペリンの見解に従うかたちで記述されるのが常である。

偏執病即チぱらのいあ及ビぱらふれにート称セラルルモノハ経過頗ル緩慢ニシテ而カモ常ニ進行性ナル妄想、殊ニ被害、追跡、好訴、誇大、宗教的妄想等ヲ示シ、而カモ、其ノ妄想ハ多年ニ亘リテ確乎タル連絡ヲ有シ、系統ヲ作リテ、永続スルヲ例トス。尚其ノ病ノ進行セル末期ニ於テハ甚ダシキ智力ノ衰弱ナク、時ニ多少ノ叡智衰弱状態ヲ来スコトアレドモ、其ハ著名ナル痴呆殊ニ人格ノ損喪廃毀ヲ来スニ至ラザルモノナリ。（三宅鑛一・松本高三郎『精神病診断及治療学』第三版、大二・一二）

偏執病ハ精神変質若シクハ精神薄弱ノ基地ノ上ニ発スル一定不変ノ系統的妄想ヲ主徴候トシ、毫モ精神ノ崩壊ヲ来スコトナキ慢性精神病ナリ（下田光造・杉田直樹『最新精神病学』増訂四版、昭三〔一九二八〕・七）

エリスは系統的な妄想を抱いてはいないし、その精神機能が失われてしまったとされるのだから、こうしたクレペリン一流のパラノイア観からすると、女にたいして「急に起りし「パラノイア」」と診断を下した医者は途方もないやぶであったことになる。

以前グリージンガーによって主張された見解によると、偏執狂は常に、それに先行する情動性障害の続発的な段階であるとみなされていたが、スネル、ウェストファール、ザンダーの諸研究によってはじめて、「原発性」偏執狂が特別な病型として一般に認められるようになったのである。しかしながら、この範疇のなかには、われわれが妄想狂に含めたところの障害をここから除くとしても、なおかつ、数多くの異なった病像が包摂されている。シューレはそれらのうちから唯ひとつを「本源性」偏執狂として残し、そのほかのすべてを「慢性妄想狂」（パラノイア）として記述した。けれどもわたしは、このような慢性妄想狂は、妄想狂という名称のもとにすでに記述した病像よりも、「本源性」偏執狂により一層の内密な関係にあるように思う。また、わたしは、「急性」偏執狂を樹立しようとするウェストファールの見解は間違いであると考える。なぜならば、このような概念の拡張によって、偏執狂の本質的特徴であるその慢性的かつ体質的な性格が曖昧にされ、互いにまったく相異なる諸病型が同じ分類単位のなかに無理に押し込まれることになるからである。（クレペリン『精神医学教科書』第三版、一八八九。『E・クレペリン　パラノイア論』による）

むろん女が発病したのはクレペリンがパラノイアから余計なものを懸命に追い出しにかかる以前のことであるから、むやみに医者の診断の当否をあげつらうには及ばないのかもしれない。

だが、だとするとこんどは、妄想の症状がみられるものはすべて含むようなウェストファールの「偏執狂」は Verrücktheit であって Paranoia ではないこと、あるいは、クラフト－エービングがパラノイアを遺伝にもとづく「精神的変質」に編入し、

偏執狂トハ素累アル者ノミニ来リ屢〻体質性機能神経病ヨリ発育スル慢性精神病ニシテ精神上本人性ヲ長久ニ深重ニ変化セシメ其症ハ殊ニ内外ノ刺衝ヲバ疾病性ニ領受、編成スルニ発呈スル者ニシテ意識ハ溷濁セズ思慮ハ全備シ唯経験材ヲバ種々ノ主観元素ニテ偽装換飾シ旁近及ビ自家ヲ謬見妄解スルコトヲ致スナリ其主徴候ハ所謂固着妄想ニシテ鬱狂躁狂等ノ妄想ニ異リ些少ノ感動モ之ガ基礎タルナク疾脳髄ヨリ初発創成シ妄覚狂ノ妄想トモ異リ初ヨリ系統性紀律性ニシテ裁決機転弁別機転ニテ連附シ確乎タル妄想城府ヲ構成スルナリ　（呉『精神病学集要』「偏執狂」）

とのべていたことなどからして、およそ医師が「過劇なる心労にて急に起りし「パラノイア」といふ病なれば、治癒の見込なし」（『塵泥』）という診断を女にたいして下した可能性そのものがひどく限られてこざるをえない。

たとえば川原汎の『精神病学提綱』が「偏執狂錯迷狂」の項で「本症モ亦急ニ発生スルコトナキニアラサレトモ、概ネ緩慢、加之屢甚緩慢ニ起ル者トス」といい、かつ「大概ハ甚早クヨ

リシテ一般ニ感覚及意識界ノ衰弱ヲ来セトモ、理解能ノ根本ハ保存ス、就中記憶ハ善良也　経久スルニ準シテ漸次精神儒弱ヲ発生スルヲ常トスト雖、重症ノ終末的痴狂ハ又罕（まれ）也」とするように、あわよくばエリスという女に与えられたような、急性に起り、しかも Blödsinn に転帰したとしてもおかしくはないような、不治のパラノイアを捜し出すこともできそうではある。

> 妄想狂は原発性妄想或は原発性妄覚を主証候とする機能性精神病なり、原発性妄想を主証候とせるものを単純妄想狂といひ妄覚を主証候となせるものを幻覚性（妄覚性と訳するを適当とす）妄想狂といふ各急性慢性に分つ　（門脇真枝『精神病学』「妄想狂（Paranoia）又偏執狂」）

「機能性精神病」とは解剖によっても病変が検出されない精神病を指し、グリージンガーを承けた「原発性妄想」とは、まるで「空晴れ月清きをりしも群雲攸然として至るが如く隔異せる観念のむら／＼浮みいで終に固定して妄想となるもの」をいう。「急性幻覚性妄想狂」の経過はおよそ半年であり、「一二ケ月或は僅か数日」のばくぜんとした不安や違和感にさいなまれる前駆期のあと、急に主期が訪れ、患者は幻覚や錯覚に圧倒される。その間「幻覚の為め或は強梗性制止状態を呈し或は重き激越症を来たす前者により精神病は似（えせ）非昏迷症にて経過し後者に於て屢〻躁暴症に亢進す」。

昏迷性症＝主徴候は原発性妄覚、続発性妄想、原発考慮制止症及び之れに一致せる運動制止症、加之時として原発性鬱憂症（或は苦悶をかね或は之れなくして）幻覚の内容は鬱憂症に一致せるが故に妄想は陰性なる即ち追跡、貧困、罪業等の妄想を呈す、運動制止は多くは強梗症を呈す、かゝる状態にて時々幻覚の内容に一致し突然跳起することあり本症もまた幻覚性鬱憂狂及び一方には幻覚性遅鈍狂との間の移行漸次にして判然定め難き事あり（同）

チーヘンの分類を参照する門脇は、はじめからは知性の破壊されない「顚狂」とそうではない「痴狂」とのふたつに精神病を大別しており、ここでいう「遅鈍狂」は Stupidität で、「妄想狂」や「鬱狂」とともに「顚狂」に編入されている。

「急性幻覚性妄想狂」の「殆ど七〇％」は「全治」するが、再発するものも多い。完全に治癒するのは「漸く三〇％」で、再発を繰り返して「続発性痴狂」となるものも一五％ある。

これにたいしふつう幻覚や知性の欠損を伴わない「急性単純妄想狂」は「突然夥多の妄想を来たし互に撞着あり矛盾あり誇大妄想あり追跡妄想あり、心気妄想あり、曰く楠正成なり、ビスマルクの子なり」という仕儀となるもので、その転帰は「治癒、再発」。

したがって、エリスと呼ばれた女の病んだ「パラノイア」という病いを門脇の記述するような「急性妄想狂」でもって理解することは、女には発達した「原発性妄想」がみられないこと(「偏執狂ハ主徴候タル執着妄想ニヨリテ診定ス」──『精神病理氷釈』)、および経過の観察もなくいきなり「不治」とされることによって、釈然としないものが残らざるをえない。むろん、たんに妄想の有無のみであれば、追跡妄想などのはっきりとした秩序をもった妄想を特徴とする慢性的パラノイアにたいし、急性のパラノイアの症状は、自己のヘゲモニーの崩壊した、万華鏡のように移りかわっていく夢幻状態であるとするシューレにまでさかのぼればいいし(ただし、ここでもシューレは治癒への可能性を閉ざしてはいないのだが)、それがめんどうならば、いっそのこと、妄想については男が報告していなかっただけだとか、じつは医師の診断は Paranoia ではなく Verrücktheit であったのだ、などとそれじたいパラノィア的にいいのがれることができるかもしれないが、「不治」とするのはなんとしてもいただけなかった。なるほど、いっぱんに慢性病とされる「偏執狂」の完全な治癒はたしかに「破格」のことであるかもしれないが、そうであったとしても「偏執狂ハ其本質其機転上痴狂トナルベキモノニアラズ」(『精神病学集要』)、すなわち Blödsinn のような「生ける屍」と化すわけではなかった。まして「急性偏執狂」では「全癒」した症例もすでに報告されており(小野寺義卿「精神病患者実験記事(第三十五例)」『東京医学会雑誌』第八巻第八号、明二七・四)、また、明治二十年から三十四年にかけて巣鴨病院を退院したのべ五〇一一人(入院は六〇四五人)のうち、「偏執狂」と診断された者は二一三人であるが、そのなかで「全治」または「軽快」したものが六九人を占め（残りは「不治」・「死亡」）、なかでも「急性妄想症ニハ治癒多クシテ死亡少ナ」しと総括されていたのである（呉秀三「明治二十年乃至三十四年東京府巣鴨病院医事報告」『中外医事新報』第六八二〜六八四号、明四一・八〜九）。

「偏執狂ノ診断ハ其全経過ヲ見テノ後ニハ難カラザレドモ其病初ニ当リテ之ヲ察スルハ易カラズ」（『精神病学集要』「偏執狂」）。「急に起りし「パラノイア」」の転帰はやはり慎重に見極めれねばならず、医者も男もなぜかあまりにはやく女に見切りをつけすぎたに違いなかった。

　夫ノ躁暴及ビ癲狂ニ陥リテ回復ノ推測モ冀望モナク一年以上持続スルトキハ、離婚ノ理由トスルコトヲ得（痴獃ハ離婚ノ原因ナリ）（「普漏西（プロイセン）普通法」〔一七九四年〕、片山国嘉『法医学大成』第三冊）

むろん男と女とは法的に結婚していたわけではないけれど、「一年以上持続」という条件を見過ごしたか、あるいはあえて無視して、いきなり生活をともにした女を「不治」として置き去りにしたことは、法を知悉した男に似つかわしくない仕打ちではあった。

　こうして、もはや廃れた病名を、ようやく時代遅れになりかかった病名にわざわざ改めた男は、またしてもその手記にピリオドをうちそこねるのである。急性のパラノイアがもはやうち捨てられる寸前の時代おくれの概念でしかないというクレペリンの意地悪なささやきから、男はもとより、二十世紀初頭の日本の読者のおおかたもまた逃れることができない。

躁鬱病及び酒精中毒性精神病も偏執病様型の病症を呈することがある、両者共慢性の経過を採ることがあるが、其急性の症状を呈するもの従前急性偏執病（acute Paranoia）と称せられたものの大部分を占めて居るのである（呉「妄想型躁鬱病」）

由来世人が精神病の原因と考へるもので。そうでないものが沢山にある。俗人は感情上不快なりと覚ふるものをば原因と考へる傾きがある故。その様なことがあつて何か異常が起ると。其異常は此刺戟の為に起つたのか、元来素因があるから此刺戟を切掛けに起つたものだか、よく究めないで。直に之を発病の主因と認めるのが常である。其だから病人の家族朋友などが精神の感激とか又は過労とかを精神病の原因として挙げて来ても。それがさうでなくて或る身体病の症候としての精神障礙であることがある。何か心配したとか怒つたとか激したとか位は何人にもある事であるのによく調べないでそれを偏頗にも精神病の原因と見做すことがある。身体損傷に就ても随分同様の事が屢あつて。精神病の発る前に頭でも打つたことがあると直にそれを原因と称することがある。要するに根本的に身体検査をすることは此点に付いても必要である。（呉『精神病診察法』明四一・八）

出口の見えない混乱にどうにも我慢できなくなった読者が、手記の書き手である男をさしおいて、女の病名を自分の手でより医学と合致するものに変えてみることは勝手だが、そうしていったん精神医学によりそってしまえば、診断の対象となるのがもはや女だけでないのは明らかである。「今目前にある患者は何者であらうか。精神病を装ふ罪人であらうか。真の患者であらうか。その病症はなんであらうか」（鷗外「鑑定人」大四・一）。

精神病者と交り之れと親むも、素累なき人に於ては精神病に罹るいみじき危険なきものなれども若しも其が遺伝素因ある人ならむには精神病者と親むこと危険なりこれ間々之れが為め精神病を発することあればなり、かゝる場合にはなほ多くは直接に移動するものに非らずして精神病者との交際之れが禍害となり即ち同情的感動振盪及び身体上精神上過労を来たせばなり、直接の移動は甚だ稀なりかゝる場合を感伝狂（Inducirtem Irresein）又通同狂（Foile communiquée）二人狂（Foile à deux）等の名あり、多くは常に同所に生活する人、例之夫婦、同胞等に多し、第一狂者甲は通常位置、意志強固なり、既に健康時に於て第二乙なる人に大なる影響を及ぼせること認めらるゝことあり、この影響は甲の疾病経過中に於ても然り乙は次第に甲の病的感応を移動し甲の妄想を受領す即ち精神誘導をなしゝなり、時として甲は妄想にて乙を誘化することあり、乙は或は全く他動的に或は其の特殊の思慮により妄想を適応す、又反応的に乙は甲より移動せし妄想を潤色し更に移動することあり、多くのこれ等の二人狂は甲は慢性妄想狂を現はすこと多し、乙は甲より固有なる影響を受け之れより感伝性感動及び妄想の乙に速かに現はるゝことあり甲の精神病は多くは不治なりいかにといふに多くは慢性妄想狂を現はせばなり。（門脇『精神病学』第四編原因学総論(七)「真似、精神感染」）

「舞姫」というテクストにすみついた狂気は、はっきりとした輪郭をもったかたちではとりだすことができない。近代という時代が閉じるまで、苦沙弥先生の当惑は一人称のテクストにまつわっていくども切実でありつづける。

［付記］
「舞姫」のテクストは『国民之友』第六九号付録（明二三・一）掲載本文、および『塵泥』（大四・一二）所収本文（嘉部嘉隆前掲書に影印）によった。
また、参照したグリージンガー等の原典はつぎのとおり。

W. Griesinger, Die Pathologie und Therapie der Psychischen Krankheiten für Aerzte und Studirende, Vierte Auflage, Braunschweig, 1876.

H. Schüle, Klinische Psychiatrie, Specielle Pathologie und Therapie der Geisteskrankheiten, Dritte völlig umgearbeitete Auflage, Leipzig, 1886.

R.v.Krafft-Ebing, Lehrbuch der Psychiatrie auf klinischer Grundlage für praktische Ärzte und Studirende, zwei Bände, zweite, theilweise umgearbeitete Auflage, Stuttgart, 1883.

Ibd., sechste vermehrte und verbesserte Auflage, Stuttgart, 1897.

声のゆくえ

1

ひとりの若い女の口から出た声が見渡したところほとんど男ばかりの傍聴人で埋まった法廷の空気を震わせた。

明治二十年五月三十一日、大阪中之島の臨時重罪裁判所。時計の針は午前十時十五分をすこし過ぎたころだった。

下り藤の紋のある黒縮緬の羽織に身をつつんだ女の顔は丸く、肉付がよかった。上気しているのだろう、色白なその顔がほんのり紅をさしたようになってはいたが、ときどきにっこりと微笑しながら、女は、よく通る大きな声で裁判長の訊問に淀みなく答えていった。

景山英、二十一歳。一週間前から始まっていた大阪事件の公判に引き出された六十二名の被告のうちただひとりの女性。むくつけき壮士らにたちまじって国事に奔走した女丈夫として喧伝されていた彼女の姿を見、その声を自分の耳で聞くことができたのは、裁判の関係者を除けば、まだ暗いうちから裁判所の門前に並んだおかげで運よく法廷に入ることができた二百七十五名の傍聴人だけだったが、その声は、記者席に陣取った十四人の新聞記者と速記者の手を経て、裁判所の外へと洩れだしていった。

> 妾は幼少の時より愛国の心盛んにて彼の明治十五年及び十七年の朝鮮警報に接しますと慷慨の情激発し如何に我国は未だ微弱なりとて又彼れ野蛮国の情実察すべきものありとて彼れの我国旗国権を辱しむること実に甚しと悲憤して止む能はざる程で厶（ござ）りました又妾は嘗て小林と同郷にて且つ最も懇意なりしが為め出京致して後も度々之を訪問しましたが小林等は平素国事に熱心する人ゆゑ定めて何か国事上に付計画もあらんと問ひましたれども小林は妾を充分信ぜざるものと見へ其計画を打明けて談じません去りながら小林等が何か必ず計画なし居るに相違なしと略（ほ）ぼ推測致しました故此上は妾が熱心の程を知らしめんと存じ神奈川県に到り資金を募集しました訳で厶ります　（『大阪日報』付録「国事犯事件公判傍聴筆記」〔以下、日報と略記〕、明二〇・六・一二）

彼女の声は、大阪の新聞なら翌日か翌々日、東京の新聞なら一週間から二週間ほどで読者のもとへ届いた。すでに電報が東京・大阪間の距離を約一日に縮めており、また、通常の通信の場合でも大阪を発信されてから四日程度で東京の紙面を飾ったことからすると、一週間という時間はおせじにも短いとはいえないが、裁かれる事件そのもののニュース・ヴァリューと現に公判が進行中であるということがたぶんに彼女たちの声の生気を保つのに役立った。「自分は意思を十分に述べて天下公衆の裁判を受けけんと欲する者」である、と法廷で昂然と大見得をきった被告・大井憲太郎（六・三公判、日報）の目論見は、新聞というメディアが競ってかれら被告たちの発言を紙面に躍らせたことによってあっさり現実のものとなった。「自分等が裁判長閣下に向つて申立つる所の事は裁判長閣下に告ぐれば足れりと雖ども間接に天下公衆に聴いて貰ふの分子を含めり」（七・二二公判、大井、日報）。好むと好まざるとにかかわらず、かれら被告たちのことばは「天下公衆」に筒抜けになる。ことばはそれを産み出した当人との紐帯をたちきるように、やがてはるか遠くへと旅立っていく。

朝鮮計画に与［く］みせしは私幼少の頃より母の薫陶に因るか将［は］た天性の然らしむる処か常に国家を憂ふるの一心念頭を立去らず殊に十七年朝鮮の警報に接するや（此時被告は頗ぶる慷慨悲憤の相貌を現はせる様見受たり）実に慷慨の思に堪へざりき此事は嘗［かつ］て予審廷にても申立てし如く日本の独立を永遠に維持し我国威を海外に輝かし我国旗の恥められたるを雪［すす］

がんことを熱望する上元彼れ朝鮮国は野蛮の国なるに此野蛮国より斯くも蔑如せらるゝは残念千万なりと考ふる折から大井、小林等が曾てより何か計画し居るとのことを聞きしにぞ直ちに至りて之れを尋ねしも大井、小林等は其計画の仔細を明かさゞりしものから私は私の精神を彼れ等に知らさんが為め資金募集として神奈川地方に赴き僅々たる資金を得て東京に帰り之れを小林に渡し精神の在る処を示したり（『浪華新聞』付録「国事犯公判傍聴筆記」〔以下、浪華と略記〕、明二〇・六・一）

景山が起訴されたのは、刑法第百三十三条の外患罪と爆発物取締罰則違反との二件であり、前者は「外国ニ対シ私ニ戦端ヲ開」こうとしたこと、すなわち「大井憲太郎小林樟雄磯山清兵衛等が朝鮮国に渡航し彼国政府に立つ所の事大党を殪［たお］し独立党に政権を帰せしめ朝鮮国をして独立国たらしめんとするの計画」（裁判長・井上操、日報）に参加したことを指しているが、そこに至るまでのいきさつについての彼女の法廷でのことばは『大阪日報』と『浪華新聞』とで微妙に異なっている。両紙とも、そろって明治十七年の暮れに起きた甲申の変をその動機として挙げているが、『浪華新聞』の伝える「我国威を海外に輝かし」云々という発言は『大阪日報』にはまるで見えない。明治十七年十二月に京城で勃発した独立党のクーデターを支持すべく、公使に率いられて王宮に入った日本兵三個小隊は、清兵の援軍を得た事大党の反撃にあって敗走した。『浪華新聞』の伝える「我国旗の恥められたるを雪がん」という景山の発言は、この甲申の変における日本軍の敗走を念頭に置いている。「支那兵ガ王宮ヲ護衛シタル我ガ兵隊ヲ砲撃シタル一事ハ我ガ国旗上ノ名誉ニ於テ重大ノ関係ア」り（「我邦ノ支那ニ対スル政略如何」『朝野新聞』明一七・一二・二二）。「慷慨悲憤の相貌」もあらわに雪辱を口にする『浪華新聞』の景山は、甲申の変当時の「慷慨悲歌ノ士」さながらの直情径行ぶりを発揮して、どうみても朝鮮の人民には災厄をしかもたらさないであろう無謀な計画に勇躍加わっていく。

今日文明ノ諸国ニ於テ戦争ヲ以テ国家ノ目的ト為スコトハ絶エテ無キ所ニシテ其兵隊ヲ養ヒ軍艦ヲ備ヘ以テ非常ノ用意ニ備フルハ之ヲ以テ国家ノ利益ヲ保護スル手段ト為スニ外ナラザルナリ今ヤ我ガ慷慨悲歌ノ士ノ如キハ之ニ異ナリ朝鮮人ハ無礼ナリ支那人ハ汚辱ヲ我ガ国旗上ニ加ヘタリ何ゾ区々ノ利害ヲ計画スルヲ要センヤ直チニ問罪ノ師ヲ出ダシテ之ヲ征討スベシト謂ヒ独リ赫々ノ武功ヲ喜ビ戦争ノ勝利ヲ以テ単ニ国家ノ目的ト為シ之ニ因リテ一国ノ利益上ニ如何ナル関係ヲ及ボスベキヤニ至ツテハ殆ンド之ヲ不問ニ置クモノ、如シ吾輩ハ此等ノ人々ト与ニ国家ノ大計ヲ論ズルヲ欲セザルナリ　（「戦争ハ手段ニシテ目的ニアラズ」『朝野新聞』明一八・一・七）

ひたすら「国家を憂ふるの一心」いってんばりで押し通そうとする『浪華新聞』の景山のこと

ばは、「生れ得て活発強気（がうき）、教育も亦乏しからず持論頗る高尚にして壮快殆ど鬚眉（しゆび）の男子を愧（は）ぢしむるものあ」る（「鉄窓余聞」『大阪日報』六・一）女丈夫のそれであったといっていい。「女丈夫（ぢよぜうふ）と云へば、女（おみな）で大丈夫の様だとの事、即はち女にして男に似た」存在であり（是空子「婦人方に限る者」『女学雑誌』第一〇五号、明二一・四）、そのことばは限りなく「男に似」ていた。

> 汝速（すみやか）に教会に帰服せよ然らずんば死刑に行ふべしと言ひきかすに如安〔ジャンヌ・ダルク〕は猶も屈せず妾此審廷に於て御答弁せし言は決して食み候ふまじ縦令火刑に処せらる丶と雖も妾豈に其志を翻さんやと言（こと）ば涼しく言い放ち（栗屋関一訳『回天偉蹟仏国美談』第六回、明一七・二）

> 賢明なる陪審官諸君（と云ひ様磨嬢（マリ）の指揮（さしづ）に従ひ前なる卓子（たくし）を丁（てう）と打ち）妾（わらは）未だ法識に乏し然（しか）るも今の不意に此大任を托せらる丶に逢ふ安（いづ）くんぞ身の不肖を以て辞するを得べけんや何となれば不幸薄命の人将（まさ）に刑辟（けいへき）を受けんとして妾（わらは）の眼前に在ればなり（蔭山広忠訳『社会進化世界未来記』第四回、明二〇・六）

「女状師」の見習生だった「映簾（エレーヌ）」は、叔母殺しのかどで起訴された被告のためのこの弁論によって被告の無罪を勝ち取った。この「映簾」の日本版の口調もやはり堅苦しいものだった。

原告が始審の判決に服せず本訴を起したる理由は多弁を費やすまでもなく簡単なる陳述にて明瞭なるべし抑も本訴至要の論点は被控訴人の甲第一号証乃ち前借と称する負債の証書は正確なるものなるや否やを判別するにありとす（服部誠一『文明花園春告鳥』第十七齣、明二〇・三）

「年纔かに二九の妙齢にして控訴の原告とな」った愛沢操は「如何なる女丈夫が法理を闘はんとするやらんと」待ち構える傍聴人の前で、控訴の理由をこう陳述しはじめた。「丹花の唇を開き優美なる嬌声を発して」という断りがなければ、途中で顔を出す「妾」という自称詞以外には、「滔〻懸河の弁を振」う彼女たちのことばの中に女性の口から出たことのしるしはどこにもない。とすれば、自称詞すら「私」を用いる『浪華新聞』の景山に女の声を聞くことはより困難であるといっていいだろう。

これらにくらべれば、「ます」や「厶ります」といったはなしことばの口調で語る『大阪日報』の「妾」景山はどこか優しげですらある。

従来婦人方は自ら称して妾と云ひたり之れ固より其身を卑しみてメカケの如しと云へるにはあらずたゞ謙遜したる自唱の文字なること例へば奴隷にあらざる男子が其身を僕と呼び堂々たる切要の人も亦た余と称へたるが如し（「妾」『女学雑誌』第四四号、明一九・一二）

だから「婦人自ら称して妾と云はゞ是れメカケと訓す可らずワラハの事なりと心得る」（同）べきだとすると、『大阪日報』の景山は、

> 貴郎の心情果して言の如くならば実に妾の最愛たる益友なり殊に貴郎は言を食むが如き軽薄男子にあらざるは妾堅く信じて疑はず願はくは倶に身を終るまで益友たらしめよ妾切に之を貴郎に望めり（『春告鳥』第十八齣）

という「濃乎とした「郎君よ、妾」口調」（山田美妙「柿山伏」其一、『夏木立』明二一・八）で男と語らう操や、あるいは、「臨時裁判所」の法廷で、

> 妾は妾と志望を共にし生死を同うせんと誓ひし人々をも、此の処へ呼び出さるゝにあらざれば、如何なる審問を受くるとも、片言隻語の返答をなさじ（宮崎夢柳『虚無党実伝記 鬼啾啾』第十回、明一八・一〇。日本近代文学大系2）

といいはなち、のち「主義の為めには夫妻よりも猶ほ親しく交は」っていたブラントネルらとともに「爆裂薬」によってアレクサンドル二世を暗殺した美貌のナロードニキ「ソヒヤ、ペロウスキー」にまではるかにつらなっていく。

まだ岡山にいた景山と小林との間ですでに「後来夫婦の約束」が成立していただろうとはっきりと書いたのは独善狂夫（清水太吉）編『自由の犠牲 女権の拡張 景山英女之伝』（明二〇・七）が最初かと思われるが、ふたりの親密な関係は早く『大阪日報』の傍聴筆記によっても間違いなく読者に伝わり、彼の地で処刑されたソヒヤが日本の女となって蘇ったことを告げていた。

> 英子嬌顔豊膚嫣然一笑すれば自ら人を動かす其末だ曾て紅粉を廃せざるものは則ち婦女の婦女たる所以にして過激活発の性情中別に優美の気風ある乎人或は英子を称して当年歴山皇帝第二世を弑し死刑に処せられたる魯西亜の烈女ソヒヤ、ペロースキの風ありと云ふは実に宜なる哉（宮崎夢柳『大阪事件 志士列伝』中編「景山英子伝」、明二〇・一二）

これを、死せるソヒヤを恋慕っていた夢柳一流の願望がなせるわざだと決め付けることができないのは、景山英じしんに

> 嗚呼此の如くなる時は無智無識の人民諸税収穫の酷なるを怨み如何の感を勃起せん恐る可くも積怨の余情溢れて終には惨酷比類なき仏国革命の際のごとく或は魯国虚無党の謀図するごとき惨憺悲愴の挙なきにしもあらず

ということばが備わるからである（「述懐」『浪華新聞』付録、五・二七）。

景山の「妾」はあるときはソヒヤの「妾（わらは）」に限りなく接近する。だが、ルビのいっさい振られていない『大阪日報』の傍聴筆記においては、はなしことばのなかの「妾」はひどく不安定で、いつまでも「ワラハ」という一箇所につなぎ止めておくことはできそうにない。「妾」はセウと音読してもよかった。

有名なる景山英女史に親しく面会したるに女史は精神活発言語爽快にて毫も平生に異らず種々談話せし後同女は頗る悲憤なる言語にて翁に謂て曰く妾（せう）が身は楚囚となり如何なる辛苦を嘗（な）むるとも妾（せう）の精神は確固として決して以前に異らず否（い）な妾（せう）は以前に比すれば精神の強固なるを覚ゆ又妾（せう）は自由と共に生死すべし云々と語りたりと同女史の斯（かく）の如く男子にも愧（はぢ）ざる女丈夫（ぢよじやうふ）となりしも全く其慈母の教育宜しきを得たるによるならん（「岡山通信」『めさまし新聞』明二〇・八・七）

しかし、かりに「妾」をワタクシと訓めば、そのことばつきから感じられる女丈夫らしさはとたんに希薄になってしまうだろう。

（巡）なんぢや何用ぢやな（女）ハイ妾（わた）くしは星野てつ（二十一）と申すもので厶（ござ）いますが実は本年（ことし）の一月まで新吉原（よしはら）揚屋町の貸座敷品川楼へ出稼をいたして居（をり）ました愛之助でご

ざいます（巡）シテ其の方は如何したのぢや（女）ハイ誠にどうも済ませんことで厶いましたが本年の一月三十日の晩予て妾くしの処ろへ参りました日本橋区新材木町の木綿問屋福原の雇人で吉岡新次郎（二十五）と申すお客と品川楼を脱出しまして（巡）ナニ品川楼を脱出したと（女）ハイ（「お役人さまへ申上ます」『めさまし新聞』明二〇・七・一五）

（裁）其節峯吉は如何致した（被）能く存じませんが二月頃私しは暇を出す積りでございましたが父が種々申して使ふと云ふことでございましたから私しは父の言葉に従ひまして使つて居りました殊に同居も居りました故其世話をさせましたが万事は父の計らひでありました（明治二十年十一月十八日、東京重罪裁判所での、花井お梅と裁判長のやりとり。秋葉亭霜楓『花井於梅粋月奇聞』第二十八回、明二〇・一二）

おびただしく登場する漢語と「あります」という強いいいきりだけが、かろうじてワタクシの女丈夫らしさを支えることになる。

元より私は幼少の時分より愛国心に富んだもので十五年十七年の両度朝鮮の警報に接しまして最も慷慨致して居りました之に就ましては予審で申上た通り何うか此機に於て日本の独立を永遠に保持致したき考でありますに今に野蛮の境界を脱せざる朝鮮の野蛮国に我国

の斯も蹂躙されたかと思へば憤懣に堪へませんから何か好機も有うかと常に心掛け忘るゝ隙はありませなんだ。処が予て小林とは交際も致して居ましたから私の精神を知しめんが為に私は想像した処を以て資金を募集致したのであります（『朝日新聞』「国事犯嫌疑被告事件公判傍聴筆記」〔のち「国事犯被告事件公判傍聴筆記」と改める。以下、朝日と略記〕、明二〇・六・二）

このワタクシの声は、演説会の会場でときたま聞くことができるが、かなり日本人ばなれのした声である。

我々同胞姉妹を上帝が造り給ひしも必ず男子と共に世を文明に進ましむる目的なるに相違ない故に私の今述る所は何卒アナタ方と力を戮せ心を一にし外は国の開化文明を計り内は男子を輔けて大なる働をなし貞女烈婦と呼ばれ及ばずながら日本の為に尽したき心得であります（海老名宮子演述・佃龍雄筆記「日本の姉妹に勧む」『女学雑誌』第六七号、明二〇・七）

妾は参政の熱心者であります。参政気違であります。世には非参政論者なるものがありますが。其説を聞きますのに。男女は同権なるものにあらず。女子は其精神力に於て。男子に劣る事数等なり故に参政権を与ふべからずと云ふのであります。これが反対論者の金城鉄壁とも恃(たの)んで居(ゐ)る処でありますから。妾(わたくし)は今日此二説につき駁撃を試みやうと致します（広津柳浪「女子参政(さんせい)蜃中楼」第四回の中、『東京絵入新聞』明二〇・六・一二）

「速記法により筆記」された「蜃中楼」の山村敏子(さと)の声と『朝日新聞』の景山の声とを聞き分けることはほとんど不可能に近い。しかも「蜃中楼」には景山の声を敏子に流入させるチャンネルが露頭していた。

控訴院からアレ……女が縛られて……巡査が護送して……何の罪でせうネ。国事犯……イヤ其様(そんな)事は未(ま)だ新聞にも見えませんネエ……モウ廿年余も以前に。岡山の景山英とか云ふ女教師(ぢよけうし)が。外患に関する罪とかで。あの裁判所で公判を受けた事が。あッたさうで御在ますが。其目的と手段が迂だとか。評した新聞もあッたと云ひますが。其志(こゝろざし)は……其志しは実に憐むべく欽(をし)むべしではありませんか。（第五回の中、同六・一六）

声は虚構と現実の境界をいともやすやすと通りぬける。早くも法廷から洩れ出そうとしたときから、景山英のことばは、それが声であるがゆえの遍歴を強いられているようにみえる。

自分は生来愛国心を抱きたるよりして其要領は予審にて申立てたる通り我国旗を輝かさんと欲すると且つは朝鮮国は野蛮国でありながら我国民を蹂躙する様の事をなしたるを憤り

たりしに予て小林とは国より親しき交際をなし居りたれば小林等に於て何か予て計画あることを知り自分の想像を以て神奈川地方に到り金員を募集し以て資金に加ゆる積なり
（「大坂国事犯公判傍聴筆記」第四回、『時事新報』六・六）

私は幼少の比より愛国心に深かりしが明治十五年及び十七年の朝鮮警報に接し彼の野蛮なる朝鮮国の為めに我国旗に恥辱を加へたるより頗る慨嘆に耐へず何とかして我が日章旗を海外へ輝かさんと欲し大に感覚する所ありし然る所当時小林は何か朝鮮国に対し計画する所のものありし趣きに付私は小林に就て其仔細を聞きたりしかど更に聞かせ呉れざりしなり然れども私は小林の様子を窃かに窺ふに必ずや計画なし居る所ある模様に付之ぞ果して朝鮮国が我国の人民を蹂躪したるを憤るの余り計画なし居ることならんと想像し其事を挙ぐる時の為にとて夫より専ら資金の募集に手を着けたり　（「大坂国事犯公判傍聴筆記」『改進新聞』六・八）

妾は幼少の時より愛国の心盛んにて彼の明治十五年及ひ明治十七年の朝鮮警報に接するや慷慨の情発激し我国は未た如何微弱なりとて又彼れ野蛮国の情実察すへきものありとて彼れの我国旗国権を辱しむること実に甚しと悲憤して止む能はさる程なりしか妾は嘗て小林と同郷にて且つ最も懇意なりし為め出京後も度々之を訪問せり小林等は平素国事に熱心な

る人ゆゑ定めて何か国事上に付計画もあらんと問ひしも小林は妾を充分信せさるものと見へ其計画を明かさす去乍ら小林等は何か計画し居るに相違なしと推測せしゆえ此の上は妾か熱心の程を知らしめんと存し神奈川県に到り資金を募集したる訳なり（「国事犯公判の記」『郵便報知新聞』六・八）

自分は生来国を思ふの心熱くありたるが今其関係を起すの要旨は予審にて申立たる通り即ち一は我国旗の光を輝かし一は朝鮮国の我国に対し侮辱を与へしことの尠からざる憤りを晴さんとの思想ありし処小林とは余程親密の交際ありし間柄なれば平生小林が自分と殆んど同一の思念あることを知り自分の想像を以て神奈川地方に至り金員の募集に着手し以て幾分の資金に加へんとの計画をなせり（「大坂国事犯嫌疑者公判傍聴の記」『東京日日新聞』六・九）

あるー連のことばが声であるためには、互いに家族のように似ていながら、しかもどこか確実に異なっているもうひとつのことばがどこかに存在しうるという確信がありさえすればいい。文字のような堅牢な同一性はかえってことばを根底から損ねてしまうだろう。たとえば、『絵入朝野新聞』は『朝日新聞』から要所を抜いてそれを忠実に写しており（「国事犯事件傍聴略記」六・一七）、『朝野新聞』は『浪華新聞』の完全なコピーを掲載し（「国事犯嫌疑事件第四回公判」

六・八〜一〇)、『大坂国事犯公判傍聴筆記』前編(石川伝吉、明二〇・八・二七)の景山のことばは『改進新聞』そのままなのだが、これらはいずれも転載したことを明示してはいなかったから、かりに、もとになった新聞の傍聴筆記をあわせ読んだ読者がいたとすれば、これこそまぎれもない唯一の景山のことばなのだと感じ入ることが可能であるようにも思えるが、おそらくそうしたことはけっして起こらなかったに違いない。ことばが文字と完全に一致するなどということを、かれは考えることができない。

たとえば、『大阪日報』に掲載された傍聴筆記の読者が一日前の『浪華新聞』のそれを偶然目にしたとしよう。

田代が安東へ預けし後に何かガラ〳〵云ふゆゑ直さねばならぬといふことを聞けり其後田代が直して居るを見て爆発物なりしとの感じを起せり而して其感じを起せし所以は磯山は即ち実行者といふことを小林より聞き居たれば其荷物は朝鮮計画の必要品との推測を下せり其後に至り中村が荷物を取出せしといふことを新井が聞き其れでは爆発物を取出されしならんといひしに依り始めて其品質を確知したる訳なり(五・三一公判、日報)

田代が安東へ預けし後に何かガラ〳〵云ふゆゑ直さねばならぬといふことを聞けり其後田

代が直してゐるを見て爆発物なりしとの感じを起せり而して其感じを起せし由縁は磯山は即ち実行者といふことを小林より聞き居たれば其荷物は朝鮮計画の必要品との推測を下せり其後に至り荷物を中村が取出せしといふことを新井が聞き其れでは爆発物を取出されしならんといひしに依り始めて其品質を確知したる訳なり　（同、浪華）

五月三十一日午後の公判で、自分が大阪へ運んだ品物が爆発物であることを知ったのはいつだったのかについて景山が述べたくだりである。（田代季吉は爆発物の容器をひそかに製造したとされる人物で、彼女らと一緒に朝鮮に渡ることになっていた。安東は、いったん彼女らが大阪まで運んできて山本憲のところに置いておいた薬品と器具とを景山ごと薬屋である自宅の二階へ引き取ったとされる旧自由党員。また、もと京都で警察官をしていた中村は、後に大阪から姿をくらました実行部隊のリーダー・磯山清兵衛の依頼を受けて、安東宅からふたたび山本のところに戻されていた爆裂弾の半製品を受け取りにきた男であり、新井章吾は磯山の後に渡韓の隊長になった。）読み進めるにしたがって次第に既視感に似た感覚がかれのこころを捉えていく――ハテ、これはたしかにいちど読んだような気がするが……。だが、『大阪日報』が『浪華新聞』とまったく同じ傍聴筆記を掲載するなどということはありうるはずがない。というのも、大阪事件の報道で部数を急速に伸ばそうとしていた『大阪日報』の売物は、なんといっても速記者を採用した傍聴筆記にあったのだから。公判が開始される日の一面に載せた「社告」で『大阪日報』はこうぶちあげていた。

予て世人が其判決如何に注目せらるゝ大坂国事犯事件の公判は愈〻本日より開廷せられ候に付ては本社は曩に予告致置候通り我国記音学の鼻祖源〔田鎖〕綱紀氏外両名を聘して詳細に之を傍聴筆記せしめ小冊子の付録として迅速に配達仕候間之を一読すれば公判廷に於て親しく傍聴すると同様にて読者は坐ながらにして其模様の詳細を知り且其筆記を他日に保存せらるゝの便利可有之候　（明二〇・五・二五）

「直曲十二個の線にて如何なる音にても筆記」できる「筆記学的の文字」を用いた「日本傍聴筆記法」の考案者であり、それに習熟しさえすれば「言語発音と共に同時に記載することの出来る」ようになると断言していた（「日本傍聴筆記法の効用を述ぶ」、丸山平次郎『ことばの写真法』明一八・一二）田鎖綱紀に、ようやく実地の法廷で腕をふるうチャンスがめぐってきた。「通常の筆記文を見るに筆記者が演者の陳べたる大意を記載してよいかげんに自分勝手に作文するから間違ひあるのみならず往々事実と齟齬して居る」が、「言語通りに書」けばそうしたことは起こらないというからには（田鎖「はしがき」、同）、速記による傍聴筆記が「通常の筆記文」と同一になることはけっしてないはずであった。

ところが、どこからか前日の『浪華新聞』を見つけてきて読みはじめたかれの目には、あろうことかまったく同じ文字の列が飛び込んでくる。さっきまでの既視感はあとかたもなく消え失せ、かわって、ほんとうに景山はこの通りしゃべったのじゃないかしらん、という夢想がかれのこころを一瞬かすめるが、よく見ると景山の発言のみならず訊問の進行のようすを記した箇所まで両者は一致していることを発見して、ようやくかれは『大阪日報』が『浪華新聞』の筆記を敷き写しにしていたのだと気づく。『大阪日報』の傍聴筆記にたいする信頼を著しく損なわれたかれは、ふだんは読まないが、『大阪日報』に追随するように「所謂言葉の写真ともなすべき速記法に由て公判弁論等の模様を其儘に写出し即ち目前に於て親しく之を傍聴すると同様の感を読者に与」えると約束していた『朝日新聞』(「社告」五・一八)をのぞき、ある箇所まで読みすすめてほとんど腰をぬかしそうになった。

> 安東の山本田代中村と(云ひ掛け暫く思慮する体なりし)田代が安東の宅に預けまして渡した後で何かガラ〳〵云ふて居るからあれは直さなければいくまいと云ふて置きました其時磯山から使に鍵を持せて参りまして直して居るを見ても爆発物とは現に知れませなんだがダイナマイトと云ふのは斯な物であらうかコップの様なものと又炭酸見たやうな者とあるがこんなものであるか知らんと其時思ひました磯山は朝鮮計画の主唱卒先者でありま

したから予て私に託したるは「あゝ云ふ品物であつたかいなア」と云ふ様な心でありましたが其後山本が中村のために荷物を取り出された時に新井が「荷物と云なら爆発物の荷物を取れたであらう」と云ふを聞きまして其時始て爆発物でありしかと知りました

それにしてもなんという落差だろう。「答弁の際時々漢語を遣ひ其言行の雄々しきは以下記する所を見て知るべし」と『大阪日報』が伝えていたのは嘘だったのだろうか。景山がほんとうにこうしゃべったのだとすると、公判が始まったころから景山めあてに裁判所に詰めかけていた痴れ者たちもさぞや満足したことだろう。

被告人の中岡山県の景山英女は学識才芸のあるのみならず縹致も人に勝れ殊に笑を含む時の靨は愛敬溢るゝ許にて男児を悩殺せしむるとか云て傍聴に出懸る白痴者もあり且被告人退廷の際には控訴院の門前に待受て女史が囚車に乗る処を首を延し口を開て見るさまは実に笑止し女史は斯る形容を見て如何なる感覚を起さるゝかア、（「大坂通信（卅日発）」『東京絵入新聞』六・三）

けれども、かれにはどうしてもワタクシの「あつたかいなア」ということばを女丈夫のワレにむすびつけることができない。

右から順に、『朝日新聞』（明20・6・19）、『大坂事件志士列伝』、『景山英女之伝』に掲げられた景山英の肖像。

『大坂国事犯公判傍聴筆記』前編（国立国会図書館蔵）に載った大阪事件の被告たちの肖像（『浪華新聞』第249号付録の肖像を模している）。

> 元来儂は我国民権の拡張せず従て婦女が古来の陋習に慣れ卑々屈々男子の奴隷たるを甘んじ天賦自由の権利あるを知らず己れが為に如何なる弊制悪徳あるも恬として意に介せず一身の小楽に安んじ錦衣玉食するを以て人世最大の幸福名誉となすのみ豈に事体の何物たるを知らんや況んや邦国の休戚をや未だ曾て念頭に懸けざるは滔々たる日本婦女皆な之にして恰も度外物の如く自分卑屈し政事に関することは女子の知らざる事となし一も顧慮するの意なし斯く婦女の無気無力なるも偏に女子教育の不充分且つ民権の拡張せざるより自然女子にも関係を及ぼす故なれば儂は夫より同情同感なる民権拡張家と相結合し愈々自由民権を拡張する事に従事せり　（景山「述懐」）

一度『大阪日報』で煮え湯をのまされているかれは、にわかに速記のことばを信用する気にはなれない。「言葉の写真」とか銘うっていても、じっさいどんなことをしているか知れたものではなかった。

ぜったいに同じになるはずのない『大阪日報』と『浪華新聞』のふたつの傍聴筆記が同一であり、おなじ発話を速記したからには同一であったとしてもおかしくはないはずの『朝日新聞』と『大阪日報』とがまるで異なった印象を与える傍聴筆記をそれぞれ掲載する――こうした奇妙な事態に遭遇した読者が、もういちど景山のことばとの充実した関係を取り戻すことは、はたしてできるのだろうか。

言語の写真法は簡単にして且つ明瞭なる一種の文字即ち音声に基きて造りたる記号を連綴し及其他に略語。略文加点等種々の方法に依りて人の言語を耳に聞くまゝ詳細同時に写真するの学術なり

此法に用ふる記号は僅か平らと真直ぐと斜めとの都合十二箇の線の濃き淡きに依りて其音種を分つものなり而して単なる記号を以て一言語（ひとことば）を為すあり之を略語と云ひ又二三の記号を以て数語或は一の句を為すあり之を略文と云ふ又略語略文等に一二の簡便なる点を付して言語の格働詞の法。及び時限等を詳かに区別する法あり之を加点法と云ふ（丸山平次郎『ことばの写真法』第一章「総論」）

「十二箇の線」をもとに合計二〇五の「筆記学的の文字即ち記号」が作られ、それらは五十音をはじめ、「清音。濁音。清拗音。濁拗音。半濁音。半濁拗音。の六種」の音韻を網羅しているが、これを修得しただけで速記ができるわけではない。田鎖によって「加点法」が考案されたことによってはじめて日本語の速記法は実用の段階へと歩みだした。田鎖の弟子であり、当初『朝日新聞』の速記に動員されたという丸山（後藤孝夫「二つの公判傍聴記」『日本史研究』第一三三〜四号、一九七三・六〜七）によれば、「略語」には「名詞代名詞形容詞働詞副詞後詞［「名詞

または代名詞及び其他の詞の後に添ひて（略）前後の詞の係り合を現は」すことば」接続詞」の七種があり、順に「精神」「我」「古キ」「為スル」「常」「ヨリ」「又」などのことばがそれであり、それぞれひとつの「記号」で表される。また、「熟語或は平常多く用ふる所の簡単なる略語或ひは二三の語句を合したるもの」を「略文」といい、「元来」や「必ズ致シマス」などの「記号」が例としてあがっている。この「略語」の「記号」の、あるいは、もし「略語」化されていないことばであればそれを「記号」によって書いたものの「上下左右首尾等に単なる点又は符号を付記して語格及び働詞の法時限等を明かにするの法」が「加点法」である。「ガ」「ハ」「ノ」「ニ」「ヲ」などの「語格」は、「記号」の周辺のどこに点を付記するかによって示される。同様に「第一過去（又半過去）第二過去第一大過去第二大過去」「現在」「第一未来第二未来」という「働詞」の「時限」はそれぞれ特有の「時限標」によって表されるが、それはさらに、「不定法。命令法。可成法。約束法。接続法。疑問法」の六つからなる「働詞の法」に応じてすこしずつ形を変える。なおかつ、そうしてできたひとつひとつの「時限標」が上下左右の四つの位置のどこに付けられるかによって、「働詞」の「能働」「受働」それぞれの「可否」すら示される。こうして、たとえば「シタリ」という「不定法」「過去」の「能働」の「可」と、「セラレヌゾ」という「約束法」「現在」の「受動」の「否」とが、「為スル」ということばを「略語」化した「記号」に、どういう「時限標」をどこに付けるかということだけで簡便に書き分けられるようになる。

速記者は耳から入ってきたことばをいったんこうした「記号」をもちいた「記号文」に写し取る。そうしてすべてのことばを写し終わったのちに「記号文」を通常の日本文に改めることを、「翻訳」という。

筆記学の訳文は言葉通りにするという訳けは今の通常の筆記文を見るに筆記者が演者の陳べたる大要を記載してよいかげんに自分勝手に作文するから間違ひあるのみならず往々事実と齟齬して居るから筆記者が勉めて筆記したる文は俗語に翻訳することが肝要なり

（田鎖「はしがき」『ことばの写真法』）

非難者曰く「普通の書き取りは其の書き取りたる草稿を見て直ちに文章と為すことを得れども速記術の記号にて書きたるものを文章とせむには再たび普通の文字に書き直したる上ならでは文章と為すこと難かるべきにより余計なる手数を費やさざるを得ず」と。非難者は洋学者の西洋文を飜訳するには総て西洋文を一旦普通の文字に直訳したる上ならでは文章と為すこと能はざると思はるるや、余輩は初学の輩を除くの外斯くの如きことを為すものはあらざるべしと思ふ。速記術を学ぶ者も其の始めは暫くおき熟達するに至りては其の人の才力（はたらき）次第にて或ひは其のままに普通の文字に訳するも或ひは漢文仮字文又は西洋文等

好む所の文章に立稿するも任意に為すを得べきなり。此の非難説も又浅見の至りといふべし。（林茂淳『速記術大要』明一八・四）

「記号文」（＝「写真文」）には「俗語」か否かということはもちろん示されていない。そればかりでなく、ふんだんに使用された「略語」や「加点法」などが具体的にどのことばを指すのかもはっきりとはしないので「翻訳」してやる必要が生ずる。たとえば、一人称単数の代名詞の「記号」はひとつであり、それに対応することばとして丸山は「我」しかあげていないが、かれが「翻訳」の見本として掲げた田鎖の文章の「写真文」とその訳文の冒頭とを対照してみるとかれはその「記号」を「私」と翻訳していた。

動詞トハ「アリマス」「御座イマシタ」「申シマセウ」等ノ類ヲ云フ此語ハ説話ノ種類如何ヲ問ハズ一般ニ現ハレザルコト少ナクシテ其種類モ亦尠シトセズ若シ之ヲ単符号〔日本語の個々の音を表わす符号〕ニテ綴ルトキハ字画甚タ多クシテ筆記ニ煩難ナル故特ニ之カ符号ヲ設ケ以テ其煩ヲ避ケザルベカラズ而シテ我国ノ動詞ノ種類ヲ探究スルニ語法不規則ニシテ一定セス仮令ヘハ「アル」ト云フコトヲ示スニ「アリマス」トモ「御座イマス」トモ「アリヤス」トモ「アル」トモ「御座ル」トモ「御座ヘヤス」トモ「御座リマス」トモ「ガンス」トモ云ヒ其人ニ依テ語ヲ異ニシ此他田舎訛リ等モアレバ一々之ヲ網羅シテ余蘊

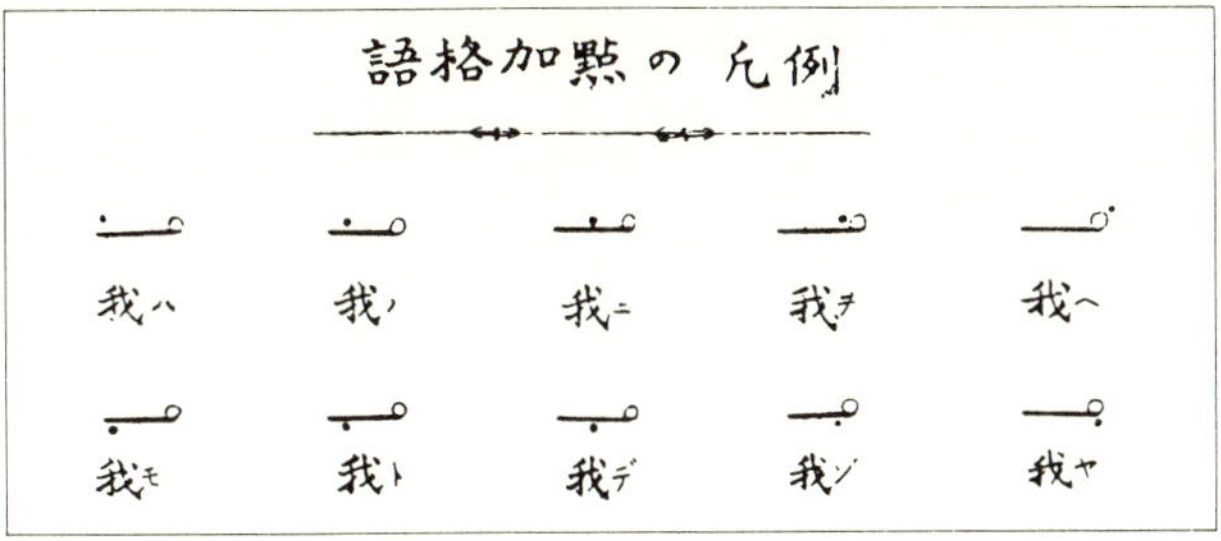
語格加點の凡例
我ハ
我ノ
我ニ
我ヲ
我ヘ
我モ
我ト
我デ
我ゾ
我ヤ

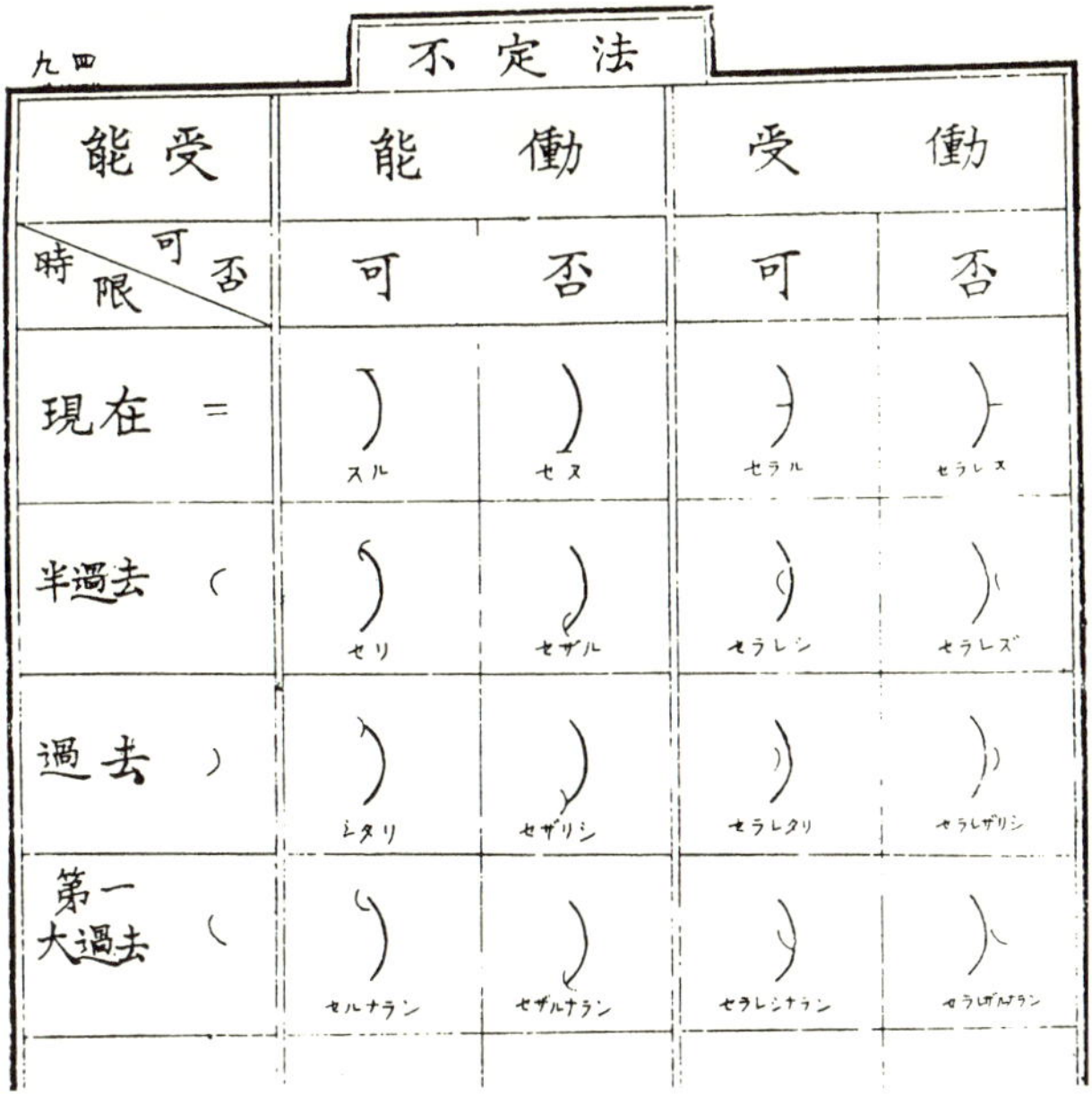
九四
不定法
能受
能働
受働
時限
可否
可
否
可
否
現在
スル
セヌ
セラル
セラレヌ
半過去
セリ
セザル
セラレシ
セラレズ
過去
シタリ
セザリシ
セラレタリ
セラレザリシ
第一大過去
セルナラン
セザルナラン
セラレシナラン
セラレザルナラン

『ことばの写真法』(共同出版書房版) に付された「語格加点法」と「働詞加点法」の表(いずれも部分)。

ナカラシメントスルモ到底望ムヘキニアラザルナリ故ニ此中世間一般通シテ最モ多ク用フル語ノミヲ集メテ之ヲ概括シテ直接接続疑問ノ三法ニ区別シ又之ヲ細別スルニ現在過去半過去第一未来第二未来等ノ時限ヲ以テシタリ（若林玵蔵『速記法要訣』第九章「動詞ノ事」、明一九・六）

僻語ニシテ（ワッチ）（ワイラ）ト云フモ総テ代名詞ニ依テ記シ反文ニ臨ンデ則チ（ワッチ）（ワイラ）ト訳スルハ筆記者ノ働キニ有ルモノトス（多田宗宣『傍聴筆記学』明一八・九）

弁士（我）ト述タルヲ（?）ヲ記シ反文ニ際シ（私）ト訳スルコトナキニアラズ然レドモ此等ハ皆自分ヲ指タル者ニシテ其意義ニ於テハ毫モ異ナルコトナケレバ敢テ論ズルニ足ラズ（同）

記憶だけが頼りの作業だから、間違うことは誰にだってある。

いったんこうして失われてしまったことばは、もはやどのような手段に訴えても取り戻すことはできない。ひとつひとつの「略語」や「加点法」にそれぞれいくつかのことばが対応するということは、「写真文」の一文ごとにほとんど無限の範列が可能であるということを意味する。『大阪日報』の傍聴筆記と『朝日新聞』のそれとの隔たりは、それぞれすこしずつ異なった無数の異本で埋めつくすことができる。本物と偽物とを仕切っていた壁にぽっかりと穴があき、両者は入りまじってしまう。そこでは、ほんとうの「我」はつねにすぐとなりにいるにせの「私」に脅かされ、それが浸透してくるのをくい止めることができない。

（被景）自分は公訴状中認めしと云ふ廉はなけれど其れは先づ弁護人に譲り少しく自分は間違のある廉〻を申述べん（七・二三公判、日報。また、「国事犯事件公判弁論」『朝野新聞』七・三〇）

（景）私は公訴状中に別に認ない処もありませんが少し間違つてゐる処がありますから申ます（同、朝日。また、「大坂国事犯公判傍聴略記」『東京絵入新聞』八・五）

それを口にした当人のもとを離れると、ことばは二度とふたたびその始原の姿を回復することはない。

立派な政治小説で、時事に感じて作ツたと自序も有るだけに、憂憤の有様が紙上に溢れて語法も纏まらず、一人の貴婦人が前に「わらは」と言ツて後に「あたし」と言ふなど、変幻無双、中々の傑作（美妙「柿山伏」其一）

すでに法廷のなかにあるときから、彼女のことばは「変幻無双」であった。

2

景山たちを被告とする大阪事件の重罪公判は、治罪法の規定通り（堀田正忠『治罪法要論』「公判審理ノ順序」、明二〇・二再版）、「事実訊問」「証憑取調」「事実弁論」「法律弁論」の順に進められた。最初におこなわれる「事実訊問」は「裁判官親ク被告人ニ接シ其陳述、挙動等ニ因リ其罪ヲ発見スル」ことと、「被告人亦親ク裁判官ニ向テ弁解ヲ為」す機会を与えることを目的とする（同「公判大則」）。訊問に際しては、公判に先立って警察と予審で作成された調書が持ちだされる。

（裁）猶同書［予審第一回調書］中に「自分は一日も早く少々の金なりとも集たる上送りしと存じたるより取敢ず神奈川県にて山川より持来りたる廿円の金を受取り直ちに東京に帰り芝の兼房町の虎屋方に止宿する小林に面会し主義を語り金を渡し軍費には当ずと雖も奔走費の幾分に当られたし実は今般内地に事を挙げ政府を顚覆せんと思ふも内地に於て腕力を以てするの難き事は誰も知る処なり即ち加波山事件秩父福島事件の如き皆捕縛せられ

たり依て内地に於ては兵を挙る事を得ず故に外朝鮮に道をかり云々」とあるが認め居かを
(景) ハイ (五・三一公判、朝日。総ルビをパラルビとした。以下、朝日からの引用は適宜パラルビとする)

景山が認めた予審調書は、およそつぎのような手順で作成された。

被告人訊問ハ予審判事書記ノ立会ニ因リ密ニ之ヲ為シ書記ハ訊問及ヒ陳述ヲ録取シ之ヲ被告人ニ読聞カスヘク而シテ予審判事ハ被告人ニ向テ其陳述ノ相違ナキヤ否ヲ問ヒ相違ナシト申立タルトキハ直チニ署名捺印セシメ又相違アルカ若クハ之ヲ変更、増減センカ為メ其旨ヲ申立テタルトキハ更ニ訊問ヲ為シ其訊問及ヒ陳述ヲ録取シ之ヲ読聞カセタル後署名捺印セシメ然ル後書記ハ其式ヲ履行シタルコトヲ記載シ予審判事ト共ニ署名捺印スルモノナリ (『治罪法要論』「証拠」)

密室で書記が記録したみずからのことばを被告は読むことができない。書記が読み上げるのを聞くことができるだけである。わざわざこうした手続きを定めたのは「被告人ノ陳述シタルコトト書記ノ録取シタルコトト相違センコトヲ恐レ」るからであるとすると (井上操『治罪法講義』中、明一九・五)、書記の声を聞き終わった被告から「相違ナシ」という答えを得た予審判事は、すこし前に被告じしんの口から出たことばと、いままさに書記の口から出たことばが同じであることを認めさせたことになる。しかし、ふたつのことばは逐語的に一致していたわけではない。

警察予審の調べ方は大に当公廷の訊問の法に異り殊に其調書の作り方は一問一答を書記するにあらず先づ大体の要領に付て訊問を為し共犯者の陳述を斟酌して之を作り其他数多の訊問を終りて後大体の要領を書記する等其時〻に之を書記するにあらずして訊問終りて後に調書出来甚だしきに至りては警察にては調書は翌日に出来ることもありたり是れは被告のみならず他の被告に於ても亦斯かることのありしことならん故に大体の趣意に至りては違はざるも答弁の通りの文字を記せしものにあらずして自分の調書中にも述べざりし文字も随分之れあることとなれば此の如き成立ちの調書の一字一句に拘泥せられず調書全体の大筋にありて事実を判ぜられんことを請ふ（七・二五公判、波越、日報）

書記の読み上げたことばは被告のことばの「大体の趣意」しか保存していない。しかも、『朝日新聞』の傍聴筆記が調書のことばと被告の公判廷での発言とに文体的な差異を与えていたことに示されているように、それはまぎれもなく文である。

法庭ヤ議場ヤ今日我邦ニ精密ノ筆記ヲ要スルノ地処ハ其数甚タ多々ナリ然ルニ其ノ筆記方ヲ問ヘハ概ネ皆漢文訳文体ニシテ人々ノ発吐セシ言語ヲ其儘精密ニ筆記スルモノニアラス已ニ漢文訳文体ヲ用ウル以上ハ如何ニ精密ニ之ヲ筆記スルトモ決シテ発吐セル言語ノ直証ト為スニ足ラス是レ一大欠典ナリ仮令ヒ我邦今日ノ文体ハ漢文訳文体ヲ用キテ言語ヲ其儘ニ写用セサルニモセヨ大切ノ場合ニ於テハ先ツ一旦ハ言語ヲ其儘ニ直写セシメ然ル後チ之ヲ漢文訳文体ニ改書スルコソ願ハシケレ就中法庭ノ如キハ一言一語ノ問答モ審判上ニ緊要ノ関係ヲ有スルモノナレハ言語直写ノ筆記法ノ必要ナルハ固ヨリ論ヲ待タス（矢野龍溪「速記法ノコトヲ記ス」『斉武名士経国美談』後編、明一七・二）

つまり被告は、書記が作成した「漢文訳文体」の文とじぶんが口にした「言語」が一致しているかどうかを尋ねられる。被告がハイといって認め、署名捺印すれば、「言語」の「文字」への移しかえと保存は完了したことになる。保存をスムーズにおこなうために、書記の「文字」と被告の「言語」とのすき間はあらかじめていねいに埋められていなければならない。

調書ニ記スルニ証人ハ何日何時ニ斯々ノ事実ヲ見タリト記スヘカラス必ス余ハ何日何時ニ斯々ノ事実ヲ見タリト記載スヘシ（略）此ノ如ク第一人称ヲ用ユルトキハ証人ハ其陳述シタル言語ヲ精細正直ニ記載シタルヤ否ヲ知ルコト容易ナリ若シ然ラスシテ調書ノ語句ハ第

三人称ヲ用ユル時ハ即チ是レ判事ノ言語辞句ニシテ証人ハ其誤謬ヲ刪正スルハ判事ノ事務ニシテ己レノ関スル処ニアラスト思考スル者アルヘシ故ニ調書ニハ必ス余ト称シテ第一人称ノ代名詞ヲ用キシム（栗原幹訳『仏蘭西治罪法証拠法衍義』第三章第九款「調書ノ裁製」、明一六・九）

治罪法はこうしたやり方以外にことばを証拠として保存する方法を持たないから、正面切って被告の「言語」と書記の「文字」の一致を主張したりはしない。予審判事の「相違ナイカ」という質問には、じつは、書記の口から出たことばを正確に聞き取ることができたかどうかというもうひとつの問いが含まれている。声を媒介とするコミュニケーションが正確に機能したことの確認を求めるのだが、そこには書記のことばを正確に復元しろという要求は含まれないから、被告がそれを認めることは、けっきょく被告→書記→被告という一連の声によるコミュニケーションが正しくおこなわれたことを認めることにほかならない。調書の正当性は、話されたことばと聞かれたことばの同一性という、それ自体としてならまず誰も否定できない口頭でのコミュニケーションの可能性に由来するといっていい。

作成された調書は、重罪裁判の場合、予審判事が公訴が相当とみなしたときには公訴状とともに証拠として重罪裁判所へ送付され、裁判長が必要と認めれば、書記によって公判で朗読される。それは「原被証人ノ陳述ト同一ノ効ヲ有ス」（治罪法、第二百八十四条）。公判廷の主役は声である。公訴状について治罪法は、公判が開始される日の少なくとも五日前までに書記が作成した公訴状の謄本を被告に送り届けなければならないと定めていたが（第三百七十七条）、さらにまた、「事実訊問」が開始される直前にも被告に読み聞かせるよう指示していた（第三百九十条）。

（裁）是より公訴状を読聞する間猶一層の注意をして承はれ（五・二五公判、朝日）

文字を目で追うことではなく声を耳で聞くことが、以降公判の原則となる。

証言ハ口頭陳述ヲ以テスヘシ予メ備ヘ考ヘ記シタル証言ヲ採聴セサルヘシ法庭ハ不用意ニシタル陳述ヲ聴クコトヲ欲ス思考ヲ練リ予シメ答ヲ設ケ真実ヲ蔽フノ証言ヲ聴クコトヲ欲セス（『証拠法衍義』第三章第七款「証人訊問ノ法式」）

だが、そもそも声を聞くとは、いったいどういうことなのか。聞かれたことばは果して話されたことばなのか。

（裁）山川一郎の予審第三回の調書中「問、其跡にて景山富井佐伯汝は如何なる談をなしたりや答、景山富井は日本の婦人は教育盛ならず依て東京に不恤緯会社を設立し婦女の教育を盛にし且景山は現今政府の圧制なることを述べ内地を改良するには婦女よりするが早きに付急に二三十円の金入用なりと申し募金を頼むに依り景山の所持したる不恤緯会社の趣意書を以て自分佐伯は募集に彼是奔走して廿円足らず募集し其不足を佐伯等が補ひ景山富井に渡したり」とあり相違なきや（被景）ハイ（裁）此不恤緯会社とは如何なるものなるや（被景）其れは矢張り女子をして智識を開かしむる趣意のものにして其趣意書も妾が所持して居り升去りながら名を不恤緯会社を起すにかりて国事を計画するの金を募集致せしなり（五・三一公判、日報）

（裁）山川一郎予審第三回調書中の答に景山は日本婦人の教育成らざるを嘆き東京に出で内地の教育を進むるには女子より着手するに若かずとの主意を以て云々景山は政府の圧制を憤り資金を募り二十円足らずを云々とあり相違なきか（景）然り（裁）其会とは如何なる会か（景）日本は女子教育が欠げて居る故其女子の教育を盛にするとの名義にて資金を募り小林に与へしなり（同、浪華）

（裁）夫では山川市郎の予審第三回の調書中に「景山英は日本婦人の教育盛ならざるを憂ひ東京にフシヨウエ会を設立し且景山は現今政府の圧制なる下に在ては内地の改良を謀らんには婦女の教育より初むるに如ず依てフシヨウエ会を起さんと彼是奔走し廿円の金を募

> 集し景山富江に渡たり自分は一円を其時佐伯三郎に渡せし」とあるが（同、朝日）

裁判長がいったのは「山川一郎」か「山川市郎」か、それともそのいずれでもないのか。予審で「やまかはいちらう」のいったのは「フシヨウエ会」か「不恤緯会社」か、また、もともと景山は「やまかは」にどういったのか。あるいは「やまかは」は会の名称を口にしなかったのか。予審の書記は「やまかは」のことばを「不恤緯会社」と聞いたのか。公判で裁判長のいったのは「フシヨウエ会」か「不恤緯会社」なのか。あるいは裁判長は会の名称を口にしなかったのか。公判に居合わせた人は裁判長のことばを「不恤緯会社」と聞いたのか——こうしたひとつながりの問いそのものを口頭でおこなうことがまず不可能であるように、声に出されたことばを聞くという経験はときにひどくこころもとないものとなる。それでもなお、聞かれたことばは話されたことばであることを疑わず、こうした問いはけっきょく揚げ足とりにすぎないとたかをくくっていられるとしたら、それは必要ならことばはいつでもちゃんと文字につなぎ止めることができると踏んでいるからだ。

だが、ことばはほんとうに上手に文字と暮らしていくことができるのだろうか。

3

未遂におわった「朝鮮計画」とは、実現されなかったことば以外のなにものでもない。大阪事件の公判は、資金調達のための「非常手段」といった行為とともに、被告らの言語行為を俎上に載せざるをえない。

景山のつぎに登場した大井憲太郎に対する訊問のかなりの部分は、檄文および調書にあることばそのものを取り上げ、その意味を被告に質すことに費やされた。小林樟雄が山本憲に内容を口述して漢文で綴らせた檄文の「趣意」は「取も直さず大井の趣意であると云てよろしいか」という問いに「左様でござります」という返答を得た井上は、すぐに続けて「我徒今為天吏、代天将威」という檄文中のことばについて大井を追及する。

（裁）然らば山本の中立に拠ば天に代り威を将ひと云ふ事は取も直さず兵力を行ふ事であると云ふ事だが是亦兵力を用ふる積りであるか（大）どうも山本の意見が違ひます今度の事件は開戦と云ものであるかあらぬかと云事はズッと後の話であらうと考へます当時の趣意は唯朝鮮の六孽を倒して独立党に政権を帰せしむると云の趣意で厶り升て其趣意を達せ

しむる為の義に用ひたいもので厶り升之を法律の語に解当て丶見れば開戦とか暗殺とか云てよいものか知ませんが弁論の時でなければ申し上られません　（六・一公判、朝日）

「天に代り威を将ひ」ということばを無造作に「開戦」や「暗殺」といったことばにいいかえられては迷惑だと大井はいう。ことばじりを捉えられないように細心の注意をはらいながら、大井はことばとその「趣意」との関節をのらりくらりと脱臼させようとする。

（裁）天に代り威を将ふなりと云のは何処にあるか大井如きは一通り承知すべしと思ふがどう云ふ趣意であるか（大）過日山本からも此事を申上てあり升が代天将威など丶云のは書経にも有さうで厶り升私は洋学の方はいざ知らず漢学は至て浅く天吏の文字が孟子にもあり維新前は壬生浪士が天誅を加ふと云も亦同じ様な事なり何れにも戦端を開くに用ひたので厶り升るが私は檄文を依頼致しまする時に趣意は戦端を開くの意を以て書て呉いと云たので厶ません文字は言葉の符諜である已に荀子にも代天将威の文字はあれど悉く占領なりと予定することは出来ません当時の事実で云ば倒すと云の事実に過ぎません

（同）

「文字は言葉の符諜である」とはいかにも幕末からのキャリアをもつ「洋学」者大井にふさわ

しい。

Q. What is *Language*?
A. Language consists of articulate or spoken sounds which express thoughts.（『英吉利文典』一八六七）

蓋し言語は思想を顕はすものにして文章は則ち言語を記するものなり故に如何なる想像と雖も心に浮み出でたらんものは必ず言語に顕はすを得べし然らば則ち何ぞ之を筆に記すべからざることあらんや（田口卯吉「意匠論 文学の部」『東京経済雑誌』第二七九号、明一八・八）

凡ソ文字ハ、筆ヲ以テロニ代ヘ、アラユル声音言語ヲ、写取ンカ為ニ造リタルモノニテ、譬ヘハ、声音言語ハ形ノ如ク、文字ハ影ノ如シ、形アリテ後ニ影アリ、形直ケレハ、影モ直ク、形曲レハ影モ曲レリ（川田剛「日本普通文字ハ、将来如何ニナリ行クカ」『東京学士会院雑誌』第九編ノ一、明二〇・二）

「声音言語」は「文字」や「文章」よりはるかに「思想」に近い。だから、裁判長から、それなら、みずからの予審での陳述に「義兵」とか「占領」とかいったことばが見えるが「其文字に引続いて考へたれば如何であらう」（六・一公判、朝日）と水を向けられても、まるで「文字ハ影ノ如シ」とでもいいたげな大井はあくまで「文字」を拒絶する。

> 義兵を挙る云ゝとは大体の趣意であつて同地に至つて義兵を挙るにした所が暗殺を企つるにした所が愈ゝ開戦するに至るや否やは断言することは出来ません（六・一公判、日報）

けっきょく、「戦争とか何とか申して居りますが自分は唯六孼を殪すとの心得で開戦とか戦争とか云ふ様な六かしいことでなく先づ通常の言葉で申せば唯六孼を殪すと云ふ訳で厶ります」（同）とふてぶてしく居直ってしまう。「元来言語には形容の詞あり意義の詞あり医学科学法律学等皆その学語あれば強ち字面より臆断されては困」る、それは「学語」に通じない「百姓読」であるとする大井が（六・八公判、朝日）「通常の言葉」というのは、ひとつには、刑法で用いられていることばでない「普通ノ言詞」を指す。

> 刑ノ言渡ヲ為スニハ犯罪事件及ヒ加重、減軽ノ模様アルトキハ其模様ヲ明示セサルヘカラス犯罪事件ハ姦罪等ノ若キ之ヲ明示セハ風俗ヲ害スルノ恐アルモノヲ除クノ外普通ノ言詞ヲ以テ可及的其事ヲ明カナラシムヘシ法律ニ記載スル所ノ罪名ノミヲ以テスヘカラス
> （『治罪法要論』「裁判」）

だが、それはさらに、耳なれない漢語でなく、ごくふつうに口頭で用いられることばといっ

た意味でも用いられていた。「通常の言葉」にじぶんを預けた大井は、書きとめられたじぶんのことばが目の前につきつけられても、羨ましいほどに落ち着きはらっていられた。

（裁）尚被告の予審第一回の調書中に「新井を総督にし云々とあるが之は相違ないか（大）第一回では御坐りません（裁）矢張第一回だ夫は十八丁の裏である（大）成程予審で御坐り升か（裁）総督と云ふ名を用ひたか（大）夫は事実で御坐り升（裁）総督と云ふ様な言葉は何う云ふ様な事に仕たのか（大）渡韓の主領でござい升（裁）左様であるか維新前に総督の宮なぞと云ふ事あり其様な意であるか（大）どうも此総督の文字は広く厶いまして総督とか総裁とか或は主領と云ひ際限もござりませぬが結局彼の新井を渡韓者の頭と致したのでござり升（六・一公判、朝日）

じぶんが用いたことばの意味はじぶんしか知らない。「事実」は「文字」とずれている。それは「文字」ではなく「通常の言葉」の中によりよく宿る——明治十四年から代言人を職業としてきた大井は、このとき、あきらかに被告であるじぶんを弁護しにかかっていた。

明治十六年の七月から九月にかけて開かれた福島事件の高等法院での公判に弁護人のひとりとして法廷に立った大井は、「吾党は自由の公敵たる擅制政府を顚覆して公議政躰を建立するを以て任となす」という盟約書のことばをめぐって検察官堀田正忠とはげしい応酬を交わしたことがある。

（大井）然らば（略）盟約書に顕はれたる者は文字なるが此文字が直に内乱隠謀と為る訳か将[は]た他に事実あるかとの問なり（堀田）盟約書は内乱隠謀を証する者なり尤も此外に何々の事実あると云に非ざれ共盟約書は何であるかといへば即ち証拠なりと答へざるを得ず（渡辺義方編輯『福島事件高等法院公判傍聴筆記』第八編、明一六・九）

弁護人から被告へと身分は変わったが、大阪事件の公判において堀田の前でおこなった大井の陳述はかつての福島事件のそれをほぼ忠実に再現していたといっていい。

今茲に一言し置くべきことは東洋人の習慣として顚覆等の語は頗る危険の意あるものと思惟し我取て彼れ代るべし抔[など]といふ場合にのみ用ひ来りたれ共広く解釈を為すときは内閣交迭の如きも顚覆といふも可なるべし被告人の解釈は則ち之と同意味にして必ずしも腕力暴行を為すに非ざることは縷々陳述せる所なり文字の解釈なるものは単に外面上より看察するときは不可思議のことあるも全体より看察するときは不可なる処なきものあり此盟約書は全体より見るときは毫も法律に触るゝことなく而して之を証拠立つるには被告等平生の行為にて明なり（同、第九編）

若し直ちに盟約書を事実として其の手段の如何なるに関せず罰することありとせば政府顛覆の語を口にし其の文字を書するものは尽く内乱の隠謀といふべきか世間豈此理あらんや（同、第十一編）

代言人大井は証拠として提出された被告大井のことばの「解釈認定ノ一様ナラサル」点を徹底して突く。

故ニ代言人ノ証書ヲ論スルヤ或ハ全体ニ就テ其主意ヲ発揚シ或ハ二三ノ部分ニ拠テ疑義ヲ弁解シ或ハ許多ノ情況ヲ総攬シテ一大論断ヲ成シ或ハ全証ノ原由ヲ明カナラシメンカ為メニ種々ノ細目ヲ措テ一箇ノ要点ヲ主張シ今日ハ解釈ノ妄ヲ破ランカ為メニ法律ノ解釈法ヲ用ヒ明日ハ文義ノ不明ヲ消散セシメンカ為メニ双方ノ意思ニ依ル等所謂臨機応変ノ敏智ヲ以テ之レカ解釈ヲ求ム可キナリ（高木豊三『代言至要』「立証ノ事」、明一七・五）

かれが手にする利器は「弁論」の力である。

縦[よ]シ其事ノ真実ナルモ唯自己ノ告白ヲ以テスルノ外ニ絶テ証拠ノアラサルトキハ之ヲ確言センハ頗ル危険ノ業ト云フ可キナリ何トナレハ若シ敵手巧ミニ之ヲ打消サハ却テ其告白ハ

虚言ナラントノ疑念ヲ招クコトアルヘケレハナリ然レトモ既ニ法官ヲシテ凡テ己レカ所言ヲ信セシムルノ勢力ヲ得タル以上ハ仮令其証拠ノ在テ存スルナキモ又之ヲ確言シテ其効力ヲ致スニ至ルヘシ蓋シ代言人ニシテ此地位ニ達センニハ常ニ能ク其本分ヲ恪守シ充分ノ信ヲ博セサルヘカラス　(同「代言人行務ノ用件」)

事実はつねに「弁論」とともにある。

蓋シ事実ノ研究説明ニ於テハ想像ノ上ニ非常ノ自由アリ又例証ヲ挙クルニ一層ノ余地アリ細密ノ意見ヲ付シ金玉ノ言語ヲ用ヒ或ハ自己若クハ傍聴人ヲシテ心ニ快ラシムヘキ戯言諧謔ヲ用フル等概ネ自在ナルモノナレハナリ夫レ然リ故ニ事実ハ代言人其心ノ欲スル所ニ従テ之ヲ左右シ之ヲ変更シ得ヘキヲ以テ時ニ或ハ軽挙事ヲ失スルノ不幸ヲ免レサル所ノモノトス　(同「立証ノ事」)

人各〻其語調アリ其常ニ用ユル言詞アリ若シ之ヲ刪正スル時ハ是レ簡約ニシテ言辞ノ力ヲ弱ムルモノナリ真実ハ屢〻通常ノ言辞ニ見ハル〔アラ〕、モノナリ雄弁モ屢〻不用意ノ言語ニ発スルモノナリ之ヲ如何ソ刪正スヘケン被告人証人皆ナ自ラ言語ヲ以テ其意思ヲ露スノ権理アリ義務ヲ負フ者恨ヲ懐ク者ハ其言語押柄ナリ不幸者ノ言語ハ平穏簡単ナリ唯〻之ヲ自然ノ発言ニ任スヘキノミ　（『証拠法衍義』第三章第九款「調書ノ裁製」）

真の事実を明瞭ならしめんと思ひ升れば多少の弁論をせねばなりません此弁論を致して始めて我々の被告事件の何たる事か分りませう外国の文法で云ひ升れば文章を組立るに代名詞形容詞動詞副詞前置詞抔（など）の必用であると一様（いちやう）色々の辞（ことば）を加へねばならず只有の儘（まゝ）のみを云ふては事情が更に分りません　（八・一五公判、大井、朝日）

こうして大井はことばの力によって「文字」を圧倒しにかかる。

同氏は肉痩せて頬骨高く鼻下より頤辺に掛けて鬚髯を生じ色薄黒く眼光鋭く弁舌爽かに音声高し其答弁を為すに於ても順序を乱さゞるは遉［さす］がに代言を業とせし人丈けありて又大事を企てし首領者と云ふも恥なかるべし　（六・一公判、日報）

大井のとった法廷戦術は、やがて法廷全体に浸透していき、被告たちの「事実」が「文字」から引き剝がされ、浮き上がる。山本を東京に呼んで「自分の意想を述べて作らしめた」という檄文について、「檄文の主意は悉く小林の主意で山本は其主意に因り起草したのであつたか」と裁判長から質問された小林はつぎのように答える。

主意は自分の主意にて文は山本の文です故に山本は文を充分なりとは思はず自分も充分に主意を尽したりとは思ひ升ぬ併し自分が述べたるに相違なければ自分の意想と謂はなければなりません　（六・六公判、朝日）

檄文ははたして小林に帰属するのか、それとも山本なのか。「小林氏の依頼に応じ其意見を漢文体に写し」たのだから「山本の書た者にあらず又山本の意見にあらず」（七・二九公判、弁護人寺田、朝日）とみなすとしても、その「主意」は確実に小林だけのものなのか。「小林の口より出て居るが取も直さず大井の趣意であると云てよろしいか」という裁判長の問いを肯定した大井（六・一公判、朝日）を加えて「全く檄文は大井小林の著述にて山本には文字の校正をさせた位と云ふべく乃ち浄書と余り異る事はなく只だ文章の章を為したる迄で主意は山本より出たのではありません」（七・二九公判、弁護人板倉、朝日）とした方がいいのだろうか。

いったん「文」から切り離された「主意」は二度と「文」によっては充足されない。「檄文を知て居るか」と裁判長にきかれて「私に感動を与へ今度の被告事件になつたは此檄文なれば皆知つて居ります」とまで述べていた窪田なのに、その文言について尋ねられると「起草者の精神は存ぜねど私の考にては」とか「主意に就てのお問にはお答も出来ますが一字一句に付てのお問でありますと起草者の意中に立入り推測せねば分りません」、「私は字は深く知りません」といって追及をかわしにかかる始末であった（六・一四公判、朝日）。頭にきた裁判長が「一字一句を積（つん）で然るのち文章となるものなれば何も知らずに意の通ずる訳なし」と問い詰めても窪田はぜんぜん動じない。

　貴官（あなた）は何（なん）となと御解釈あれ私（わたくし）が今般の目的は事大党を殪（たふ）し朝鮮の独立を図るのが目的で機に臨み変に応じ如何なる手段を施すやら或は戦（たゝかひ）を開くこともありませうが檄文の意はたゞ六孼（りくげき）を殪すにあるのです　（同）

百も承知で詭弁を弄しているのだが、「半紙一枚半位」もある「六（む）ケしい漢文」で書かれた檄文を「一行半程読（よみ）ましたが其他文字が堅うて主意が能（よ）く分りませんから読（よみ）ませなんだ」という被告もいたことからすると（六・一三公判、井山、朝日）、檄文そのものとかれらがそこに読み取った「主意」との関係はすこぶる怪しい。

「検察官は私（わたくし）の腹の中までが分るものでなく証人と雖（いへども）同様ですから私の言ふ所が一番本当のものです」（八・一七公判、氏家、朝日）――当事者のみが知っている「事実」を宿したことばは「文字」に繫留されることなくひたすら漂いつづけることになるだろう。絶えず声とともにどこかへいってしまおうとする「事実」を呼び戻すには、もういちどことばを口にするしかない。

大井らによって遂行された法廷戦術に嫌気がさしたのか、突然発言を求めて立ち上がった被告のひとりは、「私が只今述る所は私一個の意思でなく実行者を以て自任する人々の倶に任ずる所であり升」と前置きしたあとで、苛立ちもあらわにこうのべる。

> 是迄は全く事実を隠蔽致して申立て丶居升たが我々実行者の目的は朝鮮に渡て戦争を為すので暗殺をする積では厶りません小人数では戦争は出来ぬなど云ふも俗論で出来ぬ事はありませぬ又檄文の意も能く知つて居り升兎に角是迄の申立に暗殺をする目的の様になつて居り升のは事実に相違致して居り升から変更致し升（七・一三公判、井山、朝日）

しかし、なんとかしてことばをじぶんのところへ奪い返し、固定しようとしたかれの努力は徒労に終わる。「我々の所為は尋常の戦争かと云ふに然らでなく」「今度の計画は戦争となるか否は分りませんけれどマア戦争が近いと思ふから仮りに戦争と名付て」おくが、「之を戦争と名づくるも毛色の変つた戦争です」（七・二一公判、大井、朝日）。ことばは「文字」と訣別しただけでなく、「尋常の」意味からもズレた「毛色の変つた」ものとなる。「普通の戦争とは違ひ升勿論此事の正否は人の評する所に任かす事で今之を論ずるは蛇足に帰し或は自分免許の如くなり升が我々の挙は義軍なりと称すべ」し（同）。小林もまた「自分免許」の「戦争」をいい張る。「戦争と云はれても構ひませんが併し大井の申如く普通の戦争ではありません事大党を殪し独立党に政権を帰せしむる事故同国独立の戦争とでも云ふ可きか」（七・二二公判、朝日）。「檄文の事に付山本憲は戦争の主意で書たと申し升が書た者は左様思ふたかは知りませねど私は之を戦争にも用ひ謀殺にも用ひ暗殺にも用ひても妨げないかと存じ升」といったのは朝鮮に渡る「実行者」の隊長であった新井であり（七・二三公判、朝日）、その一員であった武藤は「私は名誉の為め過大の事は云はず有の儘申すのです」と断りながら「檄文があるから暗殺でない戦争であると申すこともあり升けれど」「全体私は暗殺するの意見であります」すといい（七・二五公判、朝日）、同じく橋本は「只六孽を殪した丈を戦争と云はれぬ事は三才の児童も知る事でありませう」とまでいう始末である（八・二五公判、朝日）。

なんとかして被告への外患罪の適用を防ぎたいと考えている弁護人たちはむろんいっそう冷淡である。「漢文の尤も巧なる所は法螺の大なるものにあつて」、だから檄文をまともに受け取ることなんかははなから問題にならず（七・二八公判、森、朝日）、また、「元来戦争とは少なくも幾百人以上の団結を待つて公然武器を携帯し又政権に就いて争をなす事の代名詞であつて而かして本件の事実は僅々二十名であり升。二十名に過ぎないものを以て戦争の事実とすることは出来ません」（七・二八公判、北村、朝日）。日本語で議論すると話がやっかいになるからとフランス語を引き合いにだす弁護人もあらわれる。「今日本で普通戦と云へば叩き合ふと云ふ言葉を約めて云ふた事で叩合ひに過ぬ事ゆゑ夫では打合ひ喧嘩闘争などの事実やら戦争やら分らぬゆゑ之を精く云んが為め私は仏語のゲール。戦争とコンバー。闘争とを用ひますがゲールとコンバーとは判然区別あるは明で」、これに照らせば被告らのやろうとしたことは戦争には当たらず、「大井小林の陳述中戦争を為す考で毛色の変つた戦争と申してもあり升が是は被告も必ず之と極めて云ふた事でなく結局戦争なりと云ふでもなく戦争にあらずと云でもなければ私も之を孰れと云ふ事を確定するの必要ありませぬ」（七・二六公判、板倉、朝日）。こうやって「戦争」ということばと被告たちの意図との関係を念入りにあいまいにするのは、最後に「斯如くどちらでも解せらるゝ如き不分明の事は被告人に利益のある弁護人の弁論を裁判長も御取りになる事と思ひ升」というところへもってくるための弁護人の作戦なのだが（八・一九公判、菊池、朝日）、これによって被告たちのことばはやがて再起不能に陥る損傷をこうむることになった。ある弁護人は被告たちのことばの扱い方をつぎのように説く。

> 元来事実現れたることを吟味するは必要なりと考ふ何となれば人の云ふことは随分妄想と云ふこともあらん本件のことに関して今列挙したる被告人の陳述の如きも全く未来に属するのことにして或は陳述中事実に適合せざることもあらん此等のことに就ては過失と云ふこともあらざるべけれど自然語勢が大きく聞ゆることなきにあらず故に被告等が戦争と云へば戦争暗殺と云へば暗殺なりと云ふ如くすれば大なる間違を生ぜん元来未開国の裁判な

るものは被告の陳述する通りにて裁判するが通弊にして我日本の如きは新刑法実施以来此の如きの弊害なきも只未開国には此の如き弊害ありと云ふことを述べたるまでなり若し被告の云ふ処のみに依て其罪を断ずれば裁判所は結局被告に愚弄さるゝものなり此故に其被告事件の事実の如何に就て深く其事実を考察するを肝要とす（七・二八公判、森、日報）

傷は、被告同士の泥試合によっていっそう深くなる。「私に関する波越云々の事は不実で畢竟同人が己の非を掩はんとするは明白で厶り升」（六・八公判、小林、朝日）。「小林が私を不実なりと云ふは私が却て彼を不実とする処にて之を論ずべき処を持つて居ります」（同、磯山、朝日）。「只今小林の申す処に拠り升と私が虚言を申したる様ですが清兵衛は嘘は申上げませぬ」（七・一六公判、磯山、朝日）。「総て磯山は自分の悪い事を隠して人の悪い事を申し升からその云ふ所は皆虚言であり升」（七・一九公判、武藤、朝日）……。

ときには「確乎たる拠り処」もないのに「妄断を下」す弁護人に被告が「今少し親切に弁論して貰ひた」いと要望することもある（八・九公判、大井、日報）。「横田が新井の申立は虚妄なりとの言葉こそ反て虚妄にして自分は此虚妄の言葉に熨斗を付けて返上せん」（八・一〇公判、新井、日報。横田は弁護人）。

被告がみずからのことばを取り消してしまうこともある。「警察の御訊問より予審終結に至る迄斯く無根の事を申立てゝ居ります」（五・三一公判、景山、朝日）。「［警察での調書は］全く虚妄の陳述であり升」（七・六公判、小久保、朝日）。「（裁）十五日迄の調書は皆うそであるといふか何故に皆うそなるや（窪［田］）総て事実を隠蔽致しました故です」（六・一四公判、朝日）。

ウソというかわりに「方便」に過ぎなかったと認めることもある。「是迄他の被告等の調書に我国民に対して無礼を加へ我国旗を汚したに付云々抔云ふことがあるが被告等は此の如き意思はない訳か」という裁判長の質問に大井は「私共は申ませぬが磯山が敵愾の心を堅からしむるため方便で申した事がありませうかとも思ひ升又各自の意中にも左様な意思を含蓄致して居つたでありませう」と答え（七・一五公判、朝日）、「国辱を雪ぐとは同志を結ぶ方便だと云ふが事実であらうと思升」という検事の弁論（七・二一公判、朝日）をうけた小林もまた「平素の主義」からして「私共の計画は朝鮮に恨みあるにはあらず夫の国旗に無礼を加へたる為め云々との事は方便に迄人に語りたるにて実際は左様でない」といいきる（七・二三公判、朝日）。

こうした申し立てはしばしば真実の陳述とセットになっているが、それはもはやどこか虚ろにしか響かない。「今日では決して良心に背いた事は申立る事はござりませぬ」（五・三一公判、景山、朝日）。「最早隠すも益なしと存じ今日は事実の儘を陳述し前の陳述を変更致し升」（七・六公判、小久保、朝日）、「私の陳述は嘘にあらずと信じます」（八・一一公判、新井、朝日）。

「文字」からも「事実」からも隔てられた被告たちのことばは、話されたことばと聞かれたことばの間に口を開けた裂け目に宙づりになったまま、徐々に損なわれていく。聞かれたことばと話されたことばとの充実した同一性を回復させることはもはやだれにもできない。たとえば、ふたたび景山――

景山が東京から大阪へ運んだ「支那カバン」の内には「塩酸加里金硫黄等」の薬品とその容器となる「鉄鑵ガラス鑵等」とが入れてあった（五・二八公判、磯山）。公判で警察・予審段階での陳述を翻した景山は、中身のことは知らずにただ運んだだけだといいはり、争っていくのだが、被告のひとりである石塚重平は景山の予審での供述をもとに爆発物の自宅への隠匿と、それを景山へみずから託したことを訴追されていた。石塚の関与について、彼女は公判でつぎのように述べた。

> 石塚方は有一館の近傍にて過日も磯山が申立てたるが如く有一館の物置同様の家なれば妾は出立の晩前述の事情もあるが故に石塚に至りし際右の荷物を磯山より請取り其翌朝東京を出発せり（五・三一公判、日報）

> 石塚には娘がありまして之を私が教育する所から懇意になつて出入を致て居りました。此度磯山新井が長崎へ出発すると云ふ事は申して居りましたが同人等は全体清国朝鮮迄も参

る考であるから金がなくては尽力する事も出来ぬゆゑ国許に帰つて金策に従事しやうと云ふ話を致して大阪迄の依託物を受取りました夫れに付き私の書生に中田みつと云ふ者がありまして石塚の宅には娘もあること故学術を研究するにもよいからと石塚の宅へ預けました石塚は其頃有一館の近辺へ転宅致して居ましたソコデ已に先達ても磯山が申した通り石塚の宅に其書生を連れて行きました節磯山に面会して依頼物を請取り其の翌日東京を発した訳でありますから予審法廷に於ての陳述はスッパリ反対致したのであります（同、朝日）

石塚の方には自分仏学研究を為すの事より大河原によりて面会し爾来出入をなしたるが今回長崎発足の如きも磯山の申立もありしも金なき以上は力を尽す可からず寧ろ金策を為すに如かずと思ひ国許に帰らんとする便に其荷物の依托を受けたり（同、『時事新報』六・八）

景山の陳述にたいし、石塚の弁護人であった星亨は彼女がどこで誰からカバンを受けとったかという問題にあくまで固執した。

此く景山の調書を見るときは初めには爆発物は磯山より頼まれ朝鮮行も磯山より頼まれたりといひ一ヶ月後に至りては前の申立を改正もせず漫然爆発物は石塚より頼まれたりとい

ひ又其後に至りては磯山より頼まれたりといひ又朝鮮行は石塚より爆発物は磯山より頼まれたりといひ其授受せし場所は始めは有一館といひ其次は石塚宅といひ又其後は有一館なりといふ此く挙げ来れば其中立ての一定せずして信ずるに足らざることは言を竢[ま]たずして知るべし尤も景山が過日当公廷にて申し立つる所に依れば当時は精神錯乱してありたれば斯かる申立てを為したるなりと或は然らんか其れは何れにもせよ今日の有様より見れば当公廷に於ては爆発物を托せられたるは磯山にして其授受したるは石塚宅なりといひ十八年十二月四日の申立てには磯山より頼まれたりと云ひ之を其より新しき申立てに対照すれば磯山より頼まれたりと云ふことは真実なるものと当弁護人は之を断定するなり（略）前には有一館と云ひ後は重平宅といふ而して後の申立は前の申立を改正変更して為したるにあらず只漫然申立てたるものなり去れば後の申立は俗語に所謂デタラメを云ふたものと申しても宜しからんと思はる其デタラメならんと云ふ訳は過日当法廷に於て自分自身が御審問を受くる時は有一館なりと云ひ後に石塚の参考人として出廷せし時は石塚宅といへり公廷に於すら独且此くの如く矛盾して居れば其孰れが信何れが偽更に分らぬことなれども当弁護人は有一館に於て受取りたりと云ふを以て真実なりと思はる　（八・三公判、日報）

星は五月三十一日の公判で景山が「有一館なりと云」ったのを聞いたと主張する。そのことが景山のことばを「デタラメ」扱いするかれのよりどころのひとつである。弁護人は専属の筆記者を擁しており、また、みずからも筆記していたようだから（八・一二公判、板倉、日報）、星の手許にあった筆記には景山が有一館で受けとったと記してあったのかも知れないが、踏み付けにされた景山にしてみれば、そんなことはわたしはいってはいないといって反撃することもできただろうに、なぜかそうはしなかった。皮肉にも検察官が「景山の受取りしは石塚の宅なる事は相違なき事実」であるが、荷物を景山に渡すに際して「石塚を介する事なしとも云ふ可からず」（八・一二公判、堀田、日報）といって景山の肩を半分もってくれたあと、景山がふたたび口を開いたのは八月十六日になってからであった。「石塚の為め事実の相違せる事を述べませう」と前置きしてから彼女はつぎのように述べる。

元来磯山より革匣を受取つたのは石塚の宅に相違ありませんが夫は磯山より運搬の事を頼まれ黙止難く承知致し其後田中光子を石塚方へ預ける為行ましたる際丁度有一館の移転する時で磯山も参つて居りましたから予て御依頼の件は明日持て参つても宜しいかと申しましたら磯山は有一館より其荷物を持来り自分は夫を請取り其翌朝石塚の宅を出発致したのが乃ち真正の事実で其時若光子の事がありませねば有一館にて受取訳であります畢竟検察官は石塚の宅で荷物を受取りましたから石塚も情を知て居るであらうと御推測になつたの

で有ませうが決して石塚が蔵匿した事はありません（八・一六公判、朝日）

こうまでいってもしかし、まだ星は満足しなかった。かれはもはや景山の「真正の事実」を聞く耳を持っていない。

同じものを一人は有一館と云ひ一人は石塚方と云ふ道理は出ないやうに考へます又有一館に在るに態々石塚方に運ぶべき筈もなく又交際も景山は磯山に親密なれど石塚と景山は左程親密でない故景山を有一館に呼で渡しても渡せるから有一館で渡す方が事実でありませう（八・二〇公判、朝日）

公判を終結するにあたって下された判決では、石塚が自宅に隠匿していた爆発物の薬品等を景山に手渡したという件については「証憑充分ならざるもの」として無罪であった（「国事犯事件宣告書」『朝日新聞』九・二五）。

ことばはそれを口にした当人のみならず、それを聞いていた他人によっても保存される。ただし保存されたことばはもはや話されたままのことばでも聞かれたままのことばでもなく、ふたつのことばが一致することなどさらにありえない。というより、そもそもことばが声となって空気を震わせたときから、すでにふたつは別々の道を歩み始めていたのかもしれない。ことばはつぎつぎと茫漠とした闇にのみこまれては消えていってしまう。

4

景山をはじめとした大阪事件の被告たちは多人数のため公判に際して九組に分けられた。しかし、裁かれることになったかれらの行為そのものは互いに密接に関係していたから、他の組の被告がどのようなことをいっているかを各被告が承知し、公判の全体像を把握しておくために、獄中のかれらに新聞の傍聴筆記を差し入れることを弁護人が請求した。それが認められ、被告たちが傍聴筆記を手にしたのは六月十三日になってからであった（「公判傍聴記の差入」『朝日新聞』六・一四）。差し入れられた『大阪日報』の傍聴筆記を手にしたかれらが公判に臨んだことが報じられている（「筆記差入」『大阪日報』六・一七）。かれらのうちのあるものは、自分の訊問の際、参考人として出廷した他の組の被告に傍聴筆記で読んだその発言についてじかに質したり（六・一五公判、窪田。七・一五公判、山本）、また、自分に資金調達のための「非常手段」の実行を指示した磯山の発言に関して「今日傍聴筆記に就て見れば磯山は卑怯にも強盗を教唆せしことなしと申立し様に見えますれど之れは実際教唆したるに間違ひなければ一応申上げます」（六・二三公判、大矢、日報）などと述べたりもするが、かれらが傍聴筆記について言及するときにもっとも頻繁に問題とするのはほかならぬ自分じしんの発言をめぐってであった。

自分は事実に就ては過般御尋問の節大概述べ居りたるやうに考へますれど傍聴筆記を見れば曾て自分が陳述せざることを記しました自分が陳述致しましたることは記載いたさゞる処もありて自分の意志とは結局齟齬いたすことも厶ります是れ等は要するに私の申立が十分でなくて私の意志の存する処を表明するに足らざりしか将た筆記者其人が誤記に出たるものなるか其辺は兎も角もと致しました処で今日は其等のことを補て陳述いたしたう厶ります（七・一六公判、新井、日報）

傍聴筆記を見まするに彼の一昨日陳述致せし自分が主義に係る点に付何を云ひしことやら支離滅裂更に其意味が解りません是は決して筆記者の誤記のみにあらずして自分自らが弁に巧ならざるの致す処もあるべしと悟ります尤も傍聴筆記の誤りは啻［ただ］に是れのみならず他にも沢山相違する処も厶りますれど是は大体の主義に関しませぬ故格別の利害も厶りませず又裁判長に於ても十分に御諒察被下［くだされ］しことと信じますれど惟［ただ］自分が主義に関したることが間違ひでは大に利害にも関係致しますれば一応申述べたう厶ります（七・二六公判、小林、同）

また、「何処(どこ)で出来たものか傍聴筆記を見まするに大層相違が厶り升斯(か)る相違は申さん積(つもり)であり升が正(まさ)しく斯(か)る事を申立たなれば事実とは大に違ひ升」といって『大阪日報』の傍聴筆記のページ数をわざわざあげてその記事を訂正するものもいた（七・一九公判、内藤、朝日）。

被告たちによって遅ればせに傍聴筆記が引き合いに出されるのはいつも誤った記録としてかれらのことばによって指弾されるためである。

> 本月六日に出庭致しましたが其後傍聴筆記を見ましたに場所なり人の出入せし事が大変違ふて居り升　（六・三〇公判、安東、日報）
>
> 或傍聴筆記を見るに小林と面会したやに成(なつ)て居升(をります)が是れは新井との間違で有ませう（七・二〇公判、小久保、朝日）
>
> 廿三日の傍聴筆記を見るに大に自分の申立と齟齬致して居りまする　（七・二六公判、釜田、日報）

かれらがかくも自分の発言に神経質になるのは、ひとつにはもちろん、それを裁判長がどう聞いたか、すなわち、それが不本意な「証拠」——「証拠トハ例ヘハ被告人ノ白状、官吏ノ検証調書、証人ノ陳述、鑑定人ノ申立ノ類ノ如ク人ノ証スル所ノモノナリ」（『治罪法要論』「予審」）

——となっていはしまいかという懸念による。

白状トハ被告人自己ニ不利ナル事ヲ陳述スルヲ謂フ故ニ白状ハ証拠中最モ其効力ヲ有スルモノナリ　（同、「白状」）

公判でなされた「白状」はたいへんあやうい。

予審ハ書面ヲ以テシ公判ハ口頭ヲ以テス故ニ予審ニ於テハ書記訊問調書ヲ作ルト雖モ公判ニ於テハ之ヲ作ルコトナシ唯其大要ヲ公判始末書ニ記載スヘキノミ　（同「公判大則」）

だから、ときに書記がじっさいにどう記しているかを確かめたくもなるが、おいそれとそれを窺い知ることはできない。

自分は傍聴筆記を二種も読み居たるが其一種は正確なるも一種は少しく相違せし廉あるを以て之を書記の筆記と対照せんと欲し先に書記の筆記を下付されんことを願ひたる処許されず　（七・一八公判、山本、日報）

気を利かせた弁護人が裁判長にじかに質そうとするが、裁判長は被告に以前どういったのか尋ねかえすだけである。

（弁寺田）先達〔せんだつて〕山本御訊問の時裁判長か又陪席裁判官なりしが山本に対し檄文を認めしは此計画に同意をして認めしかとの御訊問に山本は同意でもなく同志でもないとお答を致せし如く弁護人に於ては聞き居りしが傍聴筆記に同志であると記しあり裁判長は如何〔いかが〕御聞取り相成りしや伺ひたし（裁）其れは何と申立てしか山本に今一応尋ぬることにせん、山本如何（被山本）（略）同意にもあらず同志にもあらず（七・一五公判、日報）

問題となった傍聴筆記はこうなっていた。

同意と云ふ意味は法律上如何なることとなるか知らざれども先づ同志と云ふ心持にて檄文を起草せしなり（五・三〇公判、日報）

一体同意（どうい）といふ文字は甚だ解し難うござりますから今より同志（どうし）といふ文字を以てお答を致します（同、朝日）

同意といふ意義の解釈は六かしけれども仮りに同志といふことにて申さば自分は則ち同志者にあらざるなり（同、浪華）

「自分は傍聴筆記を三通り見て居る」（七・一五公判、日報）ともいっており、かれが目を通した傍聴筆記はこの三紙のものである可能性がたかいのだが、だとすると、『浪華新聞』だけがかれの五月三十日の公判でのことばを正確に伝えていたのだといえそうではある。しかしそうきめつけるのはすこし素直すぎることになるだろう。傍聴筆記となっていったん法廷の外に洩れだしたかれらのことばは、かれらに読まれることによってそれを口にした当人のところに戻り、もういちど法廷で蒸し返される。だが、最初のことばと最後のことばとが同じであるという保証はこの回路のどこからも得られない。

されば又た何ゆゑに被告は如此知らぬことを云ふたかと云へば是れは即ち夫の寺島氏の如く出金後事実を聞たと云ふ人もあり又た十一月の初めに至て米相場云々との事を稲垣より聞けりと云ふもあり其他出金者の捕縛に至る前大阪事件は各新聞にも記載致しましたから金を出した後色々の事情をも聞知りましたよりソコデ跡から知た事と前に聞て居た事とを混合して前の如き申立を致たか計り難き訳にて要するに金を出す時に知て居たと云ふは誠に疑はしい事で厶ります（八・二公判、北村、朝日）

被告によってはなんのためらいもなくじぶんのことばと傍聴筆記との関係を切断してしまうものもいた。

素より自分は傍聴筆記は如何に間違て居るとも更に頓着はありません尚ほ此他にも傍聴筆記の間違は沢山にありますが只此事は筆記の間違て居た為めに稲垣は金の為めに大阪に来りたることとなしと申立たり尚又筆記中には稲垣の申立ぬことをもいろ〳〵記しありてそれが為め稲垣は自分が第二の磯山なりと云はゞ愚弄せられたと申し居れど私は決して愚弄せし覚はなし畢竟ずるに同人は傍聴筆記を信認したる故斯く感情をあしくしたる訳ならん次で磯山に相談せし云ゝのことも傍聴筆記には私の云ふ通り記してなし依て此丈を陳述いたし置ます（七・二〇公判、大井、日報）

こうまでいわれても傍聴筆記は反論するすべをいっさい持たない。反論どころか「去る四日の付録公判傍聴筆記中板垣中氏の弁論には往々誤謬ある由同氏より申込ありたるに付同氏の弁論に限り取消とす」といって逆にそれを認めてしまうありさまである（日報、九・七）。

みずからを全否定してかかる被告のことばを書きとどめざるをえない傍聴筆記を読むことによって、法廷で繰りひろげられていたことばをめぐる争いに読者も巻きこまれていく。法廷で口にされては消えていったことばに思いをはせつつ、かれはひたすら書かれていないその声を聞こうとする。

＊　＊　＊

明治二十年八月十九日の夕方、本郷龍岡町にある石坂家へ一人の青年が訪ねてきた。横浜の共立女学校の寄宿舎にいたころに景山から爆弾の入ったカバンを預かったことがあるという（勝本清一郎「年譜」『透谷全集』第三巻）石坂ミナの部屋に上がり込んだ男は、寝そべったままの格好で、教会から帰ったミナが『大阪日報』に連載された翻訳小説を読んでくれるのを聞いていた。「此夜を以て一生のいとまごひをなさんと心がまへして」いた（ミナ宛九・三書簡、同）男の耳に、女の声は「低き音楽の連続」のように響いた（「《北村門太郎の》一生中最も惨憺たる一週間」）。かつて田鎖から速記のてほどきをうけたことがあり（勝本「年譜」）、被告・大矢正夫の友人でもあった北村透谷は、その夜の思いを「余は敗余の一兵卒のみ」という大阪事件の被告さながらのことばによってとどめているが、午前三時まで話し合ったというふたりが景山や大矢のことを話題にしたという記録はない。

あとがき

ほかのどんなことにもまして泉鏡花を読むことが好きだった時期があり、鏡花のことばをもっとうまく読むことができるようにと、私は百年ほど前にこのくにで書かれた書物をひもとくことを始めた。鏡花ほど面白いものなんかあるわけがないとたかをくっていた私の若い予想はただちにくつがえされ、それ以降、ずっと明治のことばを手探りしながら読み進めることをひとり楽しんできた。ここにおさめた七編の文章は、そうしたなかで経過報告のようにしてすこしずつ書いてきたものである。そのうちの五編の初出はつぎの通り。

うつろな物語（『高知大国文』第一六号　原題「「大つごもり」の基調」一九八五年）
わたしの病い（『高知大学学術研究報告』第三五巻　原題「身体の文学——広津柳浪の『残菊』」一九八六年）
行為の解読（『高知大国文』第二〇号　一九八九年）

心臓（『高知大学学術研究報告』第三八巻　原題「心臓ということば」一九八九年）

病いのありか（『日本文学史を読む』Ｖ　近代１〔有精堂〕一九九二年）

「アナザー・ナイト」と「声のゆくえ」は書き下ろしであるが、後者は当初本書に収める予定であった「広津柳浪『女子参政蜃中楼』の位置」（『国語国文』一九八三・一一）に手を入れる過程で産み出されたものである。

兆民や夢柳たちの生れた高知にやってきてやがて十年ちかくになる。明治の本を集めた得がたい文庫に恵まれながら、うつらうつらとその日その日を送っていた私に、いままで書いたものを本にするようにと勧めてくださったのは佐竹昭広先生であった。佐竹昭広というすぐれた読者が、横着でものぐさな書き手にすぎない私をかいかぶっていることはおおよそ察しがついたが、かといって願ってもないこの機をみすみす逃すことはいかにも残念であり、思い切って未知の読者の前にじぶんの拙いことばを投げ出してみることにした。機会をあたえてくださった佐竹先生と、寛容と忍耐とをもって編集に当たられた保科孝夫氏に深く感謝する。

たった一本の藁しべを交換することからスタートした男が最後に人もうらやむ長者となったように、私の貧しいことばも読者によってより豊かに読み変えられることをこころひそかに切望している。

一九九二年十一月

谷川恵一

平凡社ライブラリー版 あとがき

かつて飛鳥井雅道先生は授業の折などによく「ボーロンカセツ」ということばを口にされた。字をあてると「暴論仮説」である。みずからのしなやかな読みにもとづき、あざやかな手つきで近代日本の文学と時代の動態を切りひらこうとされた先生が、ときに正面から単身通説にぶつかっていこうとされた際に、内にある強い思いを軽いはにかみにまぎらして洩らされたことばだと、私は聞いた。まだ何をどのように学んでよいやら分からず途方にくれるしかなかった私は、その小柄な身体に似合わぬよく通る大きな声で語られる、啄木や漱石などの思いがけない姿にひたすら感じ入っているだけだったが、その後じぶんで論文なるものを書くようになってから、何かの拍子に先生のことばがふいに頭をよぎるようになった。先行する研究から出発し、それを一歩前へ進めるような論文ではなく、ひろく同時代の文献をじぶんの目と頭で読みぬいて、そこから得られた展望をじぶんのことばで書いてみること——先生の「暴論仮説」ということばを得手勝手に読み替えながら手さぐりで書き続けてきた、と今にして思う。

このたびあらためて全篇を通読し、先生を想いつつ、果してこれらの若書きがよく「暴論仮説」たりえているかと思うこととしきりである。

その飛鳥井先生も、そして佐竹昭広先生も、今は亡い。得がたい先生たちを前にしてたわ言を吐きちらしていた私も、当時の先生たちの年齢をとうに超えてしまった。新しく若い読者を得て、この小著が少しでも「ボーロンカセツ」の輝きを放つことができれば、これにすぐるよろこびはない。

なお、再刊に際し各論文に手をいれることはしなかった。時間的制約のせいでもあるが、つぎつぎと毛色の変わったことに手を出す著者の性癖とご寛恕いただきたい。

平凡社ライブラリーに収めるにあたっても初刊の際と同じく保科孝夫氏にお世話していただいた。長年にわたり変わらぬ同氏の厚誼に感謝する。

二〇一三年九月

谷川恵一

解説――ゆくえを追う

齋藤希史

谷川恵一『言葉のゆくえ』は、副題を「明治二〇年代の文学」とする。「ことばの行方」とも書けそうないささか茫漠としたタイトルに、「明治二〇年代」というたかだか十年の期間限定を加える。しかしこの書物を読み進めるうちに、それがいかにもふさわしい書名だと得心する。

全体は、七つの文章から構成される。「アナザー・ナイト」「うつろな物語」「わたしの病い」「行為の解読」「心臓」「病いのありか」「声のゆくえ」。章ごとに番号を振らないのは、どこから読み始めてもよいというかまえにも見えるが、だがひとまず、このように配置された順にことばを追いかけてみよう。「アナザー・ナイト」と「うつろな物語」は、樋口一葉の「十三夜」と「大つごもり」、「わたしの病い」は広津柳浪『残菊』、「行為の解読」は二葉亭四迷『浮雲』のことばをそれぞれに読みこみ、「心臓」は特定のテクストではなく心臓という新しい語彙をめぐり、「病いのありか」は森鷗外『舞姫』のエリスに下された病名を吟味し、「声のゆくえ」は大阪事件の被告景山英と大井憲太郎の供述にわけいる。「はじめに」すらないこの書物は、あらかじめ「明治二〇年代の文学」をそれとして俯瞰することも、もしくは近代文学の流れのなかにそれを位置づけることもない。だがそのおかげで読者は、明治二〇年代のことばの空間において何が起きているのか、みずから読みとくしかない立場におかれる。

「「夫婦喧嘩は犬もくはぬ」（正岡子規「日本の諺」）。数ある喧嘩の中でも、とりわけ夫婦間のそれがことさらに選ばれたのにはそれなりの理由がある」。「アナザー・ナイト」の書き出し、つまり、目次や凡例を除けば、読者がこの書物で最初に出あう文である。もとより耳慣れたことわざだから、いま『子規全集』第二〇巻に収められる「日本の諺」を典拠らしく示されると、面喰らう読者もいるかもしれない。まして、ここから著者のことばが始まるのかと思いきや、「「大人の泣くのにも本来は色々の用途があった。」と鍵括弧を頭につけた文がまた現れ、なぜ夫婦喧嘩が犬も食わないと言われるようになったかの説明がしばらく続いてようやく柳田國男「涕泣史談」からの引用だと明かされると、このあたりで読者は覚悟を決めさせられる。「後盾にされてデモンストレーションの公平な批判を求められる第三者はたまったものではない」というわずか一文をはさんでまた鍵括弧が現れても、おそらくもう驚かない。「「第一見共（みっとも）ないは焼餅焼夫婦喧嘩の絶間なく仲人の足は擂木（すりこぎ）同様果は互いに内証事（ないしょうごと）まで他人の前に担ぎ出し」と文体も小説めいたその引用は、天囚居士すなわち西村天囚の出世作『屑屋の籠』、まぎれもなく明治二〇年代の文学へとことばはすりかわり、その海のなかに読者は引きずりこまれ、そう言えば子規や柳田は沖合へ漕ぎ出すための舟であったのかもしれないと、あとから岸をふりかえって思うことになる。

文学として区分けされたテクストについて語るさいに時代の概観や理論の枠組を提示するのはひとつの方法である。しかしそれは方法のひとつに過ぎない。読み手のために親切な方法ではあるかもしれないが、同時に、あらかじめ決められた見取り図でしか泳げない不自由をしいることになりかねない。たとえそれが海から運ばれた水だとしても、コース・ロープの張られたプールでは、書き手の目論みを外れて泳ぐことは難しく、そのうち嫌気がさして水から上がりたくなってしまう。往々にして、読み手に対して親切なのではなく書き手にとって楽だということでしかないような小さなプールの設置が、文学研究の名のもとに行われている。

しかしそのような嘆きは、この書物の読者にとってはまったくどうでもよいことだ。冒頭の一篇がなぜ「アナザー・ナイト」と標題されたかという問いを抱えながら、時おり挟まれる著者のことばを息継ぎのようにして、明治の離婚をめぐるさまざまなことばをひとつひとつ読む。およそ定型的な文章作法からは明らかに逸脱するほど大量に配置された引用は、実証や論拠のための挙例ではない。そのことばそのものを読者が読みこむことを求め、読者がそのことばから何がしかのものを受け取ったとして、それを著者の指し示そうとするものとすりあわせるために、明治二〇年代の厖大なテクストから移されたことばである。引用に代えて編集と言いなすこともできるだろうかと思いながら、すぐさまそこには編集のあざとさなどないことに気づく。むしろことばのありかを探して著者が穿った無数の地下洞窟にそのまま読者が連れていかれているといったおもむきで、そうした洞窟探検に付き合わされるうちに、

読者は語られなかったことがらを注意深くおい求める。娘がほのめかし、父がよりはっきりと示した規則に従うのなら、語られたことはもちろん、語られなかったことも、すでにどこかほかのところ、ほかのテクストで語られたことばのなかに発見することができる。ここでは、どんなことばももう語られてしまっている陳腐なことばに汚染されており、また、どれほど緻密なことばづかいもいくばくかの剰余をともなわないことはない。十三夜というテクストは陳腐で決まり切った読み方をどこまでもおい求めたはてに、その外側にそうした仕方では読みえない未知のまったく新しい物語があるかもしれないと予見してみせる。

とぽっかり天井が開いて照らし出された窪地のような著者のことばに出あう。

「十三夜」は、四百字詰め原稿用紙で三五枚にも満たない短篇である。「アナザー・ナイト」

の引く別のテクストの断片の総計は、それをはるかに超える。対照的に小説本文からの引用は抑制され、「其人は東へ、此人は南へ、大路の柳月のかげに靡いて力なささうの塗り下駄のおと、村田の二階も原田の奥も憂きはお互ひの世におもふ事多し」との結びすら引くことはない。読者は、それゆえにこそ、「封建的な社会の矛盾を女性の立場から哀切に描く」(『日本国語大辞典』)といった通り一遍の概括に疑念を抱いて、あてどもないように見えるテクストの鉱脈を追う坑道のなかから、ふたたび小説を読みなおす出口へと誘われる。著者の「アナザー・ナイト」は読者の「アナザー・ナイト」となる。

こうしてことばのゆくえをたどるうちに、「明治二〇年代の文学」とは縦横に錯綜したテクストの結び目として現出したものであること、小説も法律も医学も論理学も心理学もそうした結び目にわかちがたく織りこまれていて、そもそもそれらはすべてことばによって編まれていることを、読者はみずから読みほどく。著者の関心がことばにあると同時に、つねにその外側にも向けられていることが、それを可能にしている。一葉が「大つごもり」で常套的なモチーフを用いながら、その常套を「役柄の扮技」として前景化することで「生身の人間」への通路をこじあけたと著者が指摘するのと同じように、ひとつひとつのことばへの執着が、用例を収集するだけの凡庸な学者のそれと異なって、ことばの外側を見すえることを導くのである。だからゆくえを追わざるをえなくなる。

ことばのゆくえを追うのは楽ではない。あらかじめ海図を用意してもむだなことはわかっているから、あてどなさに耐えながら、みずからの嗅覚に頼るしかない。ねばりづよさと言い換えてもよいが、著者にはべつの何かが与えられている。見える人、なのだろう。「わたしの病い」は、結核にかんする医学書と『残菊』をつきあわせた果てに、結核患者がどのような存在として生き延びるのかを、もうひとつの物語として読みとろうとする。身体を語ることばを引用しつづけたあとで、「消(きえ)やうか此心が」「今考へて居る此心が」「愈々(いよいよ)鋭敏(するどく)なる此心が」と繰り返す本文の一節を結びに配したことは、後半の「心臓」の前提となり、「病いのありか」を導くことになる。「行為の解読」は、『浮雲』の一場面を読みとこうとして明治の論理学による解読の技法を点検しつつ、むしろそれによって解読が確固となるのではなく「あらゆる解読は動作という表層での屈折を余儀なくされて相対の海にただよう」ことになるのだとして、しかしそこにこそ近代小説の「個我」や「実感」が現れるのだと指摘するが、それはそのまま「声のゆくえ」におけることばの同一性への問題へと接続する。もちろんこれはあらかじめ用意された構成ではないだろう。あくまで航跡としてそうなったということで、それゆえ読者もその航跡を追いながら、別の島を見つける自由を有している。著者ほど遠目が利かなければたちまち難破の危機にさらされることは覚悟するにせよ。

この書物が平凡社選書の一冊として刊行されたのは一九九三年。すでに二十年を閲しているけれども、そのときに覚えた興奮は、いま読めば、なお浅かったと言うしかない。谷川恵一という書き手は、テクストをいつまでも閉じたくないという性向があるらしく、結論めいたことを記してもすぐにそれを宙づりにしたり、そもそも結論すら書こうとしないように見えさえするが、もともとここで扱われたようなテクストと共鳴するためには、そしてそのゆくえを追うためには、そうした態度こそが重要なのだろうと改めて思う。著者はその短い「あとがき」で、自身のことばを恩師ゆかりの藁しべに喩えていた。新たな装いで再び読者が長者となる機会が得られたことを喜び、そうした機会がもう少し増えることをひそかに願う。なお、この書物は第二回やまなし文学賞（研究・評論部門）を受賞した。以降の著者のおもな論考は、『歴史の文体 小説のすがた――明治期における言説の再編成』（平凡社、二〇〇八）としてまとめられている。

（さいとう まれし／中国文学）

平凡社ライブラリー　798

言葉（ことば）のゆくえ
明治二〇年代の文学

発行日…………2013年10月10日　初版第1刷

著者……………谷川恵一
発行者…………石川順一
発行所…………株式会社平凡社
〒101-0051　東京都千代田区神田神保町3-29
電話　東京(03)3230-6579［編集］
東京(03)3230-6572［営業］
振替　00180-0-29639

印刷・製本 ……藤原印刷株式会社
DTP…………株式会社光進＋平凡社制作
装幀……………中垣信夫

© Keiichi Tanikawa 2013 Printed in Japan
ISBN978-4-582-76798-8
NDC 分類番号910.26
B6変型判（16.0cm）　総ページ400

平凡社ホームページ　http://www.heibonsha.co.jp/
落丁・乱丁本のお取り替えは小社読者サービス係まで
直接お送りください（送料、小社負担）。

平凡社ライブラリー　既刊より

【日本史・文化史】